Dirk van den Boom

Zeit des Erwachens

DIE BESCHÜTZER

DIRK VAN DEN BOOM

ZEIT DES ERWACHENS

Eine Veröffentlichung des
Atlantis-Verlages, Stolberg
Dezember 2016

Druck: Schaltungsdienst Lange, Berlin

Titelbild: Allan J. Stark
Umschlaggestaltung: Timo Kümmel
Lektorat & Satz: André Piotrowski

ISBN der Paperback-Ausgabe: 978-3-86402-347-7
ISBN der eBook-Ausgabe (ePub): 978-3-86402-469-6

Dieses Paperback/eBook ist auch als Hardcover-Ausgabe
direkt beim Verlag erhältlich.

Besuchen Sie uns im Internet:
www.atlantis-verlag.de

Kapitel 1

»Das geht in die Hose.« Hideki starrte auf den Monitor, ihre Augen brannten. Die bunten Abbildungen, alles Graphen, die eine Extrapolation bestehender Messdaten illustrierten, tanzten für einen Moment auf und ab. Sie schloss die Augen. Das Bild verschwand. Die dahinterliegende Erkenntnis aber hatte sich in ihr Gedächtnis eingebrannt. Sie legte ihre Handflächen auf die Hose und drückte auf die Oberschenkel.

»Das endet in einer Katastrophe«, murmelte sie, kaum hörbar.

Sie schaute auf und blickte sich schüchtern um. An allen Terminals waren die Kollegen in konzentrierte Arbeit vertieft. Ein internationales Team: Deutsche, sicher die Mehrheit an dieser Einrichtung in der Nähe von Stuttgart, einige Japaner wie sie, zwei Inder, drei Amerikaner. Sie waren hier zusammengezogen worden, weil drei der größten Energiekonzerne der Welt die Absicht hatten, den Energiesektor zu revolutionieren.

Neue Energie.

Preiswerte Energie, umweltschonend. Ein riesiges Geschäft für den, der das Patent anmeldete und die Technik schnell umsetzte. Der Erwartungsdruck war enorm. Sie wurden hervorragend bezahlt, hatten beste Bedingungen und ihnen allen stand eine glänzende Karriere bevor – wenn es klappte.

Es würde nicht klappen.

Hideki wusste es. Sie hatte es mehrmals nachgerechnet, wollte es erst nicht wahrhaben.

Es *konnte* nicht funktionieren.

Sie wollten zu viel, zu schnell. Die Erwartungen erfüllen, um jeden Preis. Hideki war sich absolut sicher. Als ihr erster Verdacht aufgekommen war, hatte sie dem Chef berichtet. Dr. Steinmetz hatte ruhig zugehört, sein Gesicht eine Maske, wie immer. Hideki hatte mehrmals den Faden verloren, sich verhaspelt. Ihre Stimme war immer leiser geworden. Sie konnte so etwas nicht gut. Aber sie hatte es einfach loswerden müssen. Irgendwann war sie mit ihrem etwas zusammenhanglosen Vortrag fertig gewesen und Steinmetz' Gesichtsausdruck war anzusehen, was er davon hielt.

»Sie machen sich zu viele Sorgen«, hatte Steinmetz gesagt, kühl, wie er eben so war. »Gehen Sie wieder an die Arbeit!«

Hideki hatte gehorcht, natürlich. Kein Aufbegehren von ihrer Seite, kein: »Ja, aber!« Und sie hatte weiter gerechnet. Das Ergebnis hatte sich durch die Intensität ihrer Bemühungen nicht verändert. Es war stattdessen immer eindeutiger geworden. Die Katastrophe würde groß sein. Die Anlage war tief in den Erdboden verbaut worden und sie war geheim. Aber wenn alles so ablief, wie Hideki es befürchtete ... würde es einen Krater geben und er würde angefüllt sein mit den Leichen eines jeden Menschen, der hier arbeitete.

Mindestens.

Jetzt musste sie sich beeilen, wenn sie noch etwas ausrichten wollte.

Sie schaute über die Köpfe ihrer Kollegen hinweg zur Empore. Im Glaskasten saßen die drei Projektleiter: Dr. Steinmetz, der die Gesamtverantwortung trug; Dr. Hashimoto, der für die technische Infrastruktur verantwortlich zeigte; Dr. Dr. Andrews, der die Experimentalabteilung leitete. Alle saßen sie zusammen, was selten genug vorkam. Es war der Tag des Experiments. Heute sollte der Durchbruch kommen, der große Schritt. Ihre Gesichter wirkten konzentriert, sie alle strahlten eine ruhige Zuversicht aus. Hin und wieder wanderte ihr Blick über die Mitarbeiter außerhalb des Glaskastens mit seinen seltsam gefärbten, manchmal fluoreszierenden Scheiben. Als ob sie auf ihre Maschinen hinabsehen und deren Funktionsfähigkeit prüfen würden, so behandelte man sie. Hideki macht das manchmal wütend.

»T minus zehn Minuten. Wir aktivieren die Vorschaltstufe. Kontrollieren Sie Ihre Anzeigen.«

Zu früh.

Viel zu früh.

Hideki stand auf. Sie musste sich zwingen. Blicke richteten sich auf sie. Forschend, fragend – sie schrumpfte unter ihnen zusammen. Ihre Hände zitterten, doch es gab jetzt kein Zurück. Wie sie sich fühlte, war unwichtig.

Dass sie alle bald sterben würden, war viel drängender.

Sie ignorierte die Blicke, stakste durch die Reihen auf den Glaskasten zu. Andrews' Blick fiel auf sie, er griff nach dem Mikro und dann stand seine Stimme im Raum, laut, blechern, vorwurfsvoll.

»Frau Nakamura. Wir wollen gleich beginnen. Bitte nehmen Sie Ihren Platz wieder ein.«

Hideki ignorierte die Stimme. Jetzt schauten endgültig alle sie an, viele davon vorwurfsvoll. Sie hatte hier keine Freunde, nie welche gehabt. Wer immer in der Ecke stand und nie ein Wort herausbrachte, wenn es nicht um Teilchenphysik ging, der konnte nicht erwarten gemocht zu werden.

Jetzt störte sie.

Sie störte sehr.

Die kurze Treppe zum Glaskasten hinauf. Die Tür geöffnet. Drei Augenpaare, die sie unwillig musterten. Etwas ängstlich, wie sie sich einbildete.

»Dr. Hashimoto«, wisperte sie. »Wir müssen das Experiment verschieben.«

Aus Unwille wurde Zorn, Unverständnis. Steinmetz, sonst immer so kühl und beherrscht, verdrehte die Augen. Er war angespannt wie sie alle. Sie störte. Hideki störte immer. Das war die Geschichte ihres Lebens und normalerweise tat sie es nicht aus Absicht.

Diesmal aber schon.

»Was soll das Gerede?« Die Antwort war scharf, der Tonfall herrisch. »Gehen Sie an Ihren Platz. Der letzte Countdown beginnt gleich. Sie haben eine Aufgabe zu erledigen.«

Hideki zuckte unter den Worten zusammen, doch sie fand in sich den Mut zur Beharrlichkeit, zum Trotz. Ihre Mutter hätte sie für dieses Verhalten windelweich geprügelt.

»Ich habe alles noch einmal durchgerechnet. Ich bin mir sicher, dass ein Fehler in der Ausrichtung der Wandlerspulen vorliegt. Wir werden nicht einfach nur exotische Materie produzieren, sie wird durch die Magnetfelder nicht unter Kontrolle bleiben. Die Schwankungen sind zu hoch. Es kann uns alles um die Luft fliegen.«

Steinmetz verzog sein Gesicht, beugte sich zu Hashimoto und flüsterte ihm etwas zu. Dieser schüttelte den Kopf.

»Wir haben alles mehrfach geprüft. Alles innerhalb der Parameter, alle Eventualitäten wurden bedacht. Sie waren doch selbst im Prüfteam.«

Hideki schaute wieder zu Boden, für einen Moment überwältigt von ihrer eigenen Scham. Natürlich, da hatte der Mann absolut recht. Und all ihre Vorbehalte und Ängste hatte sie für sich behalten, weil sie die Angst hatte, ausgelacht und nicht für voll genommen zu werden. Es war so schon schlimm genug im Team, mit all diesen selbstbewussten, starken Persönlichkeiten, den lauten Männern, die sich wie Platzhirsche benahmen, den geringschätzigen Blicken, die dem Püppchen aus Japan zugeworfen wurden. Hideki war für viele nicht mehr als ein dekoratives Möbelstück, dem man wie einem Roboter Aufgaben zufüttern konnte, die dieser getreulich erfüllte, ohne zu murren. Zuverlässig, ja, und pflichtbewusst. Aber richtig ernst nahm niemand sie.

Nicht einmal sie selbst.

Ganz bestimmt nicht Dr. Hashimoto, dessen Gesichtsausdruck sich zunehmend verfinsterte.

»Setzen Sie sich, Hideki«, presste er mühsam beherrscht hervor. »Gehen Sie an Ihren Platz und erfüllen Sie Ihre Pflichten!«

Er wusste, dass er sie damit am Haken hatte, doch Hideki holte noch einmal Luft. Es war zu wichtig. Sie war sich ihrer Sache zu sicher. Man musste einfach auf sie hören, durfte sie nicht abkanzeln wie ein Schulmädchen. Sie war eine erwachsene Frau, eine Spezialistin, und sie wusste, wovon sie sprach.

»Schauen Sie sich meine Ergebnisse bitte noch einen Moment an«, sagte sie tapfer. »Ich habe alles vorbereitet. Sie können meine Simulationen ganz leicht nachvollziehen. Verschieben Sie den Countdown um dreißig Minuten, dann erkläre ich Ihnen alles.«

Hashimoto stieß ein Stöhnen aus, während Steinmetz nun das Wort ergriff. Er zeigte auf die Galerie, die das große unterirdische Kontrollzentrum abschloss, ebenfalls abgeschirmt durch das beschichtete Glas. Da oben saßen einige Gestalten in Anzug oder Kostüm, Vertreter der Vorstände und Aufsichtsräte der im Konsortium versammelten Firmen, Männer und Frauen von Macht, die eine Menge Geld für ein Projekt bereitgestellt hatten und auf Ergebnisse drängten – nicht zuletzt, weil die von der deutschen Regierung eingeholten Betriebsgenehmigungen das, was hier geschah, nicht vollständig abdeckten, nicht einmal bei großzügiger Interpretation. Wenn das herauskam ... es war nicht auszudenken. Je schneller man Fakten schuf, die auch die deutschen Behörden überzeugen würden, desto besser.

Steinmetz hatte ihr all das bereits vorgebetet. Er musste es nicht wiederholen.

Der Blick, den er ihr zuwarf, genügte völlig.

»Hideki«, sagte er dann beinahe sanft. »Sie waren in letzter Zeit unter starkem Stress. Die Medikamente, die Sie nehmen mussten ... das hat Ihren Körper sehr belastet. Ich bewundere Ihre Selbstdisziplin. Wenn das alles hier vorbei ist, werden Sie einen langen Urlaub nehmen und sich um Ihre Gesundheit kümmern. Bitte, das müssen Sie mir versprechen.«

Hideki lief rot an. Es war unfair, sie auf die Krankheit anzusprechen. Die seltene Stoffwechselstörung war erst vor wenigen Monaten diagnostiziert worden. Nicht nur bei ihr – bei allen Kollegen, herausgestellt bei einer Routineuntersuchung. Es musste etwas mit der Strahlung hier unten zu tun haben. Doch die Projektleitung hatte sich erstaunlich gut vorbereitet gezeigt. Man hatte ihnen Medikamente gegeben und versichert, es sei alles gut. Kein Grund zur Sorge. Alles unter Kontrolle.

Steinmetz hatte geholfen. Seine scheinbare Fürsorge diente allein dazu, sie an diese Tatsache zu erinnern.

Sei dankbar, Hideki.

Sei gehorsam, kleine Puppe.

Erfülle deine Pflicht und störe nicht jene, die hier die Verantwortung trugen.

Hideki wandte sich ab, nickte nur, schloss die Tür hinter sich, sorgfältig, wie sie nun einmal war. Sie trottete unter den spöttischen und fragenden Blicken der ganzen Belegschaft zu ihrem Platz zurück, setzte sich, warf einen letzten Blick auf ihre Simulationen und löschte diese dann mit einer fatalistischen Handbewegung.

Es war sinnlos.

Die Dinge würden nun so geschehen, wie sie sollten. Vielleicht hatte sie sich ja auch geirrt und die Chefs hatten sie vor einer noch größeren Erniedrigung und Scham bewahrt.

Ja, dachte Hideki und starrte in ihr Spiegelbild auf dem Monitor vor ihr, der nun schwarz war. *Es wird alles gut. Du wirst hysterisch.*

Sie starrte und starrte und versuchte sich selbst zu hypnotisieren, um ihr klopfendes Herz zu beruhigen. Doch wem machte sie etwas vor?

Es würde schiefgehen. Die Katastrophe war vorprogrammiert. Und sie würde hier sitzen, anstatt davonzurennen und ihr Leben zu retten. Sie würde sehenden Auges in den Tod gehen, denn sie erfüllte hier ihre Pflicht.

Hideki Nakamura war völlig verrückt und sie wusste es.

Diese Erkenntnis machte ihre Situation nicht besser.

»Wir beginnen mit dem letzten Countdown«, hörte sie Steinmetz' Stimme aus dem Lautsprecher. »Alles läuft wie geplant. T minus fünf Minuten. Wandler.«

»Wandler einsatzbereit«, erwiderte der zuständige Techniker.

»Energieversorgung.«

»Energieversorgung nominal, Akkumulatoren gefüllt«, hörte Hideki sich sagen, als ob sie gar keine Kontrolle über ihre Stimme hätte.

»Magnetfeldgeneratoren.«

»Generatoren einsatzbereit, alles im grünen Bereich.«

»Kammerstatus.«

»Kammer stabil und geschlossen. Vollständig evakuiert. Vakuum bei 99,4 Prozent.«

»Beobachtung und Aufzeichnung.«

»Alle Sensoren aktiv. Alle Aufzeichnungen laufen. Standleitungen nach New York und Tokio stehen. Echtzeitübertragung kann jederzeit aktiviert werden.«

Viele wollten sich vom Erfolg des Projektes überzeugen. Hideki war sich sicher, dass sie nicht mit dem rechneten, was nun passieren würde. Ihr Magen knotete sich vor Angst zusammen, doch sie bewahrte perfekte Selbstdisziplin, wie es von ihr erwartet wurde. Sie tat immer, was man von ihr erwartete.

Braves Püppchen. Braves Kind. Eine gute Tochter, die wusste, was von ihr erwartet wurde.

»Ich höre: alle Stationen melden ein Go für alle Systeme«, erklärte Steinmetz mit einem feierlichen Unterton. Jemand klatschte. Hideki fand das zum Kotzen.

Die Minuten verrannen. Ein Summen erfüllte den Kontrollraum, dann ein unterschwelliges Heulen, als die Anlagen aus dem Leerlauf hochgefahren wurden. Etwas knirschte. Hideki blickte nach oben, in die Richtung des Geräusches. Aus der Decke ragten plötzlich dünne Antennen, jede direkt über einem Arbeitsplatz positioniert. Sie sah diese Dinger zum ersten Mal und die Angst in ihr verstärkte sich noch, falls das überhaupt möglich war.

Sie warf einem Kollegen einen fragenden Blick zu. Der zuckte mit den Achseln, widmete sich wieder seinen Kontrollen.

»Zusätzlicher Strahlungsschutz«, hörte sie über die Lautsprecher, sah sich um, erblickte das freundliche Nicken von Steinmetz. »Alles in Ordnung. T minus eine Minute.«

Direkt unter ihr, tief im Gestein, lag die Wandlerhalle mit dem Produktor, der für das Experiment exotische Materie herstellen, stabilisieren und dann mit einem vieltausendfachen Wirkungsgrad in Energie umwandeln sollte – aber von einer so geringen Ausgangsmenge, dass es gerade einmal reichen würde, eine Autobatterie damit zu laden.

Das war zumindest die Theorie.

Eine Theorie, an die Hideki Nakamura nicht glaubte.

»Energielevel.«

»50 Prozent und steigend, innerhalb der Parameter«, sagte Hideki gegen ihre Willen. Es stimmte ja. Bis jetzt lief alles wie geplant. Und bis kurz vor Auslösung des Produktors würde es auch so bleiben. Es war die Krux in der Sache, dass sie den Glitch eine Millisekunde vor dem eigentlichen Vorgang erwartete, zu schnell, zu kurz, um dann noch gegenzusteuern.

»Geht doch«, kommentierte Steinmetz und jeder wusste, wer gemeint war. Die Kollegen warfen Hideki bezeichnende Blicke zu. Sie starrte auf ihre Messanzeigen, gefangen von der wilden Hoffnung, dass sie sich geirrt hatte und alles gut ging.

»Wandler in Modus A.«

»Bestätigen Modus A.«

»T minus dreißig Sekunden. Magnetfeld etablieren.«

»Magnetfeld etabliert.«

»Energielevel.«

»80 Prozent und steigend, nominal«, sagte Hideki und konnte nicht verhindern, dass ihre Stimme brüchig klang. Niemand schenkte dem Aufmerksamkeit. Alle waren sie hoch konzentriert. Der große Augenblick, der große Durchbruch stand bevor. Sie würden die Welt revolutionieren, das war ihrer aller Absicht und Erwartung.

Sie würden sterben, das war Hidekis Überzeugung.

»Sind bei 100 Prozent«, meldete Hashimoto feierlich. »Ich aktiviere. Ich aktiviere.«

Hideki hatte nicht viel Zeit, ehe das weiße, helle Licht sie umfasste und in eine endlose Schwärze stürzte. Sie starrte auf ihre Anzeige und da war er, der Glitch, wie vorausberechnet. Keine Zeit für den Triumph, keine Zeit für einen bezeichnenden Blick in den Glaskasten, in dem sie alle im gleißenden Licht verbrannten, in Sekunden, und alles zunichtegemacht wurde.

Hideki Nakamura starb in der Gewissheit, dass sie recht gehabt hatte.

Die Bitterkeit dieser Erkenntnis nahm sie mit in den Tod.

Kapitel 2

»Das haben Sie gut gemacht, Katt.«

Der dickliche Mann in dem perfekt sitzenden Anzug war, genauso wie Harald Katt, seit zehn Stunden auf den Beinen, doch man merkte es ihm nicht an. Auch Harald war vollständig mit edlem Tuch bedeckt, der Cucinelli hatte ihn immerhin drei Tausender gekostet. Er war peinlich darauf bedacht, so wenig Hautfläche wie möglich frei zu lassen, und wenn das trotz der warmen Temperaturen notwendig war, wollte er wenigstens gut dabei aussehen.

Nicht dass Katt damit ein Problem hätte. Wäre er kein so erfolgreicher Aktien- und Anleihenhändler gewesen und würde er nicht Millionen als Angestellter einer der größten Privatbanken auf dem Frankfurter Parkett scheffeln, hätte er eine Karriere als männliches Model in Erwägung ziehen können. Sein markantes Gesicht wurde akzentuiert durch einen Körper, der mehr als einfach nur durchtrainiert war. Katt war ein sehr kräftiger Mann, seine Bewegungen geschmeidig, seine Körperkontrolle hatte etwas Selbstverständliches, das viel Neid unter seinen Kollegen auslöste – und die Bewunderung der Damenwelt, der er sich mit großer Hingabe widmete.

Heute aber nicht. Seine Aufmerksamkeit galt dem dicklichen Mann, dessen körperliches Charisma nicht an das seine heranreichte, der aber trotzdem Geld und Macht ausstrahlte. Durchaus berechtigt, denn er besaß von beidem reichlich.

Der dickliche Mann hieß Henning Schulz-Wahrberg und war sein Chef, einer der wenigen, die ihm, dem Begnadeten, noch hin und wieder Anweisungen gaben. Meist beschränkte er sich darauf, ihn zu loben, wie jetzt, kurz nach Anbruch der Abenddämmerung, im großen, luftigen Büro, das sich Katt redlich verdient hatte. In ihren Händen hielten sie Gläser. Die geöffnete Flasche mit Chevas Regal Royal Salute stand zwischen ihnen. Sie tranken den edlen Tropfen nur zu speziellen Anlässen, was angesichts der Tatsache, dass eine Flasche runde zehntausend Euro kostete, auch die einzig richtig Vorgehensweise war, wenn man dem Getränk Respekt zollen wollte. 225 davon gab es, eingelagert zum Anlass des Goldenen Jubiläums der Queen im Jahre 2002. Drei dieser Flaschen befanden sich im Besitz von Schulz-Wahrberg und er ging sehr knauserig mit seinem Inhalt um.

»Sie haben auf den Zusammenbruch der griechischen Anlagen gewettet, als alle noch zuversichtlich waren«, sagte Schulz-Wahrberg und lächelte. »Sogar ich habe nicht geglaubt, dass das eine gute Idee ist, und ich kenne Sie mittlerweile lange genug.«

»Die Griechen verarschen uns«, erklärte Katt. »Also habe ich sie verarscht. Nageln Sie mich nicht fest, aber eine oder zwei Banken haben wir damit an den Rand des Ruins getrieben.«

Schulz-Wahrberg lächelte breiter, stieß ein sanftes Kichern aus, das klang, als würden Wassertropfen auf eine dünne Blechplatte fallen. Der Mann war kein Händler, ihm fehlte dafür die Intuition. Seine primäre Aufgabe waren die Administration und der Schutz seiner Mitarbeiter – vor Fragen aus der Vorstandsetage, vor den Nachstellungen lästiger Staatsanwälte und dem Gepöbel der Weltverbesserer, die in regelmäßigen Abständen irgendwas besetzten. Darin war er gut, es war eine nahezu symbiotische Verbindung, und er bekam seine Prozente von der Erfolgsprämie, weil er sie sich verdiente. Außerdem war er gut darin, Talente zu erkennen. Dadurch hatte er es weit gebracht.

»Was machen wir als Nächstes?«, fragte der Mann. »Ich möchte vorbereitet sein.«

»Ich glaube, dass wir uns von Energiewerten trennen sollten, möglichst bald. Da wird es in Kürze Veränderungen geben, das habe ich im Gefühl.«

Schulz-Wahrberg sah ihn prüfend an. Katt erwiderte den Blick ruhig. Natürlich wusste der Mann, dass sein Goldjunge über Insiderinformationen verfügte. Es war sein persönliches Netzwerk, das ihn so erfolgreich machte. Manche nannten es eine »gute Nase«. Katt beließ sie in dem Glauben. Informationsmanagement war alles.

»Sie haben Zugriff auf alle Portfolios und Generalvollmacht für die Klienten unserer Abteilung. Ich vertraue Ihnen.« Schulz-Wahrberg lächelte. »Machen Sie unsere Kunden reich.« Sein Lächeln wurde breiter. »Machen Sie *uns* reich.«

»Wie immer.« Katt hob das Glas.

»Wie immer.« Schulz-Wahrberg erwiderte den Gruß. Sie tranken. Der Chevas Regal hatte einen Hauch von Anis im Geschmack, unaufdringlich nur und damit sehr angenehm.

»Ich lasse Sie dann wieder allein«, sagte der dickliche Mann, stand auf, griff nach der Flasche, die er behutsam und fürsorglich an seinen Bauch drückte. »Ich hoffe, ich kann Sie bald wieder auf einen Schluck einladen.«

»Ich freue mich darauf.«

»Schönen Abend noch.«

Katt nickte und wartete, bis der Mann sich verabschiedet hatte. Die Tür schloss sich.

Die Maske fiel von Katts Gesicht ab. Wo eben noch die leicht arrogante Selbstzufriedenheit eines überaus erfolgreichen Brokers gewesen war, lag jetzt ein Schatten auf den Gesichtszügen. Plötzlich schienen sich tiefe Gräben zu bilden. Katt holte den Brief hervor, den er verborgen hatte, als sein Chef das Büro betreten hatte. Er kannte die Zeilen auswendig, aber er las sie trotzdem und die darin enthaltenen Aussagen wurden dadurch nicht besser.

Porphyrie.

Sein Arzt hatte sich die Mühe gemacht, es genau zu erklären, und jedes Wort ließ Katt kalt werden, eine plötzliche Schwäche empfinden. Er spürte den Schweiß auf seiner Stirn, obgleich die Klimaanlage das Büro angenehm temperierte. Eine Lichtallergie, die schwerste Form und in einem immer weiter fortschreitenden Stadium. Bei jedem Wort, das er las, wollten die Pusteln und Blasen auf seiner Haut wieder zu jucken anfangen.

Vor einem halben Jahr hatte er sie das erste Mal bemerkt.

Erst hatte er sich nichts dabei gedacht.

Er dachte sich bis dahin bei so vielen Dingen nichts. Geld verdienen. Party machen. Sich Meth reinziehen, wenn es mal wieder eng wurde, oder Koks, wenn er einen Run hatte, wenn er nicht aufhören konnte, nicht aufhören durfte. Frauen, jedes Wochenende eine andere, alle schön und sexy, alle aufgekratzt und wild, und er erinnerte sich an keine einzige. Egal. Er lebte das wilde Leben. Die Welt gehörte ihm. Niemand konnte ihm etwas.

Was für ein Irrtum.

»Es wird schlimmer werden, Herr Katt«, hatte sein Arzt ihm während ihres letzten Termins gesagt. »Sie werden Ihren Körper so weit mit Kleidung bedecken müssen wie möglich. Ihr Gesicht ist nicht so betroffen – derzeit. Aber die Hände … Handschuhe wären eine gute Idee.«

»Wo wird das enden?«, hatte Harald gefragt, erschüttert über die Diagnose.

»Ich weiß es nicht. Möglicherweise werden wir eine Therapie finden. Aber viele enden in völlig abgedunkelten Häusern, die sie nur noch nachts verlassen können. Nachtmenschen. Sie sind doch sowieso ein Nachtmensch, oder? Viele, lange Partys bis zum Morgengrauen.«

Katt hatte es nicht lustig gefunden. Er durfte im Büro kommen und gehen, wann er wollte, und er durfte von zu Hause arbeiten. Es war völlig egal, solange er Millionen für die Bank verdiente. Er musste nie viel tun – zwei, drei Stunden am Tag, einfach nur dem Geruch des Geldes folgen, dem Instinkt. Dann hatte er sein Pensum erfüllt und konnte schlafen, feiern, Geld ausgeben. Sein neuer Ferrari würde nächste Woche geliefert. Ab wann würde er den Schlitten nur noch bei Dunkelheit ausführen dürfen?

Ein Nachtmensch.

Harald Katt war das im Gedächtnis geblieben. Es hatte etwas ausgelöst, eine Assoziation hergestellt, verbunden mit einem Verlangen, einer Leidenschaft, die er niemals jemandem enthüllt und immer sorgsam verborgen hatte. Albern. Unwürdig eines erwachsenen Mannes, eines reichen Mannes von Welt, der Personifizierung von Erfolg und Durchsetzungskraft.

Es hatte einen Gedankengang ausgelöst, eine fixe Idee, die er schon lange mit sich herumgetragen hatte, eine Idee, die er in spielerischer, nicht ganz ernst gemeinter Art umzusetzen begann. Anfangs jedenfalls. Erst war es Cosplay gewesen, ein Zeitvertreib, doch dann hatte es sich zu einem ernsthaften Projekt entwickelt, in das er Zeit und Geld zu stecken begann. Was war der Auslöser gewesen?

Er wischte den Gedanken zur Seite. Es gab eine Therapie oder keine, aber Katt wollte niemals Schwäche zeigen. Er hatte zu viele Neider, zu viele Feinde. Schwäche war fatal. Er musste ein Risiko eingehen, jetzt war der Zeitpunkt. Risiken waren sein Lebenselixier. Er ging sie bewusst und mit Begeisterung ein.

Igor. Der Name fiel ihm nun sofort ein und das war auch logisch.

Igor – und er kannte nur seinen Vornamen – war Inhaber eines Untergrundclubs, in einem Keller, nur den Auserwählten bekannt, die sich den Eintritt verdient hatten. Man musste nicht einfach nur reich und spendabel sein, um dort aufgenommen zu werden. Man musste vertrauenswürdig sein.

Igor kannte Katt schon lange. Und als er von Katts Krankheit gehört hatte, war seine erste Reaktion gewesen: »Ich hör mich mal um.«

Zwei Wochen später war er mit einer Schachtel ohne Aufschrift angekommen, darin kleine, blaue Pillen ohne jeden Aufdruck. »Von einem Freund«, hatte Igor gesagt.

Katt hatte die Schachtel genommen und nie angerührt. Er warf alle möglichen Sachen ein, je nach Laune: Upper, Downer, Booster, was auch immer. Aber das hier war etwas anderes. Irgendwas aus irgendeiner ukrainischen Giftküche, das ihm helfen sollte? Er traute Igors Leuten zu ihn high werden zu lassen, total drauf, aber so eine komplexe und seltene Stoffwechselkrankheit wie die seine zu heilen?

Da fehlte es ihm dann doch etwas an Vertrauen.

Doch »Vertrauen« konnte er sich möglicherweise nicht mehr leisten in seinem Zustand.

Katt packte seine Sachen beisammen, verließ das Büro. Der 7er BMW in der Tiefgarage erwachte kurz darauf zum Leben und durch die einsetzende Nacht strebte der Broker seinem Appartement im Westend zu, dem man von außen nicht ansah, wie teuer und aufwendig es eingerichtet war.

Reichtum sorgte für Neider und manche Neider gaben diesem Gefühl mit einer Brechstange Ausdruck.

Er betrat sein Appartement und warf die Jacke in die Ecke. Das Licht war gedimmt. Ohne weiter zu zögern, strebte Katt in seinen Fitnessraum, den er täglich intensiv benutzte. Er war stolz auf seinen Körper, seine Kraft und Wendigkeit. Das Training erfüllte ihn mit der gleichen Begeisterung wie seine Partys und dreimal in der Woche ging er zum Krav-Maga, eine Kampfsportart, in der er eine gewisse Meisterschaft entwickelt hatte.

Es fehlte ihm seit einiger Zeit an würdigen Gegnern.

Heute Abend aber, erinnert an die zentrale, alles durchdringende Schwäche seines Körpers, verlangte es ihm nach seinen Hanteln und Gewichten, nach dem schweren Boxsack, der schwingend von der Decke hing, und nach Schweiß und körperlicher Anstrengung bis zur Selbstaufgabe.

Er wollte vergessen, was mit ihm, mit seinem Leib geschah.

Augenblicke später, nur bekleidet mit einer kurzen Sporthose, begann er. Er war in diesen Dingen extrem diszipliniert, ein Mann von großer Ausdauer, der seine Grenzen ständig aufs Neue auslotete. Gegen die knotigen Pusteln, die rote, aufgeraute Haut auf seinem Körper, die ihn an das erinnerte, was die Krankheit aus ihm zu machen drohte, kämpfte er mit der Verbissenheit eines Kämpfers an. Und während er die Hanteln hob und den Boxsack bearbeitete, seine Muskeln vor lauter Anstrengung zu zittern begannen, dachte er an die kleinen Pillen in der unbeschrifteten Schachtel, die Igor ihm gegeben hatte.

»Es hilft dir«, hatte der Russe gesagt. Russe? War er überhaupt Russe? Katt wusste wirklich nichts über ihn. »Es hilft dir, mein Freund.« Und er hatte gelacht, dieses laute, sympathische Lachen, mit dem einem Igor alles verkaufte, was glücklich machte, stark – oder beides.

Er hielt inne, keuchte, trank einen tiefen Schluck aus der bereitstehenden Wasserflasche. Welcher Teufel trieb ihn dann hinaus auf den Gang, was ließ ihn suchend nach der Schachtel greifen, die irgendwo in einer Jacke ... da war sie. Er öffnete den Behälter, starrte auf die Pillen, klein, unscheinbar.

»Nimm drei«, hatte Igor gesagt. »Jeden Tag drei, mit Wasser. Bis die Schachtel alle ist.«

Igor, der Apotheker.

Katt starrte auf die geöffnete Schachtel. Die Versuchung war ebenso groß wie die Verzweiflung, heute hatte beide das gleiche Level erreicht. Er holte tief Luft, legte drei der Pillen in seine Hand, warf sie in den Mund, spürte etwas Bitteres, trank Wasser und schluckte.

»Sie helfen dir, sofort, das wirst du sehen, mein Freund«, hatte Igor gesagt.

Harald Katt lachte hysterisch auf. *Sofort.* Alles, was der Russe ihm verkaufte, wirkte sofort. Sofort high. Sofort geil. Sofort einen Ständer aus Stahl. Sofort wach. Sofort schnell. Sofort alles.

Katt warf drei weitere Pillen in seine Hand. Was sollte es? Es half oder er starb. Wenn er starb, war es vorbei, wenn es half, war es das auch. Er hatte schon so viel von allem eingeworfen, dann würde das nicht mehr schaden.

Er schluckte. Er spürte, wie das Medikament seine Speiseröhre hinunterglitt. Er trank Wasser, fühlte sich erfrischt. Katt lauschte in sich hinein. Kein Unwohlsein, keine erkennbare Wirkung. Sofort?

Er schaute auf die Pusteln, die entzündete Haut. Ein Kribbeln.

Es *kribbelte.*

Das war nicht unangenehm und Katt hockte sich hin, mitten auf dem Flur, dort, wo er stand. Er zwinkerte. Ein schönes Kribbeln, überall auf seinem Körper. So schön. So angenehm. Es war wie ein Schauer des Wohlseins, der sich auf die entzündeten Hautstellen konzentrierte. Es war, als würde seine sanfte Macht den schmerzhaften Ausschlag hinwegfegen.

Igor hatte recht gehabt.

Katt lachte glucksend. Drei weitere Pillen lagen in seinem Mund. Mit Wasser spülte er sie hinunter. Das Kribbeln wurde stärker, breitete sich überall aus.

Katt wurde schwarz vor Augen. Kichernd legte er sich hin, sein Körper durchzuckt von zittrigen Wellen, die jeden Muskel zu beanspruchen schienen.

So schön, dachte er und lachte laut, ehe er das Bewusstsein verlor.

So richtig schön.

Kapitel 3

»Mein Gott, was für eine Katastrophe!«

Der Polizist starrte über die Absperrung hinweg auf den Krater, der sich tief in das Erdreich gerissen hatte. Dampf stieg daraus aus, doch die Hitze war bereits seit einigen Stunden so weit heruntergegangen, dass sich die ersten Teams bereits in das Loch gewagt hatten, Absicherungsmaßnahmen durchführten, Markierungen setzten. »So ein verdammtes Loch hat ja nicht mal der neue Bahnhof gerissen.«

Sein Kollege nickte. Der Krater war tief, es ging fast zweihundert Meter in die Tiefe, und er hatte einen Durchmesser von einem guten Kilometer. Man hatte die Explosion weithin gehört. In Stuttgart waren die Fensterscheiben zersplittert, es gab viele Verletzte und einige nicht so massiv gebaute Häuser waren einsturzgefährdet. Näher am Explosionsherd hatte es Tote gegeben, mit einigen dermaßen effektiv ausradierten Bauernhöfen in der Gegend, dass die Hilfsmannschaften nicht einmal mehr menschliche Überreste fanden. Das Wort »Katastrophe« kam dem, was hier geschehen war, nicht einmal nahe. Schon schossen die Gerüchte ins Kraut. Ein Terroranschlag, das war die vorherrschende Meinung. Bestimmt die Islamisten. Glücklicherweise hielt man die Medien weit außerhalb des Epizentrums der Explosion auf Abstand, sodass die Einsatzkräfte ihre Arbeit tun konnten.

»Wir können heilfroh sein, dass das nicht in der Innenstadt passiert ist.«

»Es hat auch so genug Tote gegeben.«

»Wie viele?«

»Genug«, sagte eine dritte Stimme. Die beiden Uniformierten zuckten zusammen. Kriminalhauptkommissar Joksmann hatte sich leise genähert, wie er sich immer leise bewegte, auf den sanften Gummisohlen seiner Gesundheitsschuhe. Nur das gelegentliche Schnaufen, mit dem er seinen massigen Körper bewegte, verriet manchmal seine Anwesenheit. Der

Mann in Zivil gesellte sich zu seinen Kollegen, starrte in den Krater hinab, in dem Bauarbeiter und Ermittler nach ... irgendwas suchten.

»Keiner wusste, dass es hier eine dreistöckige unterirdische Forschungsanlage gab?«, fragte einer der beiden Uniformierten ungläubig. »Ich meine – wie kann man so was geheim halten?«

»Auf Dauer offenbar nicht«, brummte Joksmann, der den Blick nicht vom Abgrund abwenden konnte. Er kratzte sich über das unrasierte Kinn, dessen Fettwulst schwer auf dem Kragen seiner Jacke lag.

»Wir wissen nicht, wie viele Menschen dort gearbeitet haben? Was sagen die Forensiker?«

»Wir haben Leichenteile gefunden, die zu 26 Personen aufaddiert werden können. Kleine Leichenteile. Verdammt kleine. Näheres wird die DNA-Analyse ergeben«, erwiderte Joksmann. »Aber die Hitzeentwicklung war enorm. Die drei Stockwerke sind zu einem Schlackehaufen verbrannt. Wer sich darin noch befindet – und in welchem Zustand ...« Er zuckte mit den Achseln. »Das werden wir wahrscheinlich niemals herausfinden.«

»Wer ist dafür verantwortlich?«

»Die Ermittlungen laufen, Kollege. Die Ermittlungen laufen.«

Joksmann hob das Absperrband. Ermittlungen. Er verbarg ein Grinsen. Die drei verantwortlichen Energiekonzerne hatten irgendwann zugeben müssen, dass sie hier, in einem Gewerbegebiet bei Stuttgart, eine große unterirdische Forschungsstation errichtet hatten – weitgehend illegal, ohne die notwendigen Genehmigungen. Wen sie bestochen hatten, um die Station überhaupt bauen zu können, war noch herauszufinden. Offiziell hatte es hier eine Fabrik für Sanitäranlagen gegeben. Eines der üblichen, mittelständischen Unternehmen, die das Rückgrat der baden-württembergischen Erfolgsgeschichte waren, fleißig, spezialisiert und international erfolgreich. Hier aber war mehr explodiert als eine mächtig unter Druck stehende Latrine.

Scheiße war es trotzdem, zumindest die der metaphorischen Natur.

Die oberirdisch sehr harmlos wirkende Fabrik war eine Tarnung für etwas sehr viel Größeres. Sowie Joksmann in den Krater hinabstieg, stapfte er in einen Sumpf aus Korruption, Geldgier und Heimlichtuerei. Er würde den Job bald los sein, das war klar. Eine Soko wurde bereits gebildet und sie würde groß sein, mit vielen Ermittlern, die erhebliche Anstrengungen unternehmen würden. Bereits jetzt waren Kollegen in die Konzernzentralen im In- und Ausland unterwegs, mit Hilfsersuchen an die Behörden der anderen Länder in den Taschen. Es war ein Glück, dass die Katastrophe in der Nacht stattgefunden hatte, als das nahe Gewerbegebiet im Grunde menschenleer gewesen war. Tagsüber hätte es Tausende von Toten gegeben. Aber auch so war es schlimm genug.

»Joksmann?«

Ein Mann in einem weißen Schutzanzug kam auf ihn zu. Joksmann kannte ihn gut. Dr. Beck war der Leiter des Untersuchungsteams, das sich der Explosionsstelle mit allerlei Gerätschaften näherte und seit Kurzem auch Bagger einsetzte, um in tiefere Ebenen vorzudringen.

»Und?« Joksmann entging das aufgeregte Glitzern in den Augen des Forensikers nicht.

»Schauen Sie sich das mal an!«, sagte der Wissenschaftler ohne Umschweife. Er führte den Kommissar an eine Stelle, um die ein separates Absperrband gelegt worden war. Zu sehen war eine Mulde und diese war von perfekter Form, absolut glatt, und darin lag Kleidung. Frauenkleidung, wenn man sich den Schnitt recht betrachtete. Das quer über dem weißen Laborkittel liegende Höschen war rosa. Darauf gestickt war ein winziger ...

Das ist Godzilla!, dachte Joksmann erstaunt.

»Wie bitte?«, murmelte er. »Sie wollen mich verarschen, Beck.«

»Niemand will hier jemanden verarschen«, erwiderte der hagere Mann mit dem Pferdegebiss. »Das haben wir vor einer halben Stunde gefunden. Eine perfekte Kugel, die wir aufgebrochen haben. Gebackene Erde, heiß gebrannt zu einer Art Tonschale. Und darin Kleidung. Die Kleidung einer Frau, eine Art weißer Kittel, ein Overall, sogar die Unterwäsche. Wir werden sie gleich ins Labor abtransportieren.«

»Sonst nichts?«

»Nein.«

»Keine persönlichen Gegenstände?«

»Nichts. Kein Namensschild. Nur die Kleidung. Sehen Sie – sogar Schuhe und Strümpfe.«

Eine kleine Größe, vielleicht 36. Joksmann hatte ein Auge für so was. Eine zierliche Person.

»Wollen Sie mir damit sagen, dass hier irgendwo eine recht schmale Frau rumläuft, die in einer gebrannten Tonschale eine sonnenheiße

Eruption überlebt hat? Und daraufhin hat sie sich entschlossen, weil ihr doch recht warm war, sich aller Kleidung zu entledigen und den Krater zu verlassen?«

Beck grinste. »Die schlimmste Vorstellung ist das nicht.«

Joksmann schnaubte. »Kontrollieren Sie Ihre Libido, Beck. Das ist doch absurder Scheiß. Sie *wollen* mich verarschen.«

»Wir haben alles dokumentiert«, verteidigte sich der Mann im Schutzanzug. »Alles gefilmt.« Er tippte auf die Kamera auf seiner Schulter. Jeder Schritt des Teams wurde aufgezeichnet. »Sie können sich selbst davon überzeugen.«

»Ich glaube es Ihnen«, rang sich Joksmann ab. Er hatte immer noch seine Zweifel, aber warum sollte jemand wie Beck ihn anlügen? Er beugte sich nieder, steckte die Kleidungsstücke in einen Probenbeutel und verschloss sie sorgfältig, ehe er sie Beck übergab, der sie achtlos in seinen Rucksack steckte.

»Wir haben noch einige andere Erkenntnisse ...«

»Schießen Sie los.« Viel bescheuerter konnte es ja nicht mehr werden.

»Die Explosion war eher eine Implosion, deswegen ist der Schaden auch lokal begrenzt – zu unserem Glück, können wir sagen. Die Schockwelle aber war erheblich.«

»Wem sagen Sie das?« Drei Tage war Stuttgart ohne Stromversorgung gewesen. Drei Tage, in denen sich gezeigt hatte, wie sehr eine moderne Großstadt auf Elektrizität angewiesen war und welch harter Einschnitt das Fehlen derselben bedeutet hatte. Als am zweiten Tag der Akku des iPads seiner Tochter leer war, hatte Joksmann am eigenen Leibe erfahren müssen, zu welchen raubtierhaften Reaktionen Menschen in der Lage waren, denen man das Nötigste vorenthielt.

Verhungert oder verdurstet war aber niemand. Man hatte sich geholfen im Ländle. Und als nach drei Tagen der Strom wieder floss, war man wieder zur Arbeit gegangen, denn es gab jetzt einiges, was liegen geblieben war. Man musste diese Ecke Deutschlands lieben, zumindest manchmal.

»Diese Schockwelle wurde weiter entfernt ebenfalls gemessen – wir haben Ausschläge in Forschungsinstituten in Südspanien und Italien und am nördlichen Polarkreis. Die Intensität nahm natürlich ab, aber wir haben Berichte aus aller Herren Länder, nach denen elektrische und elektronische Anlagen Fehlverhalten an den Tag gelegt haben – von kleineren Funktionsausfällen bis zu völlig erratischen Ergebnissen von mathematischen Kalkulationen. Der Schaden hält sich glücklicherweise in Grenzen, aber das bedeutet auch: Was immer hier schiefgelaufen ist, es war nicht einfach ein heiß gelaufener Generator oder eine chemische Reaktion, die außer Kontrolle geriet. Es war etwas ... anderes.«

»Ehe die beteiligten Firmen nicht offenbaren, was sie hier getrieben haben, wird das ein Rätsel bleiben – außer Ihre Leute finden noch etwas heraus.«

Beck schüttelte den Kopf. Er kannte seine Grenzen, das war ein Grund, warum er so gut in seinem Job war.

»Wir haben Experten angefordert – vom Institut für Teilchenphysik in Dresden, dem Max-Planck-Institut in München, aus Bochum, Karlsruhe und Münster und sogar Zürich ... wir mussten viele Anfragen sogar abwehren, so scharf sind die Experten, sich mit dem zu befassen, was hier passiert ist. Es dauert nicht mehr lange und das Ganze hier wird zu einem großen Labor, wenn Sie mich fragen.«

Joksmann legte dem Mann eine Hand auf die Schulter. »Passen Sie auf, dass die Spurensicherung vorher fertig wird. Ich will mir nichts zertrampeln lassen, was uns nachher helfen könnte, wenn es um die Schadensursache geht. Da laufen bald bergeweise Klagen gegen die Verursacher. Das wird ein teurer Spaß, das kann ich Ihnen sagen.«

Beck lachte. »Das haben die nicht anders verdient. Das stinkt hier zum Himmel.«

Joksmann nickte dem Mann zu und stapfte einen provisorisch befestigten Weg hinunter in den Krater. Auch Tage nach der Implosion stiegen immer noch Dämpfe aus dem tiefen Rund aus, die von den Experten aber als ungefährlich bezeichnet wurden. Trotzdem zog Joksmann eine Atemmaske aus der Manteltasche und zog sie sich über.

Es ging teilweise recht steil bergab, für den behäbigen Mann eine echte Herausforderung. Als er unten angekommen war, hatte er zwanzig Minuten gebraucht und ihm graute bereits vor dem Rückweg. Der Schweiß stand ihm auf der Stirn und er atmete schwer.

»Sie sind gerade drei Stockwerke abwärts gelaufen«, erklärte KHK Folg, der ihn hier unten erwartete. Der bemerkenswert gut aussehende Bartträger mit dem gewinnenden Lächeln empfing Joksmann mit einem Handschlag.

»Runter geht immer«, knurrte Joksmann. Das Lächeln Folgs wusste er schon richtig zu deuten. Das war nicht die reine Freundlichkeit, ein wenig Schadenfreude war auch dabei. Dass der Kollege durchtrainiert und muskulös war und den Aufstieg fröhlich und dynamisch bewerkstelligen würde, kam noch dazu. Joksmanns bevorzugter Sport war Schach, obgleich man selbst das den rosig glänzenden Wurstfingern eigentlich nicht ansah.

»Was gibt es, Kollege? Sie haben mich doch nicht angerufen, damit ich abnehme?«

»Wäre doch ein schöner Effekt.« Folg sah Joksmanns Gesichtsausdruck und beeilte sich sofort zur Sache zu kommen. »Kommen Sie hier entlang.«

Sie machten einige weitere Schritte bis zu einer Öffnung im Boden, die nicht durch die Katastrophe geschaffen worden war. Hier hatten Arbeiter gegraben, nachdem bereits gestern jemand herausgefunden hatte, dass es noch tiefere Stockwerke gegeben haben musste – und dass dort möglicherweise nicht alles zerstört war.

Joksmann starrte auf ein schwarz verbranntes Metallschott. Es sah so aus, als hätte es den Gewalten nur mit Mühe standgehalten.

»Bekommen Sie das auf?«

»Ich habe nach Schweißern geschickt, die das aufbrennen. Das ist kein normales Metall, das ist was Besonderes. Klopfen hat jedenfalls wenig genützt.«

Joksmann verzog das Gesicht. »Sie sind und bleiben ein Witzbold, Folg.«

»Mein sonniges Gemüt ... Ah, da kommen sie ja schon.«

Joksmann drehte sich um, als er sah, wie zwei Männer mit einem großen Brenner die Kraterwand entlangkletterten. Gasflaschen, Schutzbrillen – alles war dabei. Sie nickten Joksmann kurz zu, als sie an ihm vorbeistapften, und setzten ihr Equipment vorsichtig ab.

»Gleich kommen noch die Kollegen mit der großen Flex«, sagte einer der Männer. »Die ist schwer.«

Joksmann nickte. »Fangen Sie an, sobald Sie alles beisammenhaben.«

»Diese Tür?«

»Wenn möglich, ja.«

Es dauerte eine halbe Stunde, dann begann die Arbeit. Das Material der Tür erwies sich als hartnäckiger als gedacht. Die Arbeiter fluchten, oft, laut und anhaltend. Folg schien sich zu amüsieren, Joksmann aber war irgendwann genervt. Wenn diese Typen die Energie, die sie in Unflätigkeit steckten, für die Arbeit nutzen würden, kämen sie sicher schneller voran.

Er wusste, dass das ungerecht war. Gerade weil die beiden Arbeiter sich so mühten und damit kaum vorankamen, machten sie ihrem Unmut lautstark Luft. Es würde sicher noch einige Stunden dauern und möglicherweise mussten sie zusätzliches Material anfordern.

Dann hielten sie alle inne, als sie das Geräusch hörten.

Erst hatte Joksmann es gar nicht bewusst wahrgenommen, ein Verkehrslärm wie jeder andere, aber jetzt wurde es lauter, ein dunkles Brummen, das jeder sogleich richtig identifizierte.

Sie schauten in den Himmel.

»Gleich fünf?«, brummte Folg verwirrt. »Wieso fünf? Wer hat die angefordert?«

»Ich war es nicht«, murmelte Joksmann, als er die schwarzen Punkte betrachtete, die sich langsam näherten. *Helikopter, kein Zweifel, und erstaunlich tief. Unterhalb des Radars*, schoss es ihm durch den Kopf. Ihm wurde mulmig zumute.

»Da stimmt was nicht«, sagte er leise, kaum noch hörbar unter dem stetig anwachsenden Lärm der Rotoren. Er starrte die größer werdenden Maschinen an.

»Eurocopter«, sagte er dann. »Die haben wir doch gar nicht. Die fliegt hier doch keiner.« Er kannte sich aus. Bevor er zur Kriminalpolizei ging, war er Unteroffizier bei der Luftwaffe gewesen, beim Hubschraubergeschwader 64. Er wusste, was da flog. »Die Franzosen haben welche«, sagte er lauter, damit Folg ihn hörte. »Aber die sind nicht schwarz.«

»Was sind das für Kisten?«, fragte Folg verwirrt. Joksmann konnte nun Einzelheiten ausmachen. Keine Markierungen. Waffenträger waren auch keine zu sehen, aber die seitlichen Schotten waren offen.

»Die Franzosen transportieren damit ihre Spezialkräfte in den Einsatz«, rief Joksmann gegen den Lärm an.

»Das sind Franzosen?«

»Nein«, brüllte Joksmann und zog seine Dienstwaffe, als er die Schemen in den Öffnungen ausmachte. »Aber Spezialkräfte.«

Kapitel 4

Das Erwachen war schmerzhaft.

Er öffnete die Augen und sah das, was er auch erblickt hatte, als die Ventile geplatzt waren und den Automaten geflutet hatten: die grünlichen Schwaden des Gases, das in viel zu hoher Dosis hineingedrungen und ihm das Bewusstsein genommen hatte. Sein letzter Gedanke war voller Angst gewesen, eine plötzliche Atemnot hatte ihm die Sinne geraubt und er war sich sicher gewesen niemals wieder zu erwachen.

Da hatte er sich geirrt.

Er lebte. Er atmete, wenngleich etwas mühsam.

Er hatte es überlebt, aber er wusste nicht, wie eigentlich, und sein Leib brannte, als würden alle Nervenenden auf höchster Reizbarkeit arbeiten. Er versuchte eine Bewegung, aber sein Körper steckte fest und er vermochte sich nicht zu orientieren.

Etwas war furchtbar schiefgelaufen.

Alles hatte bestens funktioniert, zumindest am Anfang. Der große Tag hatte es werden sollen, der 2. Januar des Jahres 1943. Der Tag, an dem er seine Rache zu vollenden trachtete, seine Rache an der Hitlerregierung, die ihm alles genommen hatte, was ihm lieb und teuer gewesen war – seine Reputation, seine Arbeit, seinen Besitz.

Seine Frau.

Hoffentlich hatte sie es geschafft. Wie lange war er ohne Bewusstsein gewesen?

Ein Tag, an dem er durchaus zu sterben bereit gewesen war, aber dann im Kampf, eine blutige Spur der Vergeltung hinter sich herziehend. So viele wie möglich hätten büßen sollen: die Täter, die Mitwisser, die Mitläufer. Eine letzte, grandiose Geste, verstärkt durch die Macht seines Intellekts und das, was dieser zu bewerkstelligen in der Lage war.

Vielleicht war es noch nicht zu spät. Er musste sich erst einmal orientieren.

Er bewegte den Kopf, das war leicht möglich. Durch die dicken Glasplatten des Helms konnte er die Umrisse seiner Laboreinrichtung wahrnehmen. Die große Werkbank, die beiden Akkumulatoren, größere Versionen jener, die er in den Automaten eingebaut hatte. Etwas hatte die Anlage aktiviert. Die großen Zifferblätter zeigten zitternde Zeiger. Strom floss durch die Leitungen. Er war doch gar nicht dazu gekommen, alles einzuschalten! Das Gas hatte ihn überwältigt, ehe er hatte handeln können! Zumindest daran konnte sich Dr. Jonas Sternberg hervorragend erinnern. Das Gas war eigentlich ein Aufputschmittel, das seinem Körper helfen sollte, den langen und am Ende für ihn sicherlich tödlichen Kampf aufzunehmen. Wie ein Racheengel wäre sein Automat aus dem Versteck gebrochen und hätte Tod und Verderben über alle gebracht, die ihm geschadet hatten. Sicher, irgendwann hätte die Wehrmacht ihn überwältigt, spätestens dann, wenn die Akkumulatoren aufgebraucht gewesen wären. Aber damit hatte Dr. Sternberg gerechnet. Es war sogar sein Ziel gewesen. Wozu sonst hätte er noch leben sollen, wenn nicht für die Rache?

Doch das Ventil war geplatzt. Zu viel Gas war in den Automaten geströmt. Jetzt war vieles über die niemals hundertprozentig dichten Ritzen des mechanischen Anzugs hinausgeströmt, genug, um ihn wieder zu Bewusstsein kommen zu lassen. Sollte er die Aktion abbrechen? Wie war sein Status?

Er würde die Systeme überprüfen müssen. So viel Zeit musste sein. Wenn die Anlage Strom hatte, dann konnte auch der Ladevorgang durch die Induktoren beginnen, auf denen der Anzug stand, mit beiden, mächtigen mechanischen Füßen in exakt vorgestanzten Fassungen, die Steckdosen gleich die beiden hoch komprimierten Akkus auf dem Rücken des Automaten zu laden hatten. Es gab keine moderneren Batterien auf der Welt, davon war Sternberg überzeugt. Er hatte sie selbst entwickelt. Er hatte so viel erfunden, so viele Ideen, so viel davon noch unverwirklicht.

Egal. Für diese Gedanken war es zu spät. Er war nicht mehr der geniale Physiker und Ingenieur, der aufstrebende Star des Kaiser-Wilhelm-Instituts. Er war ein Paria, unwertes Leben, eine Gefahr für ein gesundes Volk, die herrschende Rasse. Sie hatten ihm sogar die Promotion aberkannt, die Urkunde aber hatte er gerettet. Sie trug die Unterschrift Albert Einsteins. Was wohl aus ihm geworden war?

Einstein hatte rechtzeitig erkannt, wohin die Reise ging, und das Reich 1932 verlassen. Hätte Sternberg das nur genauso getan. Aber nein, er hatte gehofft, die Situation würde sich wieder beruhigen. So ein Irrer, der konnte keinen Erfolg haben. Das deutsche Volk würde rechtzeitig zur Besinnung kommen und den verrückten Österreicher zum Teufel schicken. Sternberg hatte auf wichtige, einflussreiche Freunde gesetzt, die sich allesamt als Feiglinge und Opportunisten entpuppt hatten.

Und das deutsche Volk hatte Hitler nicht zum Teufel geschickt. Es hatte sich dem Teufel angeschlossen.

Nein, nein, er weinte niemandem eine Träne nach. Und in die USA würde er auch nicht auswandern. Er würde ihnen zeigen, was Dr. Sternberg zu tun imstande war.

Seine rechte Hand im Metallhandschuh zog er etwas zurück, ertastete den Knopf, drückte ihn in die Fassung. Das charakteristische Summen der Induktoren erklang, das Licht im Helm ging an. Aus den dünner werdenden Schleiern des Gases leuchteten die Zifferblätter. Die Batterien wurden geladen.

Er aktivierte die Lüftung mit seinem Kinn. Dazu war er beim letzten Mal nicht mehr gekommen. Die Ventilatoren im Helm und im Brustbereich begannen zu summen. Die Schwaden verflüchtigten sich. Er sah klar. Die Zeiger zitterten, seine Fußsohlen wurden warm, als der elektrische Strom die metallenen Beine entlang in die Akkumulatoren geführt wurde. Der Prozess verlief einwandfrei.

Sehr zufriedenstellend.

Er atmete tief durch. Die Luft roch etwas abgestanden.

Das Gas war verschwunden. Er würde das Experiment erst wieder wagen, wenn er die chemische Zusammensetzung genau geprüft hatte. Wenn das Mittel, anstatt ihm außergewöhnliche Kraft und Ausdauer zu bereiten, eher den gegenteiligen Effekt gehabt hatte, dann war da einiges zu ändern. Vielleicht wenn sich herausstellen sollte, dass er den Automaten nicht richtig aktivieren konnte. Etwas war ja immer.

Er begann die Überprüfung. Da nun Elektrizität den Automaten erfüllte, funktionierte er auch richtig. Die beiden großen Spulengeneratoren auf den Schultern begannen bereits winzige, bläuliche Blitze zu erschaffen, die an ihnen herumliefen wie kleine Irrlichter. Ein faszinierender Anblick.

Der schöne Schein täuschte. Durch die Teslaspulen konnte der Automat elektrische Stöße von gigantischer Kraft abfeuern – zielgerichtet durch Magnetfelder, an deren Fokussierung Sternberg sein Leben lang gearbeitet hatte. Die Magnetfeldprojektoren saßen direkt neben den Spulen und waren schwenkbar, damit deckte der Automat einen erheblichen Feuerbereich ab. Die schlanken Zusatzspulen an beiden Armen folgten seinen Bewegungen. Ihre Ladekapazität war geringer, aber dafür konnte Sternberg damit noch direkter zielen. Hinzu kam, dass das Magnetfeld des Automaten, zusätzlich zur massiven Panzerung, vor Angriffen schützte. Man würde mehrere Haubitzen auf ihn richten müssen, um ihn aufzuhalten. Genau wusste es der Erfinder selbst nicht. Die Gelegenheit zum Test unter Kampfbedingungen hatte es natürlich noch nicht gegeben.

Die mächtigen Elektromotoren im Rumpf trieben die gut dreieinhalb Meter hohe Konstruktion an. Der Automat war ein Wunderwerk der Miniaturisierung, die weit über dem technischen Stand des Reiches lag. Die Nazis und ihre Erfüllungsgehilfen würden sich wundern, wenn der Teslamann aus seiner Höhle ausbrach und eine Spur der Verwüstung durch ihr Reich zu ziehen begann.

Sternberg spürte die Anspannung und die Vorfreude, die kalte Sucht nach dem Tod seiner Feinde. Er wusste, dass er dem eigenen Tod entgegensah, und es störte ihn nicht. Er würde so viele von ihnen mitnehmen, dass sein Ende keine Bedeutung mehr hatte.

Die Anzeigen sahen gut aus. Die Akkumulatoren sogen sich mit Strom voll. Mit der gespeicherten Energie konnte er gut zwölf Stunden uneingeschränkt operieren. Dann würde er entweder durch die Fuß- oder Handinduktoren neue Ladung aufnehmen müssen – ein bloßer Griff in eine Hochspannungsleitung sollte ausreichen und etwas Ruhe, um die Akkus nicht zu überladen – oder man würde ihn endlich haben. Den Panzer zu knacken würde keine leichte Aufgabe sein. Zum Schluss hatte Sternberg noch das hoch komprimierte Dynamit, auf dem er in der Konstruktion saß und dessen Zündung er mit einem simplen Knopfdruck auslösen konnte.

Er lächelte wölfisch. Sie würden ihn nicht kriegen. Niemand würde ihm nahe genug kommen. Sie würden alle sterben. Und je mehr, desto besser. Der Hass, der ihn nun erfüllte, belebte ihn, gab ihm Kraft. Er verscheuchte die Müdigkeit, die ihm noch in den Knochen steckte. Das

Brennen war immer noch da, aber es hatte nachgelassen. Er fühlte sich besser.

Er überprüfte den Automaten weiter. Die Arme bewegten sich. Die Elektromotoren jaulten leise, ein gefährliches Geräusch, das seinen Feinden Furcht einflößen würde. Er drehte den Oberkörper und die Scharniere ächzten. Staub rieselte zu Boden, mehr als erwartet. Es knirschte verdächtig.

Sternberg runzelte die Stirn. Wie lange hatte er geschlafen? Die Uhr an der Wand half ihm nicht weiter. Das Uhrwerk war natürlich abgelaufen, er hatte sie lange nicht aufgezogen. Die elektrische Uhr war auch tot, offenbar hatte es einen Stromausfall gegeben. Das wunderte Sternberg nicht. Der Krieg führte zu dauernden Unterbrechungen in der Versorgung. Traf eine Bombe ein Umspannwerk, war alles tot. Die großen Batterien des Labors glichen diese Unterbrechungen oft aus, aber im Grunde reichten sie nicht. Die Stromversorgung war die große Schwäche seines Projekts, dessen war sich der Wissenschaftler bewusst. Ein Grund mehr, die Gunst der Stunde zu nutzen, den Automaten aufzuladen und sein zerstörerisches Werk zu beginnen. Möglicherweise würde er so bald keine Gelegenheit mehr dazu bekommen.

Die Batteriestandsanzeige kletterte mit enervierender Langsamkeit nach oben. Sternberg fühlte Hunger und Durst. Im Automaten gab es einen kleinen Lebensmittelvorrat. Er öffnete die Klappe und starrte auf das Brot. Er identifizierte es nur, weil er wusste, wie es ausgesehen hatte, als er es hier deponierte. Jetzt war es ein verschrumpeltes Etwas, das mit dem, was er hineingelegt hatte, nicht mehr vergleichbar war. Verschimmelt, vertrocknet, nahezu versteinert, kaum noch als das zu erkennen, was es einst dargestellt hatte. Sternberg blinzelte.

Wie lange hatte er geschlafen?

Es war, als würde er erst jetzt richtig aufwachen. Er blickte sich durch die Sichtscheibe des Automaten im Labor um. Er bemerkte den Staub, die Staubnetze. Er sah die Spuren des Verfalls. Keine Zerstörung, kein richtiger Schaden aber ... Zeit.

Der Zahn der Zeit.

Ein unheimliches Gefühl erfasste ihn.

Zeit. Wie viel Zeit war tatsächlich vergangen? Wochen? Gar Monate?

Die Beklemmung, die ihn befiel, wollte ihn überwältigen. Er spürte nun ganz deutlich, dass ihm etwas Wichtiges entgangen war, etwas Grundlegendes.

Mit schlafwandlerischer Sicherheit öffnete er den Automaten, kletterte mühsam heraus. Von außen betrachtet wirkte das Ungetüm behäbig, fast bewegungsunfähig. Sternberg schaute sich die Gelenke an, die Eisenplatten der Panzerung. Staub, ja, und da und dort, kaum wahrnehmbar, aber ohne Zweifel auch ... Rost.

Rost!

Das unterirdische Labor war trocken. Wenn sich hier Rost gebildet hatte, allein durch die Luftfeuchtigkeit, die durch die passiven Ventilationsschächte nach unten drang ...

Nein, das passte doch vorne und hinten nicht.

Das Periskop. Es würde vielleicht Klarheit schaffen.

Er eilte zu der kleinen Plattform, die er allein für die Außenbeobachtung geschaffen hatte. Das Periskop, der Anlage wie in einem U-Boot vergleichbar, hing in seiner Fassung, eingezogen. Es konnte durch ein Rohr bis an die Oberfläche gleiten und bot, versehen mit einer regulierbaren Optik, einen guten Rundumblick mit Vergrößerungsfaktor.

Strom war da. Er würde keine Körperkraft einsetzen müssen. Summend fuhr die Anlage hoch, dann ertönte das charakteristische Jaulen eines Elektromotors, der gegen einen Widerstand ankämpfte. Sternberg reduzierte sofort die Leistung. Etwas musste die Öffnung der Röhre blockieren. Das war seltsam. Er hatte das unterirdische Labor auf einem Grundstück eines Freundes errichtet, der es nicht nutzte, landwirtschaftliche Brachfläche. Die Röhre führte einen kleinen Hügel empor, die Gegend war waldlos. In der Ferne konnte man bei gutem Wetter Stuttgart ausmachen. Was genau konnte nun verhindern, dass das Periskop ausfuhr? Der Elektromotor war stark. Der Widerstand musste erheblich sein.

Ganz erheblich.

Das war doch nicht möglich, außer ... Die Befürchtung kroch in sein Bewusstsein. Nun gab es für ihn kein Halten mehr. Er musste sich selbst vergewissern. Sternberg griff nach seinem Mantel, hielt inne. Der Stoff war staubig und roch muffig. Er musste sich überwinden, ihn überzuziehen. Augenblicke später kletterte er die schmale Treppe empor, stand vor dem getarnten Zugang, schaute durch das Guckloch. Schwärze. Es war offenbar Nacht. Das würde helfen.

Er öffnete den Riegel und zog. Im Stillen hatte er wieder Widerstand erwartet, doch die Tür öffnete sich erstaunlich leicht und ein Schwall frischer Luft kam herein. Sternberg holte tief Luft. Er sah, dass in der Tat Nacht war, und der Zugang war zugewachsen, voller Gestrüpp und Unkraut, weitaus mehr, als ihm erinnerlich war. Er kämpfte sich ein wenig hindurch und trat ins Freie.

Er blieb wie angewurzelt stehen. Ja, die Fläche lag immer noch brach, keine Frage. Aber die Stadt war nicht nur näher gekommen, sie hatte die freie Ebene umschlungen und ihre Lichter brannten hell. Es war Nacht. Überall schimmerte und glänzte es. Die Bomber der Briten und Russen würden ein leichtes Ziel haben.

Die Bomber.

Sternberg schüttelte langsam den Kopf.

Nein, keine Bomber.

Dies war nicht mehr das Land, wie er es kannte. Hier zeigten sich die Zeichen einer langen, ungestörten Entwicklung, ohne Bombenangriffe und Verdunkelung. Es sah alles gut aus, friedlich. Lichter von sich bewegenden Fahrzeugen waren zu sehen. So sah keine Nacht aus, in der man jede Minute das Heulen der Alarmsirenen erwartete. Und selbst in Zeiten des Friedens war Stuttgart niemals so hell, so nah gewesen. Für all das gab es nur eine logische Erklärung, sosehr sie ihn auch erschüttern mochte.

Wie lange er geschlafen hatte? Keine Wochen oder Monate.

Jahre. Wirklich Jahre. Sternberg schloss die Augen. Als er sie wieder öffnete, setzte er sich wie ein Schlafwandler in Bewegung. Er stapfte den Hügel hoch und näherte sich der Stelle, von der aus das Periskop sich in die Höhe hätte bewegen sollen.

Er stand still, als er die Gestalt dort liegen sah. Ein Mensch. Eine Frau. Sie lag auf der Öffnung und es war gut, dass er sofort ausgeschaltet hatte. Er kam näher, beugte sich hinab.

Keine normale Frau. Er konnte sie so gut erkennen, weil sie leuchtete, ein sanfter, goldgelber Schimmer, der von den Konturen ihres nackten Körpers ausging. Sie trug nicht einen Fetzen am Leib.

Sternberg kam vorsichtig heran, ging nun in die Knie. Eine zierliche Frau, aber ohne Zweifel erwachsen, mit langen, schwarzen Haaren, wild über ihren Oberkörper drapiert. Die Augen geschlossen. Die kleinen, festen Brüste hoben sich in tiefem Schlaf. Sternberg blinzelte, doch der goldene Schein wollte nicht verschwinden, umgab den Leib der Bewusstlosen wie angeschmiegt.

Er sah sich ihr Gesicht genauer an.

Eine Japanerin. Eine Asiatin zumindest.

Sternberg runzelte die Stirn. In Deutschland? Eine japanische Frau, jung, gut aussehend, völlig nackt? Das alles ergab immer weniger Sinn.

Dann übernahmen alte Verhaltensweisen das Regiment. Sternberg war ein Kavalier und als solcher konnte er eine offenbar verletzte junge Dame nicht nackt auf einem Hügel liegen lassen, Leuchten hin oder her. Er beugte sich nieder, zögerte einen Moment. Als er die Frau dann doch berührte, fühlte sich ihr Körper heiß an. Er zuckte zurück. Das war kein normales Fieber. So eine Hitze hatte er noch nie bei einem menschlichen Wesen wahrgenommen.

Er überwand sich. Er konnte sie hier nicht so lassen.

Sternberg war für sein Alter ein kräftiger Mann. Ein gesunder Geist in einem gesunden Körper, dieser Weisheit hatte er sich zeit seines Lebens verbunden gefühlt. Es zwickte etwas im Rücken, aber er hob die glühende Nackte hoch und trug sie sicher. Vorsichtig stapfte er zurück zum Zugang, durch die Tür und in das Labor, in dem der aufladende Automat vor sich hin summte. Er hockte sich nieder, stützte den Leib der Bewusstlosen auf seinen Knien ab und warf die staubige Überdecke von seiner Liegestatt. Es musste für den Moment reichen. Sobald es ihr besser ging, würde er das Bett neu beziehen.

Er legte sie hin. Sie bewegte sich etwas, ein leises Stöhnen entrang sich ihrer Kehle. Sternberg zwang sich, nicht länger als nötig auf ihren nackten Körper zu starren. Er holte aus einem Schrank eine weitere Decke, alt, muffig, aber dennoch sauber und weitgehend staubfrei, und bedeckte ihre Blöße. Seine Schritte führten ihn zum Brunnen in einem der Nebenräume. Mit Freude stellte er fest, dass er immer noch Wasser führte. Er betätigte die mechanische Pumpe, die etwas unwillig ihren Dienst aufnahm, und der erste Schwall Wasser war rostrot. Sternberg ließ nicht nach und allmählich wurde das Wasser durchsichtig und klar. Er nahm einen Schluck, ignorierte den leicht metallischen Nachgeschmack und schleppte den Eimer an die Liegestatt. In seiner Hosentasche fand er ein unbenutztes Taschentuch, dass er mit kühlem Wasser vollsog, auswrang und auf die Stirn der Bewusstlosen drapierte. Erneut ein Seufzen. Es war, als ob der kühle Umschlag eine plötzliche Entspannung im Leib der Frau auslöste. Ermutigt holte Sternberg weitere Tücher, wickelte die kühle Nässe um die Handgelenke der Japanerin, legte sie an den Hals, direkt neben die Schlagader, dann auf die Brust, bemüht nicht allzu lange hinzuschauen.

Erneut das Seufzen, ein Ausdruck der Erleichterung.

Das Leuchten aber ging nicht weg. Es umschmeichelte den grazilen Körper der Schlafenden immer noch und es schien sich eher intensiviert zu haben. Aus irgendeinem Grunde wirkte es aber nicht bedrohlich. Sternberg stand auf und suchte nach dem Geigerzähler. Als er ihn gefunden hatte und etwas ängstlich auf die Liegende richtete, gab es keinen Ausschlag.

Ob das nun hieß, dass sie keine Radioaktivität abstrahlte oder das Gerät während der langen Zeit beschädigt worden war …

Das erinnerte ihn an die Zeit. Er setzte sich an den breiten Tisch, auf dem, von Staub bedeckt, seine Unterlagen verstreut lagen. Der Volksempfänger war mit einer dünnen Antenne verbunden, die die Wand der Periskopröhre emporkletterte. Würde das Gerät noch funktionieren?

Es gab Strom, also versuchte er es. Das Radio knisterte, als er auf Mittelwelle nach einem Sender zu suchen begann. Es dauerte nicht lange, dann hatte er ein Signal, und eine Stimme sprach deutlich zu ihm.

»… Aufatmen in Athen, Brüssel und Berlin: Mit den Brückenkrediten der Eurogruppe kann Griechenland die Rate von 3,5 Milliarden Euro, die heute fällig ist, an die EZB zurückzahlen. Doch der Geldfluss wird nicht lange ausreichen. Schon jetzt ist absehbar, dass es ohne ein drittes Hilfspaket nicht gehen wird. Kanzler Bettmann erklärte dazu, dass sich die deutsche Regierung einer Lösung nicht verschließen werde, wenn Athen bestimmte Vorbedingungen erfülle.«

Sternberg hörte die Stimme sprechen – und er verstand nicht die Hälfte von dem, was dort gesagt wurde. Je länger der Mann aber seine Kenntnisse über offenbar schwierige diplomatische Verhandlungen verbreitete, desto öfters fielen Jahreszahlen. Sternberg erstarrte förmlich vor Konzentration … und vor Schrecken.

Das konnte nicht stimmen.

Das war absolut unmöglich.

Und doch passte es zu dem, was er da draußen in der Dunkelheit gesehen hatte – und zum Zustand seines gut abgeschirmten, ehemals peinlich sauberen Labors.

2015! Es war das Jahr 2015! Er hatte mehr als siebzig Jahre hier unten zugebracht! Der Krieg war vorbei, daran bestand kein Zweifel. 1943 hatte er trotz aller Propaganda bereits die Zeichen erkannt. Die Fronten rückten zurück. Die Expansion war beendet. Der Russlandfeldzug erwies sich als veritable Katastrophe. Der Anfang vom Ende.

Sternberg hörte noch einmal genau hin.

»Bundesrepublik Deutschland«, sagte der Sprecher. »Bundeskanzler Bettmann«, erwähnte er.

Deutschland war kein Reich, sondern nannte sich Republik. Und geführt wurde sie von einem Kanzler, aber ohne die Erwähnung eines Reiches. Sternberg lauschte, wie eine Originalaufnahme des Regierungschefs gesendet wurde. Er nahm zu etwas Stellung, das er nicht begriff. Aber das war keine ins Publikum schreiende Propaganda. Der Mann sprach sehr bedächtig, beinahe umständlich, fast langweilig, und Sternberg bekam nicht den Eindruck, dass es darum ging, das Volk für oder gegen etwas aufzustacheln. Der Kanzler, wenn er es richtig verstand, rief dazu auf, mit Griechenland Solidarität zu zeigen. Sternberg vernahm Worte, die er lange nicht gehört hatte. Es gab eine Opposition im Parlament. Die Sozialdemokraten waren wieder aktiv, nicht mehr verboten. Es hatte sich viel getan in siebzig Jahren und es war offensichtlich besser geworden.

Besser.

Sternberg atmete tief ein und aus.

Seine Rache, so spürte er nun, hatte ihren Sinn verloren. Die Schuldigen mussten lange tot sein.

Alle waren sie tot. Seine Frau. Er schluckte trocken, stützte seinen Kopf in die Hände. Auch tot. Und sie hatte nie erfahren, was aus ihm geworden war. Würde er noch wissen wollen, welches Schicksal sie erlitten hatte?

Was machte er hier noch?

Er schaute zur Seite, sah die Ruhende mit dem goldenen Schimmer und raffte sich auf. Er war ein Wissenschaftler. Das Unerklärliche, das Rätselhafte hatte ihn schon immer fasziniert. Seine ganze Existenz war mysteriös. Wie hatte er so lange schlafen können und war dennoch gesund erwacht? Und was hatte das Auftauchen dieser Frau damit zu tun? Warum waren die Akkumulatoren des Labors plötzlich mit Strom erfüllt und hatten die Anlage wieder zum Leben erweckt?

Fragen, auf die er Antworten wollte. Antworten waren das, wonach er neben Gerechtigkeit und Strafe am meisten strebte, seit jungen Jahren. Warum sollte er diese Prinzipien jetzt, viele Jahre nach seiner Zeit, aufgeben?

Nein.

Er erhob sich, entschlossen nun, mit neuer Kraft erfüllt. Er spürte seinen Hunger. Er musste sich etwas zu essen besorgen. Er bezweifelte, dass ihm die Reichsmark in seiner Brieftasche noch helfen würden. Es gab eine andere Währung und sie hieß Euro, so viel hatte er aus der Nachrichtensendung entnehmen können. Griechenland bekam gerade sehr viele dieser Euro und Kanzler Bettmann schien die Sorgen seiner Landsleute diesbezüglich beschwichtigen zu wollen.

Sternberg sah keine andere Möglichkeit. Er war an sich kein Gauner, aber er wollte sich den Behörden noch nicht stellen. Er ahnte, dass dies weder ihm noch der schlafenden Frau zuträglich sein dürfte. Sein tief sitzendes Misstrauen gegenüber dem deutschen Staat mochte ebenso seinen Beitrag dazu leisten.

Trotzdem, er hatte Hunger.

Also würde er sich jetzt etwas klauen.

Kapitel 5

»Meine Damen und Herren, wir wollen uns dann setzen.«

Bundeskanzler Ulrich Bettmann betrachtete seine Kollegen, wie sie am runden Tisch Platz nahm. Mit ein wenig Missbilligung wartet er noch darauf, das Martin Griese ebenfalls seinen Stuhl fand. In seiner Hand hatte der Finanzminister den dritten Espresso des Morgens. Es war Montag und das war gerade für Griese immer ein besonders harter Tag. Bettmann hatte das Wochenende natürlich durchgearbeitet, wie es seine Pflicht als Kanzler war und seine Gewohnheit. Griese hingegen flog jeden Freitagnachmittag nach Mallorca auf seine Finca, in der gerüchteweise Dinge passierten, die mindestens als unmanierlich galten. Bettmann hielt nichts von dieser Art von Belustigung, von Müßiggang und Freimachen. *Von nichts kommt nichts.* Das hatte schon sein Vater immer gesagt und protestantische Arbeitsethik war ihm mit der Muttermilch eingeflößt worden. Er war nicht deswegen Kanzler geworden, weil seine rot geäderte Knollennase so attraktiv auf die weiblichen Wähler wirkte, sondern weil jeder wusste, dass er sich wie ein Terrier in ein Problem verbiss und erst dann nachließ, wenn es blutend am Boden lag.

Und Probleme gab es derzeit wahrlich genug.

Der Bundessicherheitsrat war in den letzten Wochen mehrmals zusammengetreten. Er bestand aus einer Riege an Ministern und in diesen Sitzungen noch aus ein paar Personen mehr: Drei Polizeipräsidenten aus den bevölkerungsreichsten Bundesländern waren als Gäste hinzugerufen worden, mit dem Landespolizeipräsidenten aus Frankfurt als Star der Versammlung, hatte sich doch in seinem Einzugsbereich in den letzten Wochen einiges getan, was der Erklärung bedurfte. Ebenfalls hinzugebeten worden war der Generalinspekteur der Bundeswehr. General Schweitzers massige Gestalt schien die Uniform zu sprengen, wenn man ihn das erste Mal sah, doch es verbanden sich hier Fett und Muskeln, und die planerischen Fähigkeiten des Mannes standen außer Zweifel.

Außerdem hatte er, so kolportierte man im Verteidigungsministerium, die angenehmste Telefonstimme des Offizierskorps. Warum genau das wichtig sein sollte, wollte Bettmann gar nicht wissen.

Er sah in die Runde, stellte fest, dass auch Griese mittlerweile einigermaßen bequem saß, und schaute auf den wie mit einem Winkelmaß ausgerichteten Notizblock vor sich auf dem Tisch. Die Liste der Probleme hatte sich seit der letzten Sitzung nicht verringert. Er räusperte sich.

»Ich eröffne hiermit formell die Sitzung des Bundessicherheitsrates. Die Protokolle der letzten beiden Sitzungen liegen noch nicht vor, aber sie werden nachgeliefert. Es war alles ein wenig hektisch.«

Bettmann blickte entschuldigend den Tisch entlang und alle nickten nur.

»Sie alle haben Ihre Experten konsultiert und die vorbereiteten Memoranda gelesen.«

Das war eigentlich keine Frage, sondern eine Feststellung. Aus den Augenwinkeln sah Bettmann aber, wie Griese etwas betroffen in seinen bereits geleerten Espresso starrte. Griese hatte natürlich niemanden konsultiert und nichts gelesen. Er würde wieder versuchen sich kleinzumachen und zu nichts eine Meinung zu äußern. Oder, wenn in die Enge getrieben, würde er laut werden und über die Inkompetenz seiner Gesprächspartner klagen. Bettmann seufzte. Wie gerne er diesen Klotz am Bein doch loswerden würde. Aber Griese war Vorsitzender des nordrhein-westfälischen Landesverbandes seiner Partei und dessen Frau, die über deutlich mehr Grips und Tatkraft als ihr Mann verfügte, war Oberbürgermeisterin von Dortmund. Solche Leute schoss man nicht ab, man wartete, bis sie sich selbst erschossen. So dumm aber war der Finanzminister dann doch nicht.

Und er hatte mächtige Freunde, eine Tatsache, die selbst einen mächtigen Mann wie den Kanzler immer in Erstaunen versetzte.

»Wir müssen zu einer Entscheidung kommen«, fuhr er nun fort und legte die Hände flach auf den Tisch. »Wir haben das Problem von allen Seiten beleuchtet und manche Dinge sind sicher noch zu klären. Es dürfte aber allen deutlich vor Augen stehen, dass sich Ereignisse abspielen, die auf der Basis unserer bisherigen Erfahrungen nicht durchweg nachvollziehbar sind. Dunkle Kräfte ziehen sich über der Republik zusammen und viele davon können wir nicht einmal genau identifizieren. Es scheint, dass diese besondere Herausforderung uns auch besondere Hilfe präsentiert hat. Ich darf an diese Dame namens Sin Claire erinnern und an diesen Arzt ... wie war noch sein Name?«

Dr. Peter Bieber räusperte sich. Der Landespolizeipräsident aus Hessen zog sofort alle Aufmerksamkeit auf sich. Aus irgendeinem Grunde erwartete man von ihm immer Antworten, und zwar einfach nur, weil er zuständig war. So gesehen war der hessische Oberpolizist ein Opfer der Funktionsweise deutscher Bürokratie. Immerhin hatte er seine Hausaufgaben gemacht. Nicht alle seine Forderungen aber stießen auf Gegenliebe. Seine Leidenschaft für die Einführung von Polizeidrohnen und automatischen Schutzrobotern hatte noch nicht die Gegenliebe erfahren, die er sich erhoffte.

»Dr. Hand«, sagte er. »Dr. Hand und seine ... Schwestern. Krankenschwestern. Cassiopeia und Astra.«

Griese verzog das Gesicht. »Wer denkt sich so einen Scheiß aus?«

Bettmann sagte nichts. Es war offenbar nicht genug, dass Grieses primäre Qualifikation für sein Amt war, dass er ein Foto von Margaret Thatcher auf seinem Klo hängen hatte, nein, er hatte die unangenehme Angewohnheit, nur dann wirklich konstruktive Beiträge zu leisten, wenn es um die Erhöhung der Ministerbesoldung ging. Da war er dann immer ganz vorne mit dabei.

»Also – welche der vorgeschlagenen Varianten wählen wir? Harald?«

Harald Blahvec, der Innenminister, war, wie es sich für seine Position gehörte, immer schlecht gelaunt. Auch heute sah er aus, als hätte er gerade eine katastrophale Neuigkeit erhalten. Das war auch gar nicht so falsch: Die Nachricht von der Explosion in der Nähe von Stuttgart hatte sie alle aus dem Bett geschreckt und nicht nur Bettmann trieb der Instinkt um, dass dieser Vorfall etwas mit den Ereignissen der vergangenen Wochen zu tun haben musste.

»Variante eins ist nicht durchsetzbar«, murrte Blahvec und schaute finster um sich. »Wir können diese Menschen nicht dauerhaft festsetzen, verhaften oder sonst wie physisch kontrollieren. Weder die Bösen noch die Guten. Ich denke, die Präsidenten werden mir zustimmen.«

Die anwesenden Polizisten nickten unisono. Bieber, der für sie alle sprach, räusperte sich kurz und wartete, bis Bettmann ihm durch ein Nicken das Wort erteilt hatte.

»Wir würden eine Spezialausrüstung benötigen, die wir noch nicht einmal erfunden haben. Ich denke, dass wir diese beschaffen und natürlich zuvor entwickeln müssen – aber das ist eine mittelfristige Aufgabe. Bis dahin sind wir mit der Tatsache konfrontiert, dass es sowohl gutwillige wie auch böswillige Menschen gibt, die über außerordentliche Fähigkeiten verfügen und für die Deutschland leider ein Schlachtfeld ist. Variante eins ist daher zumindest vorläufig nicht zu gebrauchen. Im Gegenteil. Ich plädiere für Variante zwei: Wir müssen denjenigen dieser Superhelden …«

»Superhelden!«, krähte Griese, der sich den vierten Espresso geholt hatte. »Was für ein Schwachsinn! Alles Schwachsinn! Bin ich den nur von Irren umgeben?«

Bettmann sah ihn ruhig an. »Könnten Sie diese Aussage bitte qualifizieren, Herr Finanzminister?«

Sobald sich Griese im Mittelpunkt der Aufmerksamkeit befand, lebte er auf. Er streckte seine beachtliche Körpergröße im etwas zu kleinen Sessel, rieb sich mit einer Hand über den leicht tonnenförmigen Bauchansatz und blickte in die Runde. »Das sind doch Deformationen«, stellte er dann fest. »De-for-ma-tio-nen!«

»Ich kenne die Silben dieses Wortes«, erwiderte Bettmann kühl. »Was wollen sie uns mitteilen?«

»Dass wir diese Leute bekämpfen müssen. Hören Sie? Bekämpfen! Die Bundeswehr! KSK! Wozu schieben wir denen denn das ganze Geld in den Hintern?«

Bettmann sah die Unruhe, bevor er sie hörte. Verteidigungsministein Juliane Honsch war leider unbewaffnet, sonst hätte sie Griese für seine Äußerungen sicher erschossen. Die permanente Unterfinanzierung der Streitkräfte war ein heißes Thema zwischen den beiden und sie musste erkennbar an sich halten, um Griese nicht sofort Paroli zu bieten.

»Mittelfristig«, erbarmte sich Innenminister Blahvec seines Kanzlers, »werden wir Maßnahmen zum Selbstschutz ergreifen können. Kurzfristig wird das nicht klappen, egal wie viel Geld wir wohin auch immer schieben.«

Allgemeines Schmunzeln nahm Griese den Wind aus den Segeln. Der Finanzminister sackte über seinem Espresso zusammen. Es war seine Art, jetzt sein Smartphone herauszuholen und den eigenen Facebook-Status zu aktualisieren. Dass er dies nicht seinem PR-Team überließ, hatte schon zu einer Kette von Skandälchen geführt, die Griese durch aktive Streisandisierung nur noch unnötig zu befeuern pflegte. Bettmann hoffte wirklich, dass er endlich einen Grund finden konnte, Griese zu entlassen. Um den Landesverband ruhigzustellen, wäre er auch bereit, dessen Frau ins Kabinett aufzunehmen. Die würde wenigstens sinnvolle Beiträge zur Diskussion leisten. Zu jeder.

»Dann ist es klar«, sagte Bettmann. »Wir werden eine Verordnung erlassen, als vorläufige Maßnahme, die die positiv agierenden Helden zu einer Art Hilfspolizei machen. Wir müssen ihrer Arbeit einen gewissen legalen Rahmen geben oder sie sind automatisch kriminell, weil sie unweigerlich Schaden verursachen. Wir können ihnen den Einsatz ihrer Fähigkeiten nicht verbieten, denn sie sind offensichtlich Teil dessen, was sie sind. Aber wir müssen ihnen verdeutlichen, dass sie nicht in einem rechtsfreien Raum handeln. Fahrlässigkeiten, Unverhältnismäßigkeit der Mittel – all das muss beachtet werden. Sie müssen sich an diese Dinge halten.« Er sah Bieber an. »Ich beauftrage Sie in Kooperation mit dem Innenministerium einen neuen Rechtsrahmen für das Agieren von Superhelden auf dem Staatsgebiet der Bundesrepublik Deutschland zu schaffen und ich benötige einen Vorschlag, welche Behörde die Einhaltung zu überwachen hat. Die Polizei?«

»Ich schlage eine Bundesbehörde vor«, erwiderte Bieber. »Wenn, dann die Bundespolizei. Wir sollten eine spezielle Einheit bilden. Leute, die auch mit diesen … Begabten in Kontakt stehen, mit ihnen kooperieren. Es schadet ja nicht, sie um Hilfe bitten zu können, wenn wir von einer Bedrohung erfahren, mit der wir nicht fertigwerden können. Wir sollten darauf erpicht sein, eine fruchtbare und konstruktive Kooperation zu etablieren. Wenn man sich gegenseitig hilft, übt man auch so etwas wie eine soziale Kontrolle aus. Das ist manchmal wirkungsvoller, als alles in ein genaues Regelwerk zu packen.«

Bettmann nickte nachdenklich. Es widersprach ein wenig seinen Instinkten, so vorzugehen, aber Bieber hatte nicht unrecht. Wie konnten sie genaue Vorschriften entwickeln, wenn sie sich doch auf völligem Neuland bewegten?

»Bieber, Sie entwickeln von uns allen offenbar das beste Verständnis für die Situation. Wer auch immer nachher zuständig ist, ich will, dass Sie die Oberaufsicht bekommen. Wenn das eine Delegation zum Bund notwendig macht, dann auch das. Die Sache ist zu wichtig, als dass ich das einem kleinen Beamten überlassen kann.«

Man sah dem Landespolizeipräsidenten an, dass er über diese Ankündigung nicht allzu glücklich war. Doch wer widersprach in so einer Situation dem Bundeskanzler? Blahvec nickte Bieber zu und Bettmann war erleichtert. Die beiden Männer würden gut zusammenarbeiten, dessen war er sich sicher.

Griese kicherte. Bettmann konnte von seinem Sitzplatz aus sehen, dass der Finanzminister Katzenbilder auf Facebook ansah.

Bettmanns Blick fiel auf seinen Notizblock mit den vielen Unterpunkten. Es würde ein langer und anstrengender Vormittag werden. Und der Einzige, der sich zumindest hin und wieder amüsierte, war Martin Griese.

Bettmann war beinahe etwas neidisch auf ihn.

Kapitel 6

Er erwachte schweißgebadet. Der Lederbezug seines Sofas war glitschig vor Flüssigkeit. In seinem Kopf schwirrte es. Er wollte seine Augen öffnen, doch das ging nicht. Sie waren völlig verklebt. Er wischte sich darüber, seine Hände wurden sofort feucht. Mühsam richtete sich Katt auf. Er zwinkerte erneut, diesmal erfolgreicher, vertrieb erneut den Schweiß aus den Augen. Er stank wie ein Müllarbeiter nach einer anstrengenden Schicht im Hochsommer. Er stand auf.

Das heißt, er wollte aufstehen.

Es wurde kein mühsames Ächzen wie nach einer durchzechten Nacht. Es wurde ein Sprung. Ein Flug. Eine veritable Katastrophe.

Seine Muskeln katapultierten ihn hoch, ließen ihn gegen die gegenüberliegende Wand schlagen. Mit einem Stöhnen entwich die Luft aus seinen Lungen, schmerzhaft glitt er zu Boden. *Ein Aufprall*, schoss es ihm durch den Kopf. Das würde mächtig …

Doch er fiel nicht einfach so. Kein Krachen auf dem harten Boden. Federnd landete er auf beiden Füßen. Harald Katt stand, fünf Meter von seinem Sofa entfernt, und er war unverletzt. Der Schweißfleck an der Wand zeigte, wo er aufgeprallt war.

Er schaute an sich herab. Seine Muskeln zitterten, als wenn etwas einen ständigen Reiz auf sie ausübte. Er fühlte sich dabei aber … prächtig. Ganz hervorragend. Er ballte seine Hände zu Fäusten. Das Gefühl von unbändiger Kraft durchflutete ihn. Doch es war nichts zu sehen, keine Veränderung. Ja, sein muskulöser Oberkörper sah schon immer so aus, als könne er Eisenstangen verbiegen. Aber jetzt fühlte er sich auch so.

Etwas war mit ihm geschehen.

Er sah auf die Uhr. Das digitale Ziffernblatt schimmerte in der Dunkelheit. Es war immer noch Nacht, das stimmte. Aber es war nicht jener Abend, an dem er in seine Wohnung zurückgekehrt war. Er hatte fast

24 Stunden auf dem Sofa gelegen und er erinnerte sich plötzlich an den verzweifelten Selbstversuch mit den illegalen Medikamenten des großmütigen Igor.

Igor, der Apotheker.

Was hatten diese Pillen mit ihm angestellt?

Katt beugte sich nach vorne. Der massive Metallsessel vor ihm war ein Schmuckstück modernen Designs. Die Lieferanten hatten geschwitzt und geflucht, bis sie das Möbelstück an ihren Platz gewuchtet hatten. An die feindseligen Blicke, die sie ihm damals zugeworfen hatten, erinnerte sich Katt wie heute. Er hatte den beiden Männern, beide keine Schwächlinge, zum Trost ein fürstliches Trinkgeld gegeben.

Er griff die Lehnen. Er spürte, dass er es konnte.

Das war albern, dachte er.

Er riss den Sessel nach oben, halb erwartend, vornüber zu fallen.

Das absolute Gegenteil geschah. Die Wucht der plötzlich beschleunigten Masse war überwältigend. Augenblicke später lag Katt auf dem Boden, den Metallrahmen auf der Brust. Er erwartete den plötzlichen Schmerz brechender Rippen, doch obgleich er den Druck als unangenehm empfand, konnte er frei atmen. Mit einer vorsichtigen, kontrollierten Bewegung schob er den Sessel beiseite. Dann blieb er erst einmal einfach so liegen.

Alles kein Problem.

Alles im Griff.

Was war geschehen?

Er richtete sich langsam auf. Gewitzt durch die Explosion seiner körperlichen Kräfte, bewegte er sich bewusst vorsichtig. Als er seinen Trainingsraum erreicht hatte, lag dort sein Smartphone, dessen Lichtsignale ihm Anrufe meldeten. Er schaute nicht einmal drauf.

Der große Spiegel an der Wand, Instrument seiner Selbstverliebtheit, bildete ihn in voller Größe ab. Getrockneter Schweiß lag auf seiner Haut, er roch immer noch nicht gut, doch hatte er Angst, seine Dusche zu zertrümmern. Er berührte die Stellen, an denen die Pusteln gewesen waren, die Entzündungen der Lichtallergie – und diese waren auf wundersame Weise verschwunden. Igors Medizin hatte zumindest dieses Versprechen gehalten. Doch würde die Wirkung anhalten? War dies eine endgültige Heilung? Und der Nebeneffekt …

Katt drehte sich um, holte aus, nicht mit voller Kraft, aber kräftig. Seine Faust traf den Sandsack, der neben ihm hing. Der mächtige Sack flog mit einem Krachen an die Decke, kam mit großer Wucht zurück, und anstatt sich zu ducken, hob Katt nur eine Hand, flach dem Geschoss entgegengestreckt. Er fing den Sandsack mit Leichtigkeit auf. Die Erschütterung des Aufpralls bewegte sich durch den ganzen Arm, aber es war kein Schmerz zu spüren, nur eine leichte, nicht unangenehme Vibration.

Das ist doch irre.

Katt ging nun doch vorsichtig ins Bad. Er griff, einer Eingebung folgend, nach einer Rasierklinge und ritzte sich endlos vorsichtig die Haut auf. Blut trat aus. Er spürte Schmerz. Und es blutete weiter, bis er nach einigen Augenblicken ein Pflaster auf die kleine Wunde drückte. Nachdenklich betrachtete er sein erstauntes Gesicht im Badezimmerspiegel.

Er war nicht Superman, das stand schon einmal fest. Aber er war ganz offensichtlich zu einem ganz ordentlichen Batman geworden.

Katt grinste sich an. Nein, auch das nicht.

Seine Fantasien kamen ihm in den Sinn. Es war Narretei, gerade jetzt an sie zu denken. Es waren die Träume, die Fluchten eines Mannes gewesen, der in seinem Leben und seiner Arbeit weniger und weniger Sinn empfand. Viel Geld hatte er ausgegeben, um sich an einsamen Tagen, wenn er keine Lust auf Frauen, Drogen oder andere Orgien gehabt hatte, anzuziehen. Nicht in Frauenkleider, aber um sich in das zu verwandeln, wovon er wie ein kleines Kind träumte. Es war Cosplay, nicht mehr als das, und doch weitaus aufwendiger als jede Spielerei. Nur ein Posing vor dem Spiegel, nur ein paar Bewegungen im Trainingsraum, ein paar Minuten der albernen Illusion, ein teures Hobby, für das er viele Tausend ausgegeben hatte. Der Bruce Wayne in ihm, ohne Zweifel. Konsequenz aus einer zu intensiven Leidenschaft für Comics, eine Leidenschaft, die er besser für sich behalten hatte.

Tausende hatte er investiert, nur für die stillen Momente vor dem großen Spiegel.

Der Anzug sollte so echt und perfekt wie möglich sein und er hatte weder Kosten noch Mühen gescheut. Seine Spuren hatte er verwischt, nicht zuletzt wegen der Ausrüstung, die er sich besorgt hatte. Nicht alles ganz legal. Nicht alles wirklich frei erhältlich.

Kein Spielzeug.

Alles andere als Spielzeug.

Katt zögerte. Das war absurd. Er war doch kein kleiner Junge mehr. Doch es war, als würde ein fremder Geist seine Hand führen. Er schlafwandelte aus dem Badezimmer und öffnete den dicken, schwarzen Koffer, nachdem er ihn unter seinem Bett hervorgeholt hatte. Er blickte auf den Anzug, die Ausrüstung, alles weitaus mehr wert als eine Limousine der Oberklasse. Viel mehr wert. Teuer wie ein Haus. Ein schönes Haus. Er strich über die wabenförmige Struktur des exquisiten Materials, erfunden in einer chinesischen Waffenschmiede. Ein Haus mit Swimmingpool. Und einem wirklich großen Garten.

Nachtmensch.

In seinen kindischen Träumen, seinen Verkleidungsspielen, hatte er sich Nachtmensch genannt. Es passte gut zu seinem bisherigen Leben, den Partys bis in den frühen Morgen und seine sich verschärfende Allergie. Ein Nachtmensch war er schon immer gewesen.

Erneut strich er über das Material, die dünnen, hochverdichteten Panzerteile, die er im Schlaf anlegen konnte, federleicht, aber besser als jede Schussweste.

»Nachtmensch«, flüsterte er. Er war wahnsinnig, das musste es sein. Ein Opfer der Drogen, des physischen und psychischen Raubbaus, seiner Träume und Wünsche, seines so reichen, spaßigen und verpfuschten Lebens.

»Nachtmensch«, wisperte er erneut.

Und dann zog er sich um.

Kapitel 7

Der Mann im schwarzen Kampfanzug stapfte über die Leichen der beiden Beamten, einer dick, einer bärtig. Sie hatten ihn aufhalten wollen, was den Missionsparametern widersprach. Also waren sie beseitigt worden, wie es nun einmal der Befehl war. Alles musste schnell gehen, sehr schnell sogar, und dabei mussten gewisse Unannehmlichkeiten eben in Kauf genommen werden.

Es war schlimm genug, dass sie erstmals offen operieren mussten. Doch die Geldgeber hinter dem Projekt hatten eindeutige Anweisungen gegeben. Alle Spuren mussten beseitigt werden, und das um jeden Preis. Ein Dutzend tote Polizisten und irgendwelche Wissenschaftler erhöhte die Gesamtopferzahl nur unwesentlich. Im Tod waren sie alle gleich, und wenn ihr Ableben der Organisation nutzte, war damit alle Legitimität erreicht, die man benötigte.

Er winkte. Sein Stellvertreter trat an seine Seite, das Gesicht durch den schwarzen Helm vollständig bedeckt. Die stumpfe Maschinenpistole an seiner Seite war schussbereit. Sie hatten nicht viel Zeit. Die Kopter warteten mit laufenden Rotoren. Einsatzkräfte würden in Kürze hier sein, und das massiv. So ein Gemetzel blieb nicht unbemerkt, selbst in einem Fall wie diesem, wo es keine lebenden Augenzeugen mehr gab.

Sie mussten verschwinden, so schnell sie konnten. Seine Männer waren gut, es waren die besten, und gegen ihre Ausrüstung konnte kein deutscher Polizist anstinken. Aber viele Jäger waren des Hasen Tod und sie durften nichts und niemanden hinterlassen.

»Was haben wir?«

»Eine Schmelzkugel, wie erwartet.«

Der Stellvertreter wies auf die halb geöffnete Tonschale.

»Dann ist es passiert? Nur in einem Fall?«

»Da ist wohl einiges schiefgelaufen. Die anderen Probanden haben es nicht überlebt und die Explosion war ja auch eher ungeplant. Eine Kugel, eine erfolgreiche Transformation.«

Der Kommandant schüttelte den Kopf.

»Wir waren noch nicht bereit. Die Frau hatte mit ihren Warnungen recht. Wir hätten es abblasen sollen. Aber gleichzeitig lagen wir richtig. Es ist möglich, zumindest sieht es danach aus. Das Prinzip ist richtig.« Er schaute über das Trümmerfeld. »Es bedarf nur ein wenig des ... Feintunings.«

»Wen auch immer es erwischt hat, die Person ist verschwunden.«

Der Kommandant zuckte mit den Achseln. »Spontaner Instinkt. Die Kräfte müssen sich entwickeln, die Physiologie sich anpassen, der ganze Stoffwechsel ist in Aufruhr. Wahrscheinlich sogar eine unbewusste Reaktion. Würde mich nicht wundern, wenn unser Kandidat immer noch ohne Bewusstsein ist.«

»Wie finden wir ihn?«

»Er wird sich kaum verbergen können. Ehe er sich zu kontrollieren in der Lage ist, wird er auffallen. Wir müssen nur die Augen offen halten.« Er sah sich um. »Können wir irgendwie die Identität feststellen? Welcher der Probanden ist unser Überlebender?«

Sein Stellvertreter schüttelte den Kopf. »Die sind alle gebacken und frittiert. Wir können einige vielleicht durch eine DNA-Analyse zuordnen, aber sicher nicht alle. Hier sind 126 Menschen gestorben. Wir sollten alles gründlich absuchen, aber dafür ist keine Zeit.«

Der Kommandant nickte.

»Die unterste Ebene?«

»Wir setzen gerade die Sprengsätze. Fünf Minuten, dann zünden wir. Es wird nichts übrig bleiben. Die Thermitbomben leisten ganze Arbeit.«

Da unten standen noch die Generatoren. Würde man sie finden, wäre das Geheimnis ihrer Arbeit nicht zu bewahren. Ein Umstand, der unbedingt verhindert werden musste.

Sirenen waren zu hören. Die Polizei kam ihren Leichen zu Hilfe.

»Das muss alles schneller gehen«, wies er seine Männer an. Die Kämpfer, die die Thermitbomben verteilten, reagierten nicht sichtbar. Sie waren bereits mit fliegenden Händen damit befasst, die Sprengsätze so zu platzieren, dass sie so effektiv wie möglich wirken würden.

»Verteidigungsperimeter. Was seht ihr?«

Eine Stimme meldete sich in seinem Kopf. »Polizei, ein halbes Dutzend Wagen. ETA dreißig Sekunden.«

»Eröffnet das Feuer, sobald sie in Kernschussreichweite sind. Seid effektiv.«

»Effektiv, bestätige.«

Der Kommandant wandte sich an seinen Stellvertreter. »Sie übernehmen hier. Evakuieren, sobald Sie fertig sind. Ich gehe nach oben und schaue, dass uns die Gesetzeshüter nicht in die Quere kommen.«

»Jawohl.«

Nur noch ein wenig Zeit, dachte der Kommandant, als er sich abwandte. Sie konnten nicht gehen, ehe das hier nicht vollbracht war. Die Konsequenzen waren sonst unabsehbar.

Er kletterte nach oben. Die fünf Eurocopter machten einen Höllenlärm und der Wind der im Leerlauf kreisenden Rotoren vermischte sich mit den frischen Böen, die das Wetter produzierte. Die Vorhersage hatte Regen angekündigt und der Kommandant wollte hier weg sein, ehe ein Unwetter über sie hereinbrach.

Er hörte die Schüsse, als er über den Rand des Kraters geklettert war. Eine ganz andere Wetterfront hatte sich derweil genähert. Der Niederschlag war tödlicher Natur.

»Bericht!«, bellte er, als er vorwärtsrannte, auf den Perimeter zu, jenseits der rotierenden Helikopterblätter. Er sah noch den hellen Schein eines Abschusses, als er ankam, sich hinter die niederkauernden Männer warf, dem Unterführer auf die Schulter klopfte.

»Multiple Ziele. Mannschaftswagen, drei Streifenwagen. Dahinter Ambulanzen.«

Eine Explosion zerriss die Luft. Das Sirenengeheul verstummte. Der Kommandant sah den Mannschaftswagen in einer gleißenden Lohe zerplatzen, und alle mit ihm, die darin gesessen hatten.

»Das wird ihnen zu denken geben«, kommentierte er. »Gut gemacht.«

»Sie werden Einsatzkräfte heranführen, in gepanzerten Fahrzeugen. Hubschrauber«, sagte der Unterführer. »Wenn es zu viele werden ...«

»Wir sind gleich fertig. Die Männer sollen sich zum Rückzug bereit machen. Auf mein Kommando. Bis dahin halten Sie uns die Gesetzeshüter vom Leibe. Sie haben Feuerbefehl. Sorgen Sie für ausreichend Blut, dann werden unsere Gegner aus Vorsicht Zeit verschwenden. Dann sind wir weg.«

Der Unterführer bestätigte die Anweisung. Der Kommandant rannte zu einem der Helis, kletterte durch die geöffnete Seitentür und betrat das Cockpit.

Der Pilot nickte ihm zu.

»Wir wären so weit.«

»Noch einen Moment.«

Der Mann blieb gelassen, wie nicht anders zu erwarten war. Der Kommandant konnte sich auf Männer wie ihn verlassen, sie hatten schon ganz andere Situationen gemeistert. Die Helis besaßen nicht nur eine besonders verstärkte Panzerung, sondern auch einen speziellen Anstrich, der sie für den Radar unsichtbar machte. Eine spezielle energetische Dämmung, einmal aktiviert, machte die Spezialmaschinen beinahe lautlos. Nur wer in den Himmel schaute, würde sie ausmachen können. Doch sie hatten es nicht weit. Der Dom lag südlich, gut getarnt direkt am Höllenbach, verborgen unter Ackerflächen. Die Schockwelle hatte der perfekt isolierten Anlage nichts anhaben können. Niemand würde sie dort vermuten, waren sie erst in den Merlin eingedrungen und damit auch mit dem bloßen Auge nicht mehr zu erkennen.

Der Kommandant lächelte. Der Staat hatte seine Machtmittel. Er war in der Überzahl. Doch die Organisation hatte technische Innovationen auf ihrer Seite, von denen die Polizei nicht einmal träumen konnte. Wer Ziele verfolgte wie sie, transformative, revolutionäre Neuerungen, die Staaten eines Tages unwichtig werden lassen würden, der musste sich einen technologischen Vorsprung verschaffen. Ihre Unterstützer in den Chefetagen sorgten dafür, dass dieser erhalten blieb, ja ausgebaut wurde.

Sie brauchten nur noch wenige Jahrzehnte, dann waren Aufräumarbeiten wie diese nicht mehr nötig. Dann konnten sie an die Öffentlichkeit treten und wären in der Lage, die Menschheit ins Licht zu führen.

Der Kommandant lächelte. Ob diese nun wollte oder nicht.

»Wir wären so weit!«, hörte er die Stimme des Stellvertreters in seinem Ohr. Er drückte eine Taste, Rundruf an alle.

»Rückzug! Rückzug! Die Helis starten in 60 Sekunden. Rückzug! Sofortiger Rückzug!«

Er musste nicht darauf achten, ob sein Befehl befolgt wurde. Seine Truppe bestand aus disziplinierten Profis. Und jeder wusste: Blieb man zurück, würde der Kommandant den Detonator aktivieren, der den kleinen, operativ eingepflanzten Sprengsatz im Gehirn auslöste. Die Polizei würde nicht mehr als eine durch eine winzige Thermitladung zu Asche verbrannte Leiche finden, ohne irgendwelche Identifikationsmerkmale.

Der Heli ruckelte, als die ersten Kämpfer an Bord sprangen. Im HUD des Kommandanten flackerte ein Zähler, der die zurückgekehrten Männer registrierte. Natürlich schafften sie es alle.

»Start!«, befahl der Kommandant knapp. Sein Hubschrauber erhob sich mit einem Ruck und gewann schnell an Höhe. Die modifizierten Triebwerke des Helikopters brachten beinahe die doppelte Leistung auf die Rotoren wie die Standardausführung, was den Eurocopter zu einem unvergleichlichen Kraftpaket machte. Der Erdboden fiel unter ihnen nach unten. Der Kommandant überblickte das Areal, sah in der Ferne neue Einsatzwagen der Polizei anrücken und lächelte dünn.

Er schaute auf den Höhenmesser. Befehlsgemäß waren die anderen vier Helis bereits abgedreht und strebten mit stetig anwachsender Geschwindigkeit auf den Merlin zu. Nur der Hubschrauber mit dem Kommandanten machte noch einmal eine weite Schleife über den Krater.

»900 Meter«, meldete der Pilot, unnötig, ein wenig als Erinnerung an den Chef, die Sache zum Abschluss zu bringen. Der Kommandant nahm es ihm nicht übel. Redundanz war ein Grundprinzip ihrer Arbeit.

Er holte den Signalgeber hervor, warf noch einen Blick auf das grüne Bereitschaftslicht und drückte den Knopf tief in die Fassung. Für einen Moment geschah gar nichts.

Dann reagierten die Zünder und aktivierten die Thermitladungen. Der hochkonzentrierte Spezialstoff glühte auf, so hell, dass die Schutzscheibe des Helms des Kommandanten sich automatisch verdunkelte. Der grelle Schein wuchs, legte eine Halbkuppel aus brennender Intensität über den Krater. Darunter verbrannte alles in einem höllischen Inferno zu Schlacke. Die Reste der Anlage, die Leichen der Getöteten, alle Spuren, alle Hinweise. Alles wurde zu einem glühenden Brei geschmolzenen Gesteins, das sich mit den sich auflösenden Materialien der Anlage vermischte und eine untrennbare Verbindung einging. Es blieb nichts, was den Temperaturen etwas entgegenzusetzen vermochte. Nichts, was nach der Abkühlung für die deutschen Behörden zu analysieren blieb. Alle Spuren verwischt.

Bis auf die eine. Die eine überlebende Person, die hier noch gar nicht hätte auftauchen, noch gar nicht hätte existieren dürfen. Sie würden sie natürlich finden und eliminieren. Daran bestand kein Zweifel. Die Organisation existierte seit den letzten Tagen des Zweiten Weltkrieges und sie hatte bisher in allem, was sie getan hatte, Erfolg gehabt. Daran würde sich auch diesmal nichts ändern.

Dennoch, das gab der Kommandant zu, als sein Helikopter abdrehte und den anderen folgte, blieb eine leise Ungewissheit, ein sanfter Zweifel. Die Tatsache, dass die Transformation unter unkontrollierten Bedingungen und unerwartet stattgefunden hatte, war zwar ein Beweis für die Theorien der Wissenschaftler, gleichzeitig aber auch eine freie Variable, die nunmehr in ihre Kalkulationen einzubeziehen war. Der Kommandant hasste freie Variablen. Sie führten dazu, dass er Unbeteiligte töten und weite Areale einäschern musste. Das ging einmal gut, vielleicht zweimal, aber auch die Behörden waren nicht vollständig auf den Kopf gefallen. Bestechung, Vertuschung, Bedrohung, Mord – das Instrumentarium wurde stumpf, wenn man es zu häufig und zu geballt einsetzte.

Daher musste er den Überlebenden finden und neutralisieren, schnell, effektiv, effizient und vor allem möglichst ohne weiteres Aufsehen.

Kapitel 8

Katt wunderte sich.

Zum einen über sich selbst. Er saß in seinem nachtschwarzen Anzug, angezogen wie für Halloween, auf dem Dach des Hauses, in dem er wohnte, und fühlte sich gleichzeitig befreit, mächtig und völlig albern. Eine sehr seltsame Mischung. Er spürte, dass seine Kraft und seine Körperbeherrschung keine Einbildung gewesen waren. Ihm war nicht schwindelig, als er über die Dachkante hinab auf die Straße blickte, und die Kühle der Nacht belebte ihn. Es war ihm, als könne er Bäume ausreißen, und das nicht nur metaphorisch. Was auch immer diese Droge mit ihm und seiner Krankheit angestellt hatte, es war ganz wunderbar. Es hatte ihn auf eine sehr grundlegende Weise verändert. Er dachte nicht an die mögliche Dauer der Wirkung und er dachte auch nicht an Nebenwirkungen, obgleich gerade dieser Gedanke ihn angesichts der Quelle seiner Pillen sehr beschäftigen sollte.

Zum anderen wunderte er sich über den schwarzen Lieferwagen, der direkt gegenüber geparkt war. An sich war daran nichts Ungewöhnliches. Die Nummernschilder jedoch waren seltsam verdreckt, die Zahlen und Buchstaben kaum auszumachen. Er bewegte sich hin und wieder sachte. Jemand war darin und erschütterte den Wagen sanft auf den Stoßdämpfern. Schlief dort jemand seinen Rausch aus? Ein frühmorgendliches Nümmerchen?

Er wollte sich von der fruchtlosen Beobachtung bereits abwenden. War er nicht hier, um sich selbst zu erproben, für einen Moment der Illusion hinzugeben, ein Superheld zu sein, jemand, der die Dinge richtig tat, der wusste, wofür er lebte und sich einsetzte? Nur noch ein paar Minuten länger in der Illusion zu verharren, die durch seine Metamorphose neue Nahrung bekommen hatte? Auf den Dächern herumzuturnen und in einen unsichtbaren Kommunikator zu sprechen, um die Freunde von der Gerechtigkeitsliga zu rufen! Die Illusion wahrer Bedeutung haben, auch wenn alles nur gelogen war. Ein wenig Spaß haben, nur für ein paar Stunden ...

Dann öffnete sich die Heckklappe des Vans.

Zwei Gestalten kletterten heraus. Beide trugen sie schwarze Monturen, Overalls, und einer hatte eine Art Werkzeugkasten in der Hand. Katt wurde wieder neugierig und starrte hinunter. Er reagierte alarmiert, als sich die beiden Fremden zielsicher und ohne Hast seinem Cabrio näherten.

Sein *Cabrio*! Der Mercedes hatte ihn über 100 000 gekostet, und ja, er hätte ihn zu seinen anderen Wagen ins Parkhaus stellen sollen. Diebe! Sein Cabrio! Katt hielt die Luft an. Einer der beiden Typen setzte einen Wagenheber an und die Front des schnittigen Gefährts hob sich. Der andere lag sofort unter der Motorhaube und begann zu hantieren. Es waren Profis, aufeinander eingespielt, und die ganze Aktion dauerte keine fünf Minuten. Die nächtliche, leer gefegte Straße war ohne Passanten. Niemand hatte dies beobachtet außer ihm, dessen war sich Katt sicher.

Sein Herz klopfte. Was bedeutete das?

Das war kein Diebstahl. Das war etwas ganz anderes gewesen.

Er biss die Zähne aufeinander. Er Narr. Ein Superheld wollte er sein. Trug einen voll funktionsfähigen Kampfanzug, um den ihn jeder Elitesoldat beneiden würde, und verfügte über Kräfte, die er nie zuvor gehabt hatte. Er war ein guter Kämpfer, ein durchtrainierter Mann. Und er hockte auf dem Dach und ließ zu, dass zwei Dunkelmänner sein eigenes Auto manipulierten!

Nein!

Niemals!

Katt sprang auf. Er kümmerte sich nicht um den Fahrstuhl. Er schwang sich sanft über die Dachkante und tastete mit Füßen und Händen nach den Vorsprüngen in der Mauer des alten Backsteinhauses. Seine Bewegungen waren lautlos, sein Körper eng an die Wand gepresst. Er hatte keine Angst und keine Zweifel. Katt beobachtete sich selbst mit Erstaunen, wie er die Außenwand entlangkletterte, sich in Windeseile dem Boden näherte, Kanten, Fensterbänke, winzige Absätze mit einer Leichtigkeit und Sicherheit nutzte, die ihn faszinierte. Eine Minute vielleicht dauerte der Abstieg, er kam ihm viel kürzer vor. Als er im Schatten einer

Seitengasse den Boden erreichte, waren die beiden »Monteure« wieder im Van verschwunden. Der Wagen machte keinerlei Anstalten, seinen Posten zu verlassen. Und dass Katt das Objekt ihrer Beharrlichkeit war, daran bestand nun kein Zweifel mehr.

Er überlegte sich das weitere Vorgehen.

Eigentlich reichte es, wenn er einfach drauflosrannte. Er spürte eine plötzliche Energie, eine Wildheit in sich aufsteigen, das Bedürfnis, seine Kräfte endlich einzusetzen. Das Schicksal meinte es gut mit ihm. Es bot ihm ein Ziel.

Sparringspartner, dachte er und grinste unter seiner Maske, einer flachen, metallenen, tiefschwarzen Fläche aus Spezialglas, leicht und von innen her durchsichtig.

Nein, Opfer. Opfer war das richtige Wort.

Doch er wollte kein Narr sein. Sein Aufzug und seine Attitüde waren närrisch genug.

Er machte einen Umweg. Der Van stand am Straßenrand, der zu einem Spielplatz führte, umgeben von dichten Sträuchern, die bereits bei Tage tiefe Schatten warfen. Katt überquerte die Straße, weit vom Wagen entfernt, glitt mit geschmeidigen Schritten hinter den Büschen entlang, auf Lautlosigkeit bedacht. Er war überrascht, wie katzenhaft seine Bewegungen waren, wenn er auf Bedachtsamkeit Wert legte. Er näherte sich dem ruhig dastehenden Wagen und stand dann direkt neben ihm, nur mit einem dichten Strauch zwischen sich und seinem Ziel. Er ging davon aus, nicht beobachtet worden zu sein. Die Scheiben des Fahrzeugs waren getönt, das Licht der Straßenbeleuchtung drang kaum durch, doch er war sich einigermaßen sicher, dass niemand hinter dem Steuer saß. Die beiden nächtlichen Monteure mussten im Laderaum hocken, wahrscheinlich, und dieser Eindruck lag nach der Betrachtung zahlloser Agentenfilme sehr nahe, hinter einer Batterie an kompliziert aussehenden Geräten, mit denen …

Ja, was eigentlich? Und warum er? Katt beugte sich nach vorne. Unten am Rand der Tür war etwas zu lesen. Kein farblich abgehobener Aufdruck, eher, als wäre etwas in das Blech des Wagens gestanzt worden. Katt schätzte die Entfernung ein, griff nach vorne, streckte sich und ertastete die reliefartig abgehobenen Buchstaben mit der Fingerspitze. Eine Zahl. Und er hatte nichts anderes erwartet.

Er kannte das.

Er wusste jetzt, wer das war.

Die schwere Limousine des Energotech-Aufsichtsratsvorsitzenden hatte auch so ein Relief gehabt, klein, verborgen, schwer einsehbar. Es war Katt zufällig aufgefallen, als er den Mann nach dem letzten Meeting in die Tiefgarage begleitet hatte, um ihn zu verabschieden. Er hatte dem keine Bedeutung beigemessen. Jetzt bekam es Bedeutung.

Energotech ließ ihn überwachen?

Katt spürte kalten Zorn in sich aufsteigen. Was hatte das zu bedeuten?

Es war Zeit, zu handeln.

Er stand, direkt neben dem Van, lauschte, ohne etwas wahrzunehmen. Dann bewegte er sich zur Einstiegsluke am Heck des Wagens. Er schaute auf den Griff. Natürlich war die Tür verschlossen. Aber ... er spürte, dass ihm das keinen ernsthaften Widerstand entgegensetzen würde. Im Zweifel würden die Insassen auf seine Bemühungen aufmerksam werden und herauskommen. Er hatte sie, so oder so.

Katt bleckte sie Zähne. Wie gut, dass das niemand sehen konnte, es sah bestimmt eher affig aus.

Er holte Luft, packte zu, riss mit aller Kraft. Katt taumelte zurück, die Tür halb aus der Halterung gezogen, überrascht durch seine Kraft. Die beiden Männer im Laderaum starrten ihn an, Kopfhörer aufgesetzt, die Gesichter spiegelten die Helligkeit der Monitore, die an einer Wand des Innenraums aufgereiht waren. Katt freute sich. Er liebte es, wenn ein Klischee funktionierte.

Er ließ die Tür los, sprang nach vorne. Einer der Männer griff nach einer Waffe, unvorbereitet auf den Angriff und zu langsam. Katt traf seinen Körper mit Wucht, ein Stöhnen, ein Schmerzensschrei, als der Angegriffene vom Stuhl fiel. Katts Bewegungen waren auch zu schnell für seinen Kumpanen, der einen Schlag gegen den Brustkorb bekam. Es knackte vernehmlich, als die Rippen brachen, und der gellende Schmerzensschrei durchstach die Nacht.

Das war nicht gut. Katt packte den Ersten beim Kragen, riss ihn nach oben. »Was tut ihr hier?«, zischte er, vertrauend darauf, dass die Maske seine Stimme verstellen würde. Der Mann starrte ihn angsterfüllt an, presste aber dennoch die Lippen aufeinander. Katt bekam sofort den Eindruck, mit einem Verhör seine Zeit zu verschwenden. Das waren keine Amateure, sie wurden für das, was sie taten, bestimmt gut bezahlt und waren bereit einiges einzustecken. Und Katt war kein Folterknecht.

Also anders.

Er ließ den Mann fahren, seine Blicke suchten die Ausrüstung ab. Computer, natürlich, und da, in der Ecke, ein Rack mit Festplatten, die heftig blinkten. Wurden dort die Aufzeichnungen gespeichert?

Er würde es herausfinden. Ein schneller Schritt, ein schneller Ruck: Knirschend zog er die beiden Festplatten aus der Halterung. Sie mussten bei der Größe über eine gigantische Speicherkapazität verfügen. Ein weiterer Blick durch den Innenraum: keine Dokumente, keine Hinweise, gar nichts. Der zweite Mann wimmerte, umklammerte seine Brust, atmete keuchend.

Katts Mitleid hielt sich in Grenzen. Er trat zurück zu dem Ersten, wollte irgendeine coole Drohung ausstoßen, doch er besann sich eines Besseren. Die beiden wussten nicht, wer er war.

Er schaute noch einmal auf die Monitore. Keiner zeigte das Innere seiner Wohnung. So weit waren sie noch nicht gekommen. Er hatte noch Zeit und Gelegenheit genug, Vorsichtsmaßnahmen zu treffen.

Bevor er ging, warf er noch einen Blick ins Fahrerhaus. Ein schneller Griff in die Ablagen, hinter den Sonnenschutz, und er fand Fahrzeugpapiere. Natürlich. Eine Routinekontrolle der Polizei konnte immer passieren. Er steckte die Papiere ein, ebenso wie den Führerschein, den er fand und der einen der beiden Männer hinten im Laderaum zeigte. Katt kannte Leute. Sie würden ihm im Zweifel helfen die Papiere nachzuprüfen, wenn er sie nett darum bat.

Als er den Wagen verließ, achtete er darauf, nicht direkt in seine Wohnung zurückzukehren. Erneut nahm er einen weiten Umweg, bestieg das Dach seines Wohnblocks und kehrte über die Dachluke wieder ins Treppenhaus zurück. Er war sich einigermaßen sicher, dass niemand ihn bemerkt hatte. Als er seine Wohnung betrat, ließ er das Licht aus und ging zum Fenster. Ohne Gardine oder Vorhänge zu berühren, schaute er hindurch, vom Rand her, und sah, dass der Van verschwunden war. Die Rückkehr der beiden Männer würde Aufsehen erregen, Gegenreaktionen, Misstrauen. Katt lächelte unter seiner Maske. So einfach würde er es diesen Gaunern nicht machen.

Morgen früh ginge er ins Büro, das nahm er sich nun fest vor. Und er würde sich erneut intensiv um Energotech kümmern. Sein Cabrio würde er natürlich weiterhin benutzen. Der Nachtmensch hatte die Kerle verprügelt, aber Harald Katt war im Bett gewesen. Er wusste nicht, für wie lange er diese beiden Identitäten voneinander isoliert würde halten können. Aber jetzt, als er sich erneut im Spiegel betrachtete und daran dachte, was er heute Nacht getan hatte, wurde ihm klar, dass dies mehr als Cosplay, als Wunschtraum und Illusion war.

Dies war real.

Nachtmensch war real.

Und er würde diese Erfahrung nicht mehr hergeben wollen.

Kapitel 9

Sie erwachte mit einem Seufzen und Sternberg war sofort an ihrer Seite. Er schaute sie an, wie die Augenlider zu flattern anfingen, die Stupsnase sich kräuselte, als würde sie etwas Unangenehmes riechen. Das war wahrscheinlich von der Wahrheit nicht allzu weit entfernt, erinnerte er sich. Hier war vor über 70 Jahren das letzte Mal geputzt worden. Eine Erkenntnis, die ihm sofort ein wenig peinlich war.

»Ruhig, ganz ruhig«, murmelte er, als die Frau aufstöhnte. Er wusste gar nicht, ob sie ihn hörte. Ihr Körper spannte sich unter der dünnen Decke, die er über ihre Blöße gelegt hatte. Er fühlte sich ein wenig hilflos. Er war Ingenieur, kein Arzt. Hätte er vielleicht doch die Behörden informieren sollen? Nein, er konnte weiterhin niemandem trauen. Was würden die Menschen heute mit jemandem wie ihm anstellen, einem Zeitreisenden? Er wollte nicht in ein Kuriositätenkabinett gestellt werden, sich nicht endlosen Befragungen aussetzen. Ehe er für diese Probleme keine Lösungen gefunden hatte, würde er sich im Verborgenen aufhalten, solange es ging.

Er legte ihr die Hände auf die Schultern, übte einen sanften Druck aus, und diese Berührung schien ihre unbewussten Bewegungen zu mildern, ohne dass sie dagegen zu kämpfen begann.

Sie öffnete ihre Augen.

»Sie sind in Sicherheit«, flüsterte er. Angst. Sie musste Angst haben, war orientierungslos. Er lächelte einfach. Er habe dieses *Großvaterlächeln*, hatte seine Frau einmal gesagt. Vielleicht nutzte es ihm ja jetzt etwas.

Die junge Frau starrte ihn an, erst ohne jedes Verständnis, doch dann klärte sich ihr Blick. Sternberg war in der Tat kein bedrohlich wirkender Mann. Die weißen Strähnen in den Haaren, die runzlige Haut, die Zeichen des Alters ... er wirkte tatsächlich wie ein freundlicher Großvater, obgleich er Anfang 50 war.

Nein, korrigierte er sich in Gedanken. Anfang 130 vielleicht.

Dafür hatte er sich *wirklich* gut gehalten.

»Wo bin ich?«, fragte die Frau, deutlich artikuliert, wenngleich ein wenig leise. Sie sprach und verstand Deutsch. Das war eine Erleichterung.

Doch wie sollte er ihr diese Frage beantworten?

Am besten gar nicht, zumindest nicht sofort und nur in kleinen Portionen.

»Ich habe Sie auf einem Feld gefunden«, sagte er wahrheitsgemäß. »Sie waren ... unbekleidet. Bewusstlos. Ich habe Sie in ... mein Haus gebracht. Sie sind unverletzt, soweit ich das sehen kann.«

Die Frau tastete über die Decke und schloss für einen Moment wieder die Augen. Sie nickte, wohl mehr zu sich selbst. Sie erinnerte sich an etwas und kurzzeitig huschte Angst und Schmerz über ihr Gesicht. Auf keinen Fall eine angenehme Erinnerung.

»Ja«, hauchte sie. »Die Explosion. Warum lebe ich?«

Sternberg runzelte die Stirn. Eine Explosion? War sie das Opfer einer Druckwelle und so hierher geschleudert worden? Die Frage, warum sie gänzlich unverletzt war, erhob sich in der Tat. Sogar das Leuchten war mit der Zeit schwächer geworden. Man konnte jetzt nur noch einen ganz sanften Schimmer erkennen, wenn man sehr genau hinsah.

»Ich weiß nicht, warum Sie noch leben, aber ich versichere Ihnen, dass Sie es tun«, sagte er begütigend. »Sie müssen sich ausruhen. Antworten auf Ihre Fragen wird es geben. Kommen Sie erst mal zu Kräften.«

Sternberg war stolz auf sich. Die Nahrungsmittel, die er in einem unachtsamen Moment eines schläfrigen Tankwarts von einer nahen Tankstelle entwendet hatte, sahen genauso fremdartig aus wie die Tankstelle selbst, aber Gebäck erkannte er wieder und Getränke waren Getränke. Die Schläfrigkeit des Mannes war natürlich durch die Bolzenpistole aus Sternbergs Arsenal verstärkt worden. Er hatte so viele Waffen hier unten im Labor, er konnte damit eine Kompanie ausstatten. Nicht alles hatte er am Ende für die Konstruktion des Teslamannes verwendet, aber das hieß nicht, dass die Dinge nicht einsatzbereit waren. Das Schlafmittel jedenfalls wirkte auch nach so langer Zeit noch zufriedenstellend.

»Haben Sie Hunger oder Durst?«, fragte er.

»Wasser ... ich hätte gerne etwas Wasser!«

Sternberg goss ihr ein. Die Flasche war aus einem Plastikmaterial, durchsichtig, sehr elegant und leichter als Glas. Er reichte ihr die metallene Tasse und sie trank gierig. Als sie absetzte, lächelte sie ihn an. Ein bezauberndes Lächeln, mit perlmuttfarbigen Zähnen. Für einen Moment bedauerte Sternberg sein fortgeschrittenes Alter. Er hätte sich gerne noch einmal verführen lassen, gerade von so einem Geschöpf.

»Ich bin Dr. Jonas Sternberg«, sagte er dann und fügte nach kurzem Zögern hinzu: »Ein Ingenieur.«

»Mein Name ist Hideki Nakamura.« Sie lächelte erneut. »Kein Doktor. Einen Master of Science. Hochenergiephysik.«

Sternberg lächelte erfreut. Ein amerikanischer Abschluss, ohne Zweifel. Eine Kollegin sozusagen. Welch ein wunderbarer Zufall. Das würde ihr Einvernehmen gleich leichter machen. Er wusste zwar nicht genau, was Hochenergiephysik war, aber es hörte sich verheißungsvoll an.

Er sah, wie Hidekis Augen sich plötzlich weiteten. Sie sah über seine Schulter hinter ihn. Sternberg erkannte seinen Fehler sofort. Natürlich. Er hatte *ihn* nicht abgedeckt.

Der Teslamann stand direkt in ihrem Sichtfeld.

»Mein Haus«, hatte er gesagt. Auch in diesem Zeitalter erwartete eine junge Frau sicher nicht eine Konstruktion wie den Teslamann als Zimmereinrichtung. Und als Physikerin ... sie musste sofort erkennen, was sie da vor sich hatte. Er erschrak ein wenig. Sie sah ein Mordinstrument, eine Bedrohung, vielleicht entwickelte sie die Sorge, in etwas Illegales verwickelt zu sein. Wie konnte er sie beruhigen? Ablenken vielleicht? Was wäre eine gute Ausrede? Seine Gedanken purzelten durcheinander, als sie erneut sprach.

»Cool«, murmelte sie leise. »Ein tolles Modell. Ein Zord, nicht wahr? Ich liebe die Power Rangers! Cosplayer? Ich finde es super, wenn Leute in Ihrem Alter sich dafür nicht zu schade sind!«

Sternberg bemühte sich um einen neutralen Gesichtsausdruck. Modell verstand er. Mit dem Rest konnte er allerdings nicht das Geringste anfangen. Doch seine Sorgen verflogen. Neugierde und Faszination zeichneten sich auf Hideki Nakamuras Gesicht ab, keine Angst und seltsamerweise auch kein Misstrauen.

Sie richtete sich auf und es fiel ihr, das sah Sternberg beruhigt, erstaunlich leicht. Ihr Blick wanderte durch das Labor und auf ihrem Gesicht war eine erstaunliche Wandlung abzulesen. Jetzt dämmerte ihr doch, dass ihre Annahme über den alten Mann vor ihr nicht stimmte. Sie runzelte die Stirn, nahm die Umgebung sorgfältig in sich auf, dann heftete sie ihren Blick auf Sternberg.

»Wer sind Sie?«, flüsterte sie dann und es war nun ein Anflug von Furcht in ihrer Stimme, wogegen auch das Lächeln Sternbergs nicht viel ausrichten konnte. Er legte seine Hände in den Schoß. Ja, er musste diese Frage beantworten. Seltsame Dinge waren geschehen und er konnte sie nicht ewig vor der Außenwelt verbergen. Er würde sich mit den Menschen da draußen auseinandersetzen müssen. Warum nicht mit der kaum weniger seltsamen Hideki Nakamura beginnen?

»Ich erzähle es Ihnen, wenngleich es absurd klingt, aber ich habe nichts zu verlieren«, sagte er dann langsam. »Wenn Sie mir sagen, warum ich Sie nackt auf einem Feld gefunden habe.«

Die Frau lächelte, verlor wieder ein wenig von ihrer Scheu. Vielleicht war es die Vorstellung, dass der ältere Herr sie entblößt gesehen und hierher getragen hatte, die ihr dabei half. Sie nickte.

»Ich kann diese Frage gar nicht beantworten. Und was ich weiß, wird auch absurd klingen.«

»Dann passen unsere Geschichten ja gut zusammen. Vielleicht enger, als wir es glauben mögen.«

»Es geschehen in letzter Zeit viele seltsame Vorfälle«, meinte sie. »Haben Sie von der Geschichte in Frankfurt gehört ... diese Frau, Sin Claire, und die Sache in der U-Bahn? Ich meine ... es war alles auf YouTube.«

Sternberg sah sie an und versuchte sich einen Reim auf ihre Worte zu machen.

Was zum Henker war YouTube?

»Ich befürchte, das ist an mir vorbeigegangen«, erwiderte er. Hideki sah ihn an wie ein Weltwunder.

»Sie haben hier unten sicher einen beschissenen Empfang«, sagte sie und der Ingenieur konnte zumindest damit etwas anfangen. Ja, das Labor war ganz gut isoliert. Leider nicht gut genug – oder wenn man es anders betrachtete: glücklicherweise. Irgendwann wäre er trotz der konservierenden Wirkung des Gases im Innern des Teslamannes gestorben. Er war, wenn er das recht betrachtete, gerade noch rechtzeitig erwacht.

Und es stand wahrscheinlich in Zusammenhang mit dem Phänomen, das ihm eine nackte Japanerin auf das Dach seines Anwesens geworfen hatte.

Er holte tief Luft. Er war nicht immer gut darin gewesen, andere Menschen richtig einzuschätzen. Oft war ihm diese mangelnde Fähigkeit vor die Füße gefallen. Aber aus irgendeinem Grunde fühlte er, dass er dieser jungen Frau einen Vertrauensvorschuss geben konnte. Die Art, wie sie mit großen Augen und erkennbarer Begeisterung den Automaten betrachtete, trug sicher dazu bei. Sie fand die Konstruktion toll, obgleich sie nicht ahnen konnte, dass es sich nicht um ein Modell, sondern eine funktionsfähige Zerstörungsmaschine handelte. Aber sie war davon nicht abgeschreckt und nicht einmal irritiert.

Also gut, dachte er bei sich. *Also gut.*

»Ich erzähle Ihnen meine Geschichte. Wenn Sie sie nicht mehr glauben können, wenn Sie mich für verrückt halten, dann breche ich meine Erzählung ab. Sie sind nicht meine Gefangene und ich will nichts von Ihnen. Ich wollte helfen. Also: Wenn Sie genug haben, stehen Sie auf und gehen. Die Tür ist da drüben.« Er wies in die richtige Richtung. »Sie ist unverschlossen.«

Sie nickte, ihre Augen folgten seinem Blick. Sie bewegte sich aber nicht, kein Aufspringen, kein Davonrennen. Das freute Sternberg mehr, als er sich selbst gegenüber zugeben wollte.

Der Ingenieur begann mit seiner Schilderung. Er sprach langsam, gut artikuliert, vermied Ausschmückungen, Pathos oder Ironie. Die sachliche, klare, faktenorientierte Darstellung eines Ingenieurs.

Hideki Nakamura hörte gut zu und sie ging nicht. Auch nicht, als er fertig war.

Stattdessen erzählte sie ihm ihre Geschichte.

Kapitel 10

»Erklären Sie mir das!«

Der Mann im Nadelstreifenanzug saß hinter der Glasplatte, in die das Touchdisplay eingelassen war. Die leichte Wölbung des Bildschirms war ihm zugewandt, ebenfalls fugenlos. Er schaute nicht darauf. Der Blick aus den kalten, hellblauen Augen suchte und fand das emotionslose Gesicht des zweiten Anwesenden, eines weiteren Mannes, gekleidet in eine schmucklose Uniform ohne jedes Abzeichen, der vor dem Schreibtisch stand wie ein Rekrut vor dem Feldwebel.

Einem wütenden, unberechenbaren Feldwebel.

Der Anzugträger hatte die Fingerspitzen aufeinandergelegt und seine Zeigefinger berührten das Kinn. Die Nägel waren sorgfältig manikürt, der Backenbart perfekt geschnitten. Die sanfte Note eines unaufdringlichen, perfekt auf die Körperchemie des Anzugträgers abgestimmten Herrenduftes hing in der Luft. Die Haut des Mannes war leicht gebräunt. Unter dem maßgeschneiderten Anzug zeichnete sich ein durch hartes Training perfekt modellierter Oberkörper ab. Die Stimme war weich, doch der Anflug von Kälte, der dahinter zu erahnen war, entging dem Uniformierten nicht.

Er beeilte sich mit einer Antwort, wohl wissend, dass deren Inhalt seinem Gegenüber nicht gefallen würde.

»Es scheint so, als wären Dinge ... als würden jetzt noch mehr Leute auftauchen wie die in Frankfurt ...«

»Frankfurt? Sie meinen diese absurden Superhelden? Diese Tussi in dem schwarzen Latexding oder dieser überkandidelte Chefarzt mit seinen Gespielinnen? Nehmen Sie das ernst? Das ist doch aufgebauscht. Da hat sich jemand einen schlechten Scherz erlaubt. Und unsere Freunde haben Fehler begangen, jetzt ist es ihnen peinlich, das zuzugeben. Sie suchen nach Ausreden. Dass ausgerechnet Sie derlei auf den Leim gehen – albern. Absurd. Absurd, hören Sie? Sie beleidigen meine Intelligenz!«

»Es ist so … unsere Leute wurden … es hat einen Zwischenfall gegeben. Sie wissen, dieser Aktienhändler …«

»Schaffen Sie das auch mit vollständigen Sätzen?« Die Stimme des Anzugträgers war immer noch butterweich, doch der Uniformierte ließ sich davon nicht täuschen. Er wusste, dass mehr auf dem Spiel stand als nur ein Bezweifeln seiner Urteilsfähigkeit. Er wusste, wie sein Vorgänger geendet war. Er persönlich hatte geholfen, die Leiche zu beseitigen. Er wollte nicht, dass er am Ende dieses Gesprächs den gleichen Weg antreten musste.

Ersatz gab es immer. Die Organisation war groß und in ihr arbeiteten nur die Besten.

»Wir haben die Spuren des Experiments vertuschen können, mussten aber feststellen, dass dort jemand überlebt hat. Es war … ein unfreiwilliger Erfolg unserer Vorgehensweise. Es muss eine Transformation stattgefunden haben. Warum genau und wie, das ist unbekannt.«

Der Mann im Anzug erhob sich. Er hatte sich gut unter Kontrolle, doch jetzt war ihm die Erregung anzusehen. Er stützte sich mit den Fäusten auf den Glastisch, beugte den Oberkörper nach vorne. Seine Stimme war beherrscht, immer noch erstaunlich sanft, doch tief in ihm hatte ein Vulkan zu brodeln begonnen.

»Eine Transformation? Zu diesem Zeitpunkt? Ungesteuert?«

»Eine Verkettung unglücklicher Umstände. Wir haben ohnehin zu schnell gehandelt. Wir hätten noch warten müssen.«

Da lag eine stille Kritik in der Antwort des Uniformierten. Der Anzugträger holte tief Luft.

»Ja«, sagte er nur. »Ich stimme Ihnen zu. Es ist dieser Fehler von unserer Seite, der mir erlaubt, Ihnen gegenüber nachsichtig zu sein. Wir sind dabei, diese Fehlerquellen zu identifizieren und Maßnahmen zu ergreifen. Aber ja: Wir waren voreilig, und wenn das stimmt, was Sie sagen, dann ist die Transformation auch unsere Schuld. Wir müssen also den Dreck wegräumen, den wir gemacht haben. Sie tun das.«

»Wir sind auf der Suche. Aber es gibt noch keine Spur. Die Behörden sind seit unserer Aktion am Krater alarmiert. Wir müssen jetzt erst einmal vorsichtig sein. Es reicht ein weiterer Zufall, um uns große Probleme zu bringen.« Der Uniformierte sprach nun selbstsicherer, seine Haltung wirkte weniger nervös. »Aber wir suchen.«

»Gut. Noch einmal Frankfurt. Dieser Händler.«

»Er hat uns massive finanzielle Schäden zugefügt.«

»Was wissen wir über ihn und was lief schief?«

»Wir wissen einiges – ich kann Ihnen die Biografie übermitteln, mit vielen pikanten Details. Aber das Interessante ist, dass er Freunde zu haben scheint. Unser Team wurde ... behindert.«

»Das habe ich gehört. Ihre verkackten Euphemismen können Sie sich übrigens sparen. Die Leute wurden wie die letzten Amateure enttarnt, überfallen, verprügelt und bestohlen. Fasst das den Vorfall in etwa zusammen?«

Die Stimme des Anzugträgers war wie Säure. Der Uniformierte zuckte ein wenig zusammen, die gerade errungene Selbstsicherheit fiel wieder von ihm ab.

»Ja ... ja. So geschah es. Wir haben damit nicht gerechnet. Wir wissen, dass der Mann Freunde in der Unterwelt hat ... russische Mafia. Mit denen können wir derzeit nicht gut, nicht seit der Aktion in Kiew vor einem Jahr.«

»Der Einsatz war erfolgreich.«

»Deswegen können wir ja auch nicht so gut mit denen. Jedenfalls kann es sein, dass der Mann etwas mitbekommen hat und Freunde aus der Mafia ...«

»Das ist Blödsinn!«, unterbrach der Anzugträger barsch. »Sie lassen sich von solchen Leuten übertölpeln und dann auch noch nach Strich und Faden verprügeln? Das kann ich nicht ernst nehmen. Daran glaube ich nicht, das ist Augenwischerei. Nein, Sie haben eine mögliche Option gar nicht bedacht: den Maulwurf. Was, wenn jemand aus unserer eigenen Organisation gegen uns arbeitet und die Überwachung sabotiert hat?«

Der Uniformierte zögerte. »Das ... der Gedanke ist mir natürlich auch gekommen.«

»Und warum haben Sie diese mögliche Spur noch nicht weiter verfolgt?«

»Das habe ich versucht.«

Der Anzugträger richtete sich auf. Seine Haltung wirkte nun aggressiv, wie ein Raubtier vor dem Sprung. »Reden Sie. Was ist los?«

Der Uniformierte räusperte sich. »Ich muss Sie daran erinnern, dass die Überwachung direkt von Ihrem Büro angeordnet wurde. Wenn es einen Maulwurf gibt …«

»Ah.«

Das kam nicht barsch oder ungehalten, sondern beinahe nachdenklich. Den Körper des Anzugträgers verließ ein wenig die Spannung. Er setzte sich wieder, nickte, mehr zu sich selbst, als hätte er die Anwesenheit des Uniformierten für einen Moment ausgeblendet.

»Gut«, sagte er dann leise. »Wir machen Folgendes. Sie schicken diesem Börsenmenschen eine neue Truppe auf den Hals. Diskret. Ich möchte wissen, was er weiß. Wie hat er den richtigen Zeitpunkt abwarten können, um uns dermaßen zu schaden? Wenn es einen Maulwurf gibt, dann hat er ihm vielleicht unsere Pläne gesteckt. In dem Fall wissen wir Bescheid, das könnte ein und dieselbe Person sein. Vielleicht können wir ihn bei einer seiner Partys verschwinden lassen. Das würde wahrscheinlich erst mal niemandem auffallen.«

»Er hat einen sehr unsteten Lebenswandel und genießt in seiner Firma große Freiheiten. Man würde ihn nicht einmal vermissen, zumindest am Anfang.«

»Das hört sich doch gut an. Suchen Sie gute Leute aus und achten Sie diesmal auf Sicherheit – so richtig. Tun Sie so, als wäre es ein Kampfeinsatz, bei dem Sie ernsthafte Opposition erwarten. Ich möchte, dass es diesmal glattgeht. Ich will Ergebnisse sehen.«

»Ich habe verstanden.« In der Antwort des Uniformierten klang Erleichterung. Ihm war ein Befehl gegeben worden, den er auszuführen hatte. Das bedeutete, dass sein Kopf bis auf Weiteres auf seinen Schultern blieb. So gesehen war diese Besprechung bereits ein Erfolg.

»Was die kleine Katastrophe und die angebliche Transformation angeht – Sie schicken Dr. Stephan los.«

»Er ist der einzige Experte, den wir noch haben«, gab der Uniformierte zu bedenken. »Wenn wir ihn verlieren …«

»Er hat den Scanner entwickelt und weiß, wie man seine Daten interpretiert. Wir haben schon genug Zeit verloren. Geben Sie ihm ein gutes Team mit und sorgen Sie dafür, dass wir finden, was wir suchen – falls es überhaupt etwas zu finden gibt. Eine leere Transformationsschale bedeutet nicht, dass darin jemand überlebt hat.«

»Stephan möchte mit uns nicht mehr zusammenarbeiten.«

»Stephan wollte nie mit uns zusammenarbeiten«, zischte der Anzugträger, dem seine schlechte Laune nun wieder deutlich anzusehen war. »Aber solange wir seine Tochter haben, wird er das wohl müssen. Also fragen wir ihn doch gar nicht erst, oder? Er tut, was ihm befohlen wird. Sie werden ihn schützen. Und wenn er türmen will …«

»Er wird nicht abhauen«, sagte der Uniformierte. »Er würde nie ohne seine Tochter gehen.«

»Lassen Sie ihn sie sehen – ein schönes Abendessen vielleicht? Er soll wissen, was er verliert, wenn er seine Pflicht nicht erfüllt. Und dann machen Sie sich auf die Suche. Ich möchte Gewissheit. Hören Sie? Keine Spekulationen mehr, keine Annahmen. Fakten. Ich will nur noch Fakten. Und es darf nichts mehr schiefgehen.«

Der Uniformierte nickte knapp und wandte sich zum Gehen. Doch er wurde aufgehalten, ehe er das großzügig geschnittene Büro verlassen konnte.

»Eine Sache noch«, hörte er die Stimme des Anzugträgers.

»Ja?«

»Das, was da in Frankfurt passiert ist … ich meine nicht diesen Bankmenschen, ich meine diese Geschichte um diese angeblichen Superhelden …«

»Ja?«

»Ich will die Akte, die ganze Akte. Heute noch.«

Der Uniformierte nickte, wandte sich ab und verbarg dadurch sein Lächeln.

Absurd, ja?

Vielleicht dann doch nicht.

Kapitel 11

Als Katt das Büro betrat, fühlte er sich so gut wie schon lange nicht mehr. Seine Schritte waren beschwingt, er fühlte sich wach und kraftvoll. Er grüßte die Damen im Sekretariat so freundlich, dass er hochgezogene Augenbrauen spendiert bekam. Es war nicht so, dass er jemals übertrieben griesgrämig auftrat – erst recht nicht gegenüber gut aussehenden Frauen! –, aber an diesem Tag sprühte er vor guter Laune. Die Ereignisse jener Nacht hatten ihn energetisiert. Es war, als habe sein Leben eine neue Richtung, eine Bestimmung bekommen. Er fühlte sich schlicht und einfach gut, egal was sonst noch geschehen mochte.

Katt wusste natürlich, dass er in Schwierigkeiten steckte.

Wen auch immer er da verprügelt hatte, diese Leute würden in ihrem Bemühen nicht nachlassen. Er musste sich vorbereiten. Und er musste mehr erfahren, eine Arbeit, die Harald Katt genauso gut erledigen konnte wie der Nachtmensch – nur eben auf eine andere Art und Weise. Es war eine Herausforderung und Katt liebte Herausforderungen. Er fühlte keine Angst und das Risiko war ihm egal.

Als er sein Büro betrat, wurde er erwartet. Schulz-Wahrberg, sein Chef, saß vor seinem Schreibtisch und sah auf, als sein Schützling eintrat und dynamischen Schrittes an ihm vorbeistürmte. Im Gegensatz zu ihrer letzten Begegnung wirkte der dickliche Vorgesetzte diesmal nicht ganz so enthusiastisch, was Katts guter Laune prompt einen Dämpfer versetzte.

Dennoch, nichts überstürzen. Der Kaffeevollautomat summte, als er einen Cappuccino produzierte, und Katt dachte nicht einmal daran, Schulz-Wahrberg einen anzubieten. Sein Chef war ein Tee-Mensch. Bald hielt er eine Tasse in der Hand, aus der es verführerisch duftete.

Er setzte sich und sah sein Gegenüber auffordernd an.

»Sie haben Sorgen, Chef?«

Schulz-Wahrbergs Gesicht war an Säuerlichkeit kaum zu übertreffen. Und Katt bemerkte noch etwas. Sein Chef war gut darin, seine Gefühle zu verbergen, aber da war Angst. Das kam selten vor. Plötzlich wollte Katt der Kaffee nicht mehr richtig schmecken. Er stellte die Tasse ab und war ganz Ohr.

»In der Tat. Die Energokon-Sache. Da läuft was aus dem Ruder, Katt.«

»Wir haben sehr gutes Geld verdient, und gerade rechtzeitig, wie es scheint.«

»Die Börsenaufsicht hat sich bei uns gemeldet. Die Koinzidenz unserer Verkäufe mit der Katastrophe bei Stuttgart hat einiges an Misstrauen geweckt.«

»Ach.« Katt lehnte sich in seinem Sessel zurück und schaute für einen Moment an die Decke. »Die.«

»Die. Ich weiß, dass sie von denen nicht viel halten. Aber seit der Finanzkrise ... uns wird auf die Finger geschaut, Katt. Auch Ihnen. Mir als Ihrem Vorgesetzten auf jeden Fall.«

Im Schimmer der Neonbeleuchtung konnte Katt erkennen, dass auf der breiten Stirn Schulz-Wahrbergs ein feiner Film stand. Der Mann holte ein Taschentuch aus dem Sakko und tupfte die Feuchtigkeit ab, während er weitersprach. Angst, ohne Zweifel. Schulz-Wahrberg war ein gewiefter Profi, ein Manipulator. Aber er machte sich ernsthafte Sorgen, das war nicht zu übersehen.

»Sie müssen mir etwas sagen, Katt. Haben Sie von diesen Vorgängen und seinen möglicherweise fatalen Konsequenzen gewusst, als Sie die Verkaufsorder gaben? Hatten Sie Insiderinformationen aus der Konzernzentrale, einen Zuträger?«

»Natürlich«, erwiderte Katt kalt und sah, wie sein Chef zusammenzuckte. Er beugte sich nach vorne, sah ihn direkt an. »Natürlich hatte ich meine Zuträger. Sie erzählten mir von den Aktienrückkaufplänen der Energokon-Vorstände, von den beiden faulen Krediten, die in den Büchern verschwunden waren, und so einiges mehr. Ich sah, dass das Gebäude am Wanken war, dass der Konzern ins Schlingern geriet, und habe verkauft. Aber von dem, was sich anschließend in Stuttgart abspielen würde, hatte ich absolut keine Ahnung.« Er lehnte sich wieder zurück und fügte hinzu: »Ich glaube, meine Kontakte bei Energokon hatten auch keine. Das waren ein Ort und ein Vorhaben, von dessen Existenz und Ablauf nur die allerwenigsten gewusst haben konnten. Eine Nummer zu groß für mich und meine Kontakte. Wir haben hier auf etwas ganz anderes reagiert, das kann ich Ihnen versichern. Der Bombenkrater kam für mich genauso überraschend wie für Sie. Oder die Börsenaufsicht.«

Schulz-Wahrberg wirkte erleichtert und besorgt zugleich. Er hielt immer noch sein Taschentuch in Händen und faltete es unentwegt, Ausdruck seiner Nervosität.

»Ich weiß nicht, ob uns die Aufsicht das abkaufen wird«, sagte er hastig. »Es liegt zu nahe beieinander und ist zu offensichtlich. Sie werden Ihre Kontakte preisgeben müssen, sie opfern. Wir werden möglicherweise sanktioniert ... aber wenn es nur um die Bilanz ging, ist es nicht so schlimm. Wir zahlen und gut ist's. Aber diese Bombe ... all die Toten ...« Er schüttelte den Kopf, als müsse er ein Bild in seiner Vorstellung vertreiben. »Damit dürfen wir nicht in Verbindung gebracht werden. Das wäre tödlich für uns. Der Skandal ... es wäre nicht auszudenken. Sie wissen, wie die Märkte reagieren. Da reicht ein schlecht riechender Furz und die Hölle bricht aus.« Er seufzte. »Die Hölle, Katt. Ich sage es Ihnen.«

Schulz-Wahrberg war ernsthaft besorgt und das gab nun auch Katt zu denken. Normalerweise war sein Chef ein kalter Hund, der im Verlauf seiner Karriere auch die eine oder andere – metaphorische – Leiche in den Keller des Hochhauses gebracht hatte, in dem sie residierten. Obgleich der Mann harmlos und etwas weich aussah, täuschte dieser Eindruck gewaltig. Ihn machte so leicht nichts nervös und er hatte immer einen Plan B. Dass er ins Schwitzen kam, hatte Katt vorher noch nie an ihm bemerkt.

Etwas lief da in der Tat mächtig aus dem Ruder. Und er spürte, dass er mehr erfahren musste, seine Energokon-Spur zu reaktivieren hatte. Er musste mit seinem Kontakt in der Zentrale in Verbindung treten, und das so schnell wie möglich.

Doch um das tun zu können, musste er erst einmal Schulz-Wahrberg loswerden. Also versuchte er gleichzeitig Unwissenheit wie auch Zuversicht zu verbreiten, eine durchaus herausfordernde Kombination.

»Ich kann Ihnen nur sagen, wie es gelaufen ist. Mein Informant hält bei uns keine Aktien. Ich bin mir nicht einmal sicher, ob er überhaupt Aktien besitzt. Er ist kein Vorstandsmitglied, nicht im Aufsichtsrat, er ist jemand, der in der Verwaltung sitzt und einfach nur seine Ohren offen hält. Low Level. Zufall. Nicht ganz ethisch einwandfrei, aber kein großer Fisch.«

»Warum hat er Ihnen dann von der Sache erzählt?«

Katt musste jetzt vorsichtig sein. Wenn er zu sehr ins Detail ging, würde er Dinge enthüllen, die sein Vorgesetzter nicht wissen musste. Seine regelmäßigen Besuche auf Igors Kokspartys beispielsweise verstießen ein wenig gegen die um sich greifende Compliance-Mentalität der Bank. Da konnte man leicht auf eine Abschussliste gesetzt werden, und da er offenbar bereits auf einer stand, wollte er keine zweite hinzufügen. Auch er konnte nicht beliebig viele Bälle gleichzeitig jonglieren.

»Ich kenne ihn privat.«

Er hatte seinen Kontakt bis zur Besinnungslosigkeit gebumst, angeheizt durch einen Drogenmix, der sie beide dermaßen geil gemacht hatte, dass auch wund gescheuerte Haut und Muskelkrämpfe keine Rolle mehr gespielt hatten. Sie war scharf. Er war scharf. Ein privater Kontakt eben. Ein intensiver dazu.

»So gut, dass er derlei ausplaudert?«

»Er ... trinkt gerne, das löst seine Stimme.«

Das war nicht ganz die Wahrheit. Ja, seine Informantin trank gerne. Und sie kokste gerne. Und wenn sie gleichzeitig high wie auch betrunken war, fickte sie gerne. Katt war gut im Bett, ein Hengst, vor allem wenn er sich selbst eine Linie gezogen hatte. So kam dann das eine zum anderen und das Gespräch nach dem Sex war dann aufschlussreicher als bei anderen Paaren. Sehr entspannend. Drogeninduziert vertrauensselig. Wie gut, dass Katt sich an so was immer noch erinnern konnte.

Nichts, was sein Chef wissen musste, vor allem nicht dermaßen im Detail. Abgesehen davon wollte Katt seine Quelle schützen, so viel Moral besaß er schon. Sie hatte ein Paar wunderschöne Möpse und denen sollte nichts zustoßen.

Da war er ganz der Gentleman.

»Katt, wir müssen vorsichtig sein«, sagte Schulz-Wahrberg noch einmal mit Nachdruck. »Ich bin ja ein großer Fan von Ihnen und Sie genießen alle Freiheiten. Aber mir sitzt der Vorstand im Nacken, wir müssen uns an die Regeln halten – oder zumindest unsere Spuren so gut verwischen, dass nichts auffällt. Was sage ich dem Vorstand, Katt? Die wollen mich heute Nachmittag grillen und Dr. Zeven hat schlechte Laune.«

Ja, das war schwierig. Der Generaldirektor, Dr. Oliver Zeven, war als harter Hund bekannt, immer schlecht gelaunt – als Jurist gehörte das zur Berufsbeschreibung – und ein elender Korinthenkacker. Niemand begegnete ihm gern und das beruhte auf herzlicher Gegenseitigkeit. Katt beneidete Schulz-Wahrberg nicht.

»Die Wahrheit, soweit es die Explosion in Stuttgart betrifft. Denn das *ist* die Wahrheit. Ich habe davon nichts gewusst, nichts geahnt und meine Quelle auch nicht. Was ich angeleiert habe bezüglich der Aktien, hat absolut keine Verbindung zum Vorfall. Es ist ein *Zufall.* Mehr kann ich dazu nicht sagen.« Er sah den zweifelnden Gesichtsausdruck seines Chefs und seufzte. »Großes Ehrenwort. Ich will meinen Job nicht verlieren. Bin ich wahnsinnig? Ich weiß doch, wie der Hase läuft, bin lange genug dabei.«

Er konnte den Zweifel auch dadurch nicht ganz beseitigen, das wurde nun klar. Doch sein Vorgesetzter merkte auch, dass er keine Antwort bekommen würde, die seinen Erwartungen mehr entsprach als das, was Katt bereits geäußert hatte. Er verließ das Büro Katts mit unglücklichem Gesicht. Als sich die Tür schloss, seufzte Katt ein zweites Mal. Die Geschichte war damit noch nicht ausgestanden, das wusste er genau. Vor allem, weil andere die gleiche falsche Schlussfolgerung ziehen konnten wie sein Chef: dass sein Aktiencoup ein Hinweis darauf war, dass er etwas über die darauf folgende Explosion wusste. Und das erklärte auch den schwarzen Van vor seinem Haus. Es wies eindeutig darauf hin, wer nur dahinterstecken konnte: Energokon selbst.

Katt griff zum Telefon, hielt dann aber inne und legte es wieder ab. Nein, das war jetzt möglicherweise zu gefährlich. Wusste er, wie weit Schulz-Wahrberg in seiner Angst zu gehen bereit war? Wozu würde ihn Dr. Zeven, der alte Gauner, treiben? Das Diensthandy war auch keine Alternative. Er grub tief in seiner Aktentasche und fand den alten Knochen mit der SIM-Karte, die Igor ihm gegeben hatte, kurz nachdem er Stammkundenstatus erreichte. Er sprach nicht darüber, was für ein Anbieter über welche Server diese Anrufe weiterleiteten, aber er schwor, dass die Leitung sicher sei, nicht zurückzuverfolgen. Ein besonderer Service für besonders wichtige und geschätzte Kunden.

Katt schaltete den Rechner an und ließ Radio streamen, irgendwelche laute Musik. Als *Atemlos* von Helene Fischer erscholl, fing er zu telefonieren an.

Er wartete einen Moment, dann hörte er das Knacken und eine Frauenstimme antwortete. Sie war auch Stammkundin, seine Muse, und die Neugierde wie auch die Angst waren in ihrer Stimme deutlich zu hören, als sie antwortete.

»Ja? Wer ist da?«

»Ich bin's, Harald.«

Kurze Stille, ein heftiges Ausatmen.

»Harald. Wir stecken in der Scheiße, wenn jemand herausfindet, dass wir uns kennen. Wie wir uns kennen. Was wir ...«

»Fabia, ich weiß das. Ich hatte gerade ein unangenehmes Gespräch mit meinem Chef.«

»Das ist unsere Nacht, wie für uns beide gemacht ...«

»Bist du in einem Helene-Fischer-Konzert?«

»Genau. Wann können wir uns treffen und wo am besten?«

Ein kurzes Zögern nur.

»Wann machst du Mittagspause?«

»Wenn ich will.«

»Wir treffen uns beim Starbucks an der Hauptwache. In einer Stunde.«

»Der ist immer ziemlich voll.«

Fabia schwieg für einen Moment, dann sagte sie: »Umso besser.« und legte auf.

Katt schaute auf das Telefon, ehe er es sorgfältig verbarg. Der letzte Moment ihres Gesprächs gefiel ihm nicht, löste eine Alarmglocke in seinem Kopf aus. Er blieb einen Augenblick so sitzen, ehe er Helene Fischer ein Ende bereitete. Dann schaute er auf den Bildschirm an der Wand seines Büros. Bloomberg, 24 Stunden am Tag, und dann, wenn er die Fernbedienung benutzte, die Aktienkurse der Welt in Echtzeit. Frankfurt, Tokio, London, New York – mit routinierten Bewegungen und einem Blick für das Wesentliche verschaffte er sich einen Überblick.

Erwartungsgemäß waren die Energokon-Kurse immer noch am Boden, und die Gerüchte um einen Überfall und ein Gemetzel am Krater hatten nicht geholfen. Es gab eine Nachrichtensperre, aber so etwas funktionierte in Deutschland schon lange nicht mehr richtig. Mehr und mehr deutete darauf hin, dass nach der Explosion etwas Furchtbares passiert war, und als Katt weiterforschte, fand er nicht nur die üblichen Verschwörungstheoretiker und Aluhut-Enthusiasten, sondern auch einige

Regionalblogger, die Fotos ins Netz gestellt hatten, Videos von schwarzen Hubschraubern ohne Kennzeichen.

Warum musste er jetzt an den Van vor seiner Wohnung denken?

Natürlich, weil das nahelag.

Katt fühlte in sich eine plötzliche Unruhe und wusste, dass er hier im Büro zu nichts mehr nütze sein würde. Außerdem war da noch die Sache mit dem Vorstand. Egal was sein Chef anstellte, es würde unausweichlich dazu führen, dass er in die oberste Etage musste, um Rede und Antwort zu stehen. Davor hatte er keine Angst, aber es war lästig und es kostete Zeit. Zeven war ein hartnäckiger Gesprächspartner, der Meetings zu endlosen, qualvollen Foltern dehnen konnte, während er der Einzige zu sein schien, der noch seine Sinne beieinanderhielt.

Nicht zuletzt bedurfte es einer emotionalen Selbstbeherrschung, für die er heute einfach nicht die Kraft aufbringen musste.

Er nahm sich seine Jacke und ging, ehe jemand ihn daran hindern konnte. Sein Diensthandy schaltete er aus, was tagsüber gegen die Vorschriften war und nachts eigentlich auch. Er beschloss zu gehen, und als er auf die Straße trat, ertappte er sich dabei, wie er sich suchend umschaute.

Nein, so primitiv würden sie nicht vorgehen. Vielleicht wurde er beschattet, ja, aber dann von Leuten, die sich mit so was auskannten, und nicht von Männern in schwarzen unmarkierten Overalls.

Es war schwierig, so zu tun, als wäre nichts, wenn man genau das beabsichtigte, weil eben doch etwas war. Dinge, die sonst ganz natürlich waren, bedurften jetzt der größten Aufmerksamkeit. Unversehens stand jede Geste auf dem Prüfstand. Und dadurch wurde man entweder total verrückt oder verhielt sich so seltsam, dass einen wirklich jeder anstarrte.

Zum Glück war es nicht seltsam, jemanden auf Frankfurts Straßen anzutreffen, der im feinen Zwirn und mit versteinerter Miene durch die Stadt marschierte, ohne nach links und rechts zu sehen. Als er den Starbucks erreicht hatte, fühlte er sich etwas besser, belebt durch den Sauerstoff; und die Tatsache, dass die Sonne durch dicke Wolken bedeckt wurde, half seinem juckenden Ausschlag. Was auch immer Igor ihm da besorgt hatte, es half nicht richtig oder nur kurz gegen seinen eigentlichen Fluch und das war ein Thema, das ihm beinahe genauso viele

Sorgen bereitete wie die ganze Energokon-Sache. Er würde weitere Pillen brauchen. Er musste sie sich besorgen.

Der Starbucks war voll. Heute war offenbar Hipster-Tag. Die Zahl der bärtigen Gesellen war jedenfalls nicht zu übersehen. Er stellte sich an die Theke, verlangte nach einem Espresso con panna, gab seinen Namen an und sah sich suchend um. Er wanderte durch die wollene Menge hindurch und erkannte Fabia in einer Ecke. Sie sah eingeschüchtert aus und hielt sich an einem Getränk fest, das sie bisher nicht angerührt hatte.

»Harold!«, rief der Barista.

»Ich heiße Harald!«, rief Katt zurück. Es war jedes Mal das gleiche Spiel. Sein Espresso war glühend heiß.

Er setzte sich zu Fabia. Ihre blonde Mähne war ungeordnet, ein Anblick, der ihm durchaus vertraut war, aber nicht in der Öffentlichkeit. Normalerweise achtete die attraktive Frau sehr auf ihr Äußeres, und das mit Erfolg. Jetzt aber wirkte selbst das Make-up lustlos und ihre Augen waren gerötet, das war zu erkennen, egal wie viel Mascara sie draufgepinselt hatte.

Sie sah nicht gut aus.

Katt sagte es ihr.

»Du bist ein Arsch«, erwiderte sie, doch sie war nicht mit dem Herzen bei der Sache. Katt fühlte das und er beschloss sie nicht weiter zu ärgern. Fabia war besorgt, und die Art und Weise, wie sie sich immer wieder umsah, erinnerte ihn an seine eigene kleine Paranoia. Und das waren keine guten Aussichten, wie er fand.

»Die Sache in Stuttgart fliegt uns ins Gesicht«, sagte sie dann. Ihre Hände zitterten ein wenig, als die den Frapuccino umklammerte. »Wenn ich gewusst hätte ... aber Scheiß drauf. Harald, wir stecken beide in der Tinte, wenn es rauskommt, dass ich dir Sachen erzählt habe. Das geht nicht gut aus. Seit dem Deal sind überall Kontrolleure unterwegs. Die haben Externe angeheuert. Unheimliche Gestalten, so was habe ich noch nie erlebt. Ich stehe nicht im Fokus der internen Untersuchung, aber wenn die mit den Großkopferten durch sind, werden sie sich die unteren Ränge ansehen. Dann bin auch ich an der Reihe.«

Ihre Stimme zitterte ebenso wie ihre Hände. Katt ergriff Letztere, drückte sie ein wenig, spürte den Schweiß auf den Innenflächen. Ihr ging es absolut nicht gut.

»Kündige und verschwinde. Ich gebe dir Geld. Wie viel brauchst du?«

Das war kein leichtfertiges Angebot. Harald Katt schwamm in Geld, auf offiziellen, den Steuerbehörden bekannten Konten, auf weniger offiziellen und in Form von allerlei Investitionen, breit gestreut, niemals in einer Höhe, die Verdacht auslöste. Er war stinkreich und konnte sich Großzügigkeit erlauben.

Fabia schüttelte den Kopf. »Das fällt doch auf. Wenn ich jetzt kündige, richtet sich die Aufmerksamkeit sofort auf mich.«

Fabia war nervös, aber nicht verblödet. Das musste Katt anerkennen.

»Was willst du tun?«

»Ich halte durch und konzentriere mich. Mit etwas Glück finden sie nichts.«

»Und wenn das mit dem Glück nicht funktioniert?«

Genau das war das Problem und Fabia wusste das auch. Sie schaute in ihren Becher, doch der Inhalt gab ihr keine Antwort. Harald überlegte.

»Du könntest krank werden.«

»Ich bin kerngesund.«

Und gelenkig, fügte er in Gedanken hinzu.

»Wir kennen genug Ärzte von Igors Partys. Die Hälfte davon stellt dir jedes Attest aus, das du willst.«

Fabia nickte gedankenverloren. Der Gedanke schien ihr zu gefallen. »Es muss mehr sein als eine Grippe, was Ernsthaftes ... etwas, das eine lange Therapie erforderlich macht. So könnte ich aus dem Job rauskommen ... rein ins Krankengeld, irgendwann dann die Entlassung ... oder ich kündige aus Krankheitsgründen ... ja, das wäre eine elegante Lösung.«

»Therapie in der Schweiz«, schlug Katt vor. »Ein Sanatorium in den Bergen. Irgendwo weit weg.«

»Das wird teuer.«

»Ich zahle. Alles. Wir arrangieren da was. Erinnerst du dich an Dr. Bodemann, diesen schleimigen Typen?«

Fabia verzog das Gesicht. »O ja, was für ein ekliger Kerl. Der wollte immer grapschen, egal ob er high war oder nicht. Was ist der?«

»Internist. Passt immer. Oberarzt an einer Klinik, wenn ich mich entsinne. Er schuldet Igor Geld. Hat zu viel gekokst und zu wenig gezahlt. Wir kriegen da was hin. Ich zahle seine Schulden, das wird sofortige Dankbarkeit auslösen. Ganz massive Dankbarkeit. Der macht alles.«

Fabias Nicken wurde fester, die verkrampften Finger lösten sich vom Frapuccino.

»So machen wir es.«

»Ich kümmere mich sofort darum. Wäre schön, wenn du im Büro langsam anfangen könntest blass auszusehen.«

»Das fällt mir nicht schwer. Seit der ganzen ... Affäre fühle ich mich nicht gut. Das hat mich eher verdächtig gemacht. Ich werde jetzt einen guten Grund dafür haben ... ja, es gefällt mir.« Sie sah Katt halb fragend, halb bittend an. »Du zahlst?«

»Jeden Cent und noch mehr. Ich schwimme im Zaster und er ist mir egal. Und später finde ich dir einen neuen Job. Was Besseres.«

»Auch ich will Igors Rechnungen bezahlen können«, erklärte sie lächelnd. Katt lächelte zurück. Das war durchaus auch in seinem Interesse. Die Partys würden ohne Fabia nur noch halb so viel Spaß machen.

»So machen wir es.« Katt fühlte sich erleichtert. »Ich rufe dich an?«

»Okay.«

»Mach dir keine unnötigen Sorgen. Wir kriegen das schon hin.«

Er beugte sich nach vorne und küsste sie auf die Stirn. Sein Espresso war natürlich immer noch zu heiß. Er würde ihn stehen lassen.

Als er ging, sah sie schon erleichtert aus, wie er fand. Er blickte sich um, doch in der Menge der Passanten jemanden auszumachen, der sich exakt um ihn kümmerte, was so gut wie unmöglich. Er musste ein wenig auf sein Glück vertrauen.

Erst als er einige Schritte gegangen war, fiel ihm ein, dass er Fabia ja noch einige Fragen hatte stellen wollen. Ihre Sorgen hatten diesen Punkt ganz aus seinem Gedächtnis verbannt. Er überlegte kurz, ob er zurückgehen sollte, um das Gespräch noch fortzusetzen, entschied sich aber dagegen.

Es würde noch ausreichend Gelegenheit geben. Jetzt galt es erst mal, diesen Bodemann anzurufen und an gewisse Verpflichtungen zu erinnern.

Kapitel 12

Der Tee schmeckte ihnen beiden gut. Sternberg und Hideki tranken ihn schweigend, sie mussten ihre Stimmbänder befeuchten, nachdem sie sehr lange und sehr viel geredet hatten. Die Geschichte des alten Mannes – der mehr im übertragenen und weniger im tatsächlichen Sinne alt war – hatte sie wie vor den Kopf geschlagen. Sie las auch ihre Mangas, und ja, sie war mit abstrusen Geschichten vertraut. Aber das hier zu erleben, zu hören und zu sehen, sich selbst mit dem Verstand einer Wissenschaftlerin davon überzeugen zu können, dass dies kein Trick war, keine Scharade ... das war etwas ganz anderes.

Sie hatte seine Worte natürlich nicht für bare Münze genommen. Genau hatte sie den Teslamann studiert und dabei eine große Bewunderung entwickelt. Es war eine überragend konstruierte Maschine, mit einer Finesse geplant, die weit über die technischen Möglichkeiten jener Zeit hinausging. Auch die übrige Einrichtung des Unterschlupfs zeigte, dass Sternberg nicht gelogen hatte. Entweder jemand hatte das Reenactement-Hobby sehr, sehr weit getrieben oder dies war in der Tat eine Werkstatt aus den 30er Jahren des letzten Jahrhunderts. Sternberg hatte sie nicht einmal davon abgehalten, in seinen Schränken zu wühlen, die Dokumente und Papiere zu durchforsten. Am Ende musste sie akzeptieren, dass die Herkunft des Ingenieurs in der Tat nur auf eine Art erklärt werden konnte. Sie war verblüfft, gelinde gesagt.

Dazu kam ihre eigene Geschichte, ihr Überleben und die seltsame Art, wie der Ingenieur sie gefunden hatte. Es passte nicht zusammen, aber es musste einen Zusammenhang geben. Zumindest schien klar, dass die energetische Eruption, die mit der Detonation einhergegangen war, auch für den Erweckungsprozess Sternbergs verantwortlich gewesen sein musste. Die zeitliche Koninzidenz wies stark darauf hin.

»Die Explosion«, sagte Hideki also langsam. »Die Schockwelle muss etwas ausgelöst haben, das zu Ihrer Erweckung führte.«

»Das ist in der Tat die naheliegende Erklärung«, erwiderte Sternberg. »Aber wenn es so schlimm gewesen ist, wie konnten Sie derlei überleben? Und dann auch noch nackt Kilometer entfernt auf einem Hügel enden?«

»Ich wurde hierher geschleudert.«

»Und dabei entkleidet? Und ohne jeden Knochen gebrochen zu haben, keine Abschürfung? Welcher Engel trug sie durch die Luft und legte sie sanft auf dem Erdhügel ab?«

»Eine seltsame Druckwelle, nicht wahr?« Hideki zeigte ein schüchternes Lächeln. Es war ein komisches Gefühl, dass Sternberg sie nackt gesehen hatte. Ihr Verhältnis zum eigenen Körper war nicht das beste und ihr eher dezenter Erfolg beim anderen Geschlecht hatte dieses nicht allzu positive Selbstbild nur noch verstärkt. Es war gut, dass er so viel älter war. Sie sah in ihm daher leichter eine väterliche Figur.

»Und Sie schimmern. Sie leuchten aus Ihrem Inneren heraus. Immer noch, wenn auch nur schwach.«

Hideki hatte diese Entdeckung – und den damit verbundenen Schrecken – bisher nur mit Mühe verkraftet. Ja, das völlige Fehlen auch nur einer kleinen Schramme war erstaunlich genug gewesen. Dass sie aber willentlich ihre Haut zum Leuchten bringen konnte – ohne dass ihr dadurch wärmer wurde oder sonst etwas passierte –, war mehr als nur ungewöhnlich. Die Intensität des Schimmers war nicht hoch, eher wie eine sanfte Wolke aus Licht, die um die Epidermis tanzte. Sie konnte damit nicht als wandelnde Taschenlampe agieren, aber eine Warnweste benötigte sie nachts nicht mehr.

Das Gute war, dass sie dieses Schimmern bewusst an- und abschalten konnte. Sie hatte es erst unbewusst gemacht und dann bemerkt, dass es wie eine Handbewegung war, ein klarer Befehl an sich selbst, der sofort ausgeführt wurde. Das Schlechte war, dass sie das Gefühl hatte, damit erst am Anfang einer Entwicklung zu stehen. Aber was für einer? Wo würde es enden?

Es musste etwas mit dem Experiment zu tun haben, anders war das alles nicht zu erklären. Sie musste mehr erfahren. Und sie musste wissen, was nun aus ihr wurde. Zurück? Nein, zurück konnte sie nicht. Was man mit ihr tun würde, egal wer, ob Behörden oder ihre Chefs von Energokon … Ja, sie hatte ihre Mangas gelesen. Sie wusste, was Menschen wir ihr passierte.

Ihr Blick fiel auf den mächtigen, mechanischen Anzug ihres Retters. Und sie musste etwas für den alten Mann tun, dessen Geschichte ihr Herz erwärmt hatte. Ihn einfach den Behörden übergeben? Etwas in ihr sagte ihr, dass das nicht der richtige Weg sein würde. In dieser Sache verband ihr Schicksal sie beide. Sie mussten einen anderen Weg beschreiten.

Aber es fiel ihr auch keine richtige Alternative ein.

»Ich muss an mein Geld«, sagte sie schließlich. »Ich habe Bargeld zu Hause und Wertsachen. Weiß nicht, ob ich schon als tot gelte. Einen Ersatzschlüssel für die Wohnung habe ich deponiert, da komme ich ran. Wir brauchen Geld. Und ich muss mir was anziehen. Aber ich befürchte ...«

Die Kleidung, die sie derzeit trug, war staubig und alt, dafür aber bemerkenswert gut erhalten. Sie hatte erst Stücke angezogen, die einst Sternbergs Frau gehört hatten, doch die Mode war dermaßen auffällig, Hideki hatte die Sachen nicht tragen wollen. In einem Anzug des Mannes aber sah sie einigermaßen modern aus, auch wenn er nicht richtig passte. Man würde sich nach ihr umsehen, aber das Ganze als eine Art neue Hipster-Mode für junge Frauen ansehen. Oder was auch immer. Hideki kannte sich da nicht aus. Aber die Leute liefen heute alle sehr seltsam rum.

»Alles in Ordnung?« Aus der Stimme des Ingenieurs klang echte Sorge.

»Nein, eigentlich nicht. Mir geht zu viel im Kopf herum. Ich weiß gar nicht, wo wir anfangen sollen. Wir sind beide schon relativ ... speziell, nicht wahr?«

Der alte Mann lächelte, ein wenig wehmütig, aber auch stolz. Das war Hideki noch gar nicht in den Sinn gekommen. Stolz? Ernsthaft?

»Dem kann ich nicht widersprechen.«

»Was machen wir also?«

Hideki holte tief Luft. »Mir geht die ganze Zeit diese Sache in Frankfurt nicht aus dem Kopf.«

»Dieses YouTube?«

Die junge Frau lachte und schüttelte den Kopf. »Da kann man es nur sehen. Ich meine ... das sind auch Leute, die nicht normal sind, denen etwas passiert ist oder ...« Sie schaute auf ihren schlanken Unterarm. Ein sanfter Lichtschimmer wanderte über ihre Haut, wie eine Liebkosung. »Die eben anders sind. Speziell. Vielleicht gibt es da jemand, der uns helfen kann.«

»Das wäre schön. Ich fühle mich sehr hilflos. Ich bin ein Zeitreisender. Ohne Hilfe – ich muss ehrlich sein – wäre ich verloren.«

Hideki nickte langsam. »Ich muss ins Internet.«

Sternberg verstand nach vielen Gesprächen mit der Japanerin, was für technologische Errungenschaften sich während seines Schlafes entwickelt hatten. Als Hideki ihm anhand von Analogien verdeutlicht hatte, dass es ein Netz gäbe, das aus vielen, durch Telefonleitungen verbundenen Zuse-Kalkulatoren bestand, deren Interface den menschlichen Bedürfnissen besser angepasst war und deren Rechenleistung ... nun, da hatte sich der Ingenieur erst einmal ausgeklinkt. Die Zahlen und Dimensionen, mit denen Hideki ihn konfrontiert hatte, waren für ihn nur schwer begreifbar gewesen. Und als sie ihm eröffnet hatte, dass ein guter Teil dieser globalen Kapazität dazu genutzt wurde, um eher sinnlose und unproduktive Dinge zu tun, hatte er die Diskussion vorläufig für beendet erklärt.

Aber die eine oder andere Information war dann doch hängen geblieben.

»Das Internet?«, fragte er also mit misstrauischem Unterton. »Ist es wirklich Zeit, sich Aktfotografien anzuschauen? Oder Abbildungen von Katzen?«

Hideki kicherte und schüttelte den Kopf. »Das Internet bietet wirklich noch andere Dinge an«, erklärte sie behutsam. »Ich will sehen, ob ich etwas finde – oder jemanden –, der mit den Vorfällen in Frankfurt in Verbindung steht.«

»Sie meinen, diese Person würde Aktfotos veröffentlichen?«

Hideki seufzte. Sie hatte bei der Schilderung des technologischen Durchbruchs des Internets vielleicht doch ein wenig zu viel Wert auf die Tatsache gelegt, dass ein Großteil der Kapazität für Pornografie genutzt wurde, was der ältere Herr vor ihr sehr höflich mit einem eher künstlerischen Begriff umschrieb. Wenn eines Tages der Zeitpunkt gekommen war, dass der Zeitreisende selbst vor einem Computer sitzen würde, um die Weiten des WWW zu erforschen, würde ihm jemand zur Seite stehen müssen. Ganz sicher sogar. Und sie wollte das lieber nicht sein, aus verschiedenen Gründen.

Vielleicht fand sich ein Mann.

»Wie kommen wir in das Internet?«, fragte der Mann daraufhin.

»Wenn ich mein Handy hätte, wäre das kein Problem.«

Das Konzept eines tragbaren Computers, mit dem man auch telefonieren und Aktfotografien ansehen, ja solche sogar spontan herstellen konnte, war ein weiteres Phänomen, dem sich der Ingenieur nur mit großer Vorsicht näherte.

»Wir sollten Ihre Wohnung aufsuchen.«

»Da wimmelt es sicher vor Polizisten. Ich will diese Konfrontation jetzt noch nicht herbeiführen. Nein, wir müssen etwas anderes versuchen.«

»Sie haben doch sicher Freunde.«

Hideki schwieg. Ihr Gesicht verschloss sich für einen Moment. Sternberg sah sie an, ein plötzliches Verstehen in seinen Zügen. Er legte seine Hand auf ihre Schulter.

»Sie starben alle bei jener Explosion?«

Hideki schüttelte sanft den Kopf. »Nein. Ich hatte in der Firma keine Freunde. Gute Bekannte, ja, aber keine Freunde.«

Sternberg blinzelte. »Dann ...«

»Es ist nicht so wichtig«, sagte Hideki mit belegter Stimme, ein Moment von Selbstmitleid überwältigt, das angesichts ihrer aktuellen Situation nicht sehr hilfreich war. »Geld«, murmelte sie. »Wir benötigen Geld, alter Mann.«

Der Ingenieur zuckte mit den Achseln. »Ich habe Reichsmark.«

»Die helfen uns wirklich nicht weiter.«

»Ich habe eine goldene Taschenuhr.«

Hideki sah auf. »Richtiges Gold?«

Sternberg setzte eine leicht empörte Miene auf. »Was sonst? Sie wurde mir geschenkt, eine Anerkennung meines damaligen Direktors für das erste Patent, das ich der Firma bescherte. Er entließ mich an dem Tag, da die Rassengesetze in Kraft traten.« Die Stimme des Mannes war voller Bitterkeit. »Ich lege keinen großen Wert mehr auf dieses Geschenk.« Er holte die Uhr hervor, die in ein Tuch eingeschlagen die Zeiten in einer Schublade überdauert hatte und bemerkenswert gut erhalten schien. »Das Uhrwerk ist von Junghans. Ich gehe davon aus, dass es sogar noch funktioniert.«

Hideki nahm das gute Stück in die Hand. Es war groß und schwer, und die Massivität hatte etwas Beruhigendes.

»Sie legen keinen großen Wert mehr darauf? Sie ist wunderschön.«

»Nein. Wie wollen wir sie zu Geld machen? Zu meiner Zeit gab es etwas, das nannte sich ...«

»Pfandhaus?«

Der Mann lächelte. »Manche Dinge ändern sich nie, oder? Ein Ort für Menschen, die dringend Geld brauchen, ja?«

»In der Tat.« Hideki wog die Uhr. »Das dürfte uns ein paar Hunderter bringen. Dann Kleidung für mich. Und danach – ein Internet-Café.«

Sternberg runzelte die Stirn. »Wir trinken Kaffee und betrachten entkleidete Frauen?«

Hideki lachte wieder.

Der alte Mann tat ihr gut. Er war einer der ersten Menschen seit langer Zeit, dessen Gesellschaft sie genoss.

Kapitel 13

Dr. Bodemann erwies sich als Wachs in seinen Händen. Der Mediziner hatte in der Tat ordentliche Schulden bei Igor angehäuft und bereits den einen oder anderen Inkasso-Besuch von dessen Männern erhalten. Das war, wie Katt gerüchteweise wusste, niemals eine angenehme Begegnung und immer eine, die sich nachhaltig ins Gedächtnis, mitunter auch in Haut und Gewebe einprägte.

Als Katt ihm also die metaphorische Rettungsleine zuwarf, ergriff er diese wie ein braver Ertrinkender und zeigte sich beim Zeichnen eines passenden Krankheitsbildes für Fabia ausgesprochen kreativ. Katt arrangierte ein gemeinsames Treffen mit Bodemann, der ein Wochenendhaus außerhalb von Frankfurt besaß, in Aumenau an der Lahn, direkt an dem sanften, ruhig dahinplätschernden Fluss. Katt war dort einmal Gast gewesen, im Sommer, und hatte an der mückenverseuchten Ecke keinen Gefallen gefunden. Dennoch kehrte er noch einmal dorthin zurück, um eine ernsthafte Angelegenheit zu regeln. Als er mit seinem Wagen die Frankfurter Innenstadt verließ und in Richtung Aumenau fuhr, tat er dies in der Hoffnung, dass damit für Fabia gesorgt sei. Einen passenden Platz in der schönen Schweiz hatte er auch schon gefunden, in einer luxuriös ausgestatteten Berghütte, die er über einen Bekannten in Bern angemietet hatte, für ein halbes Jahr im Voraus. Als Sanatorium ging die zweimal durch; entsprechende Bescheinigungen zu besorgen war das allerkleinste Problem. Sobald Gras über die Sache gewachsen war, würde Fabia wieder genesen und dann würde sich schon etwas für sie finden, da war Katt ganz zuversichtlich.

Die Fahrt dauerte nicht lange, trotz des relativ dichten Verkehrs, und als Katt über den Bahnübergang fuhr, der auf die Seite der Lahn führte, an der entlang wie auf einer Perlenkette aufgereiht kleine Häuser und Grundstücke, oft nicht mehr als Schrebergärten, standen, musste er sich beherrschen, nicht zu starren.

Was er sah, erschreckte ihn. Und es zeigte ihm, dass sich die Schlinge bereits enger zuzog, als er befürchtet hatte.

Auf der Gegenfahrbahn kam ihm ein schwarzer Van entgegen und durch die schwarz abgedeckten Scheiben konnte er nicht ausmachen, wer darin saß. Das Fahrzeug war exakt von der gleichen Bauart und Aufmachung wie das, dem er vor einigen Nächten einen Besuch abgestattet hatte. Die Alarmglocken in seinem Schädel wurden so unmittelbar ausgelöst, dass er an sich halten musste, die letzten paar Hundert Meter bis zum Treffpunkt nicht mit deutlich überhöhter Geschwindigkeit zurückzulegen. Sein Wagen kam abrupt an der Einmündung eines Gehweges zum Halten, von dem aus nur wenige Schritte bis zum Wochenenddomizil des Internisten führten.

Er wollte herausspringen, als er in einiger Entfernung, halb verborgen, einen zweiten Van sah, gleiche Farbe, gleiche Aufmachung. Einer war noch da.

Sie waren noch nicht fertig!

Er startete seinen Wagen und fuhr davon, hielt erneut in einer Seitenstraße. Hier bewegte sich nichts und niemand. Die Anwohner waren alle arbeiten, und das meist nicht hier, einer mehr oder weniger reinen Wohnstadt. Katt zögerte nicht lange, stieg aus, öffnete den Kofferraum, holte den großen Koffer hervor, warf einen kritischen Blick in die Runde. Eine Telefonzelle war für ihn sicher nicht ausreichend und so was gab es selbst in einem so verschlafenen Kaff nicht mehr, egal ob hier die Uhren normalerweise still standen oder nicht.

Er fand einen Sichtschutz eines nahen Wohnhauses, dahinter eine Terrasse. Die Vorhänge der Fenster waren zugezogen. Das musste genügen.

Er hatte geübt. Das zahlte sich jetzt aus.

Es dauerte keine fünf Minuten, da war Harald Katt verschwunden und der Nachtmensch stand bereit. Hinter dem Helm, hätte nur irgendwer durch ihn hindurchsehen können, verschloss sich Katts Gesicht zu einem starren Ausdruck der Entschlossenheit. Diesmal durfte er nicht nachsichtig sein. Sollten seine Gegner die Beziehung zwischen sich und dem Nachtmenschen nicht herstellen dürfen, mussten alle Männer in dem Van sterben.

Ein kalter, grausamer Gedanke.

Doch zu seiner Überraschung empfand Katt weder Zweifel noch hinterfragte er seinen Impuls. Lag es an dem Drogencocktail, der offenbar immer noch in seinem Körper wütete? Igor hatte bereits versprochen, für Nachschub zu sorgen. Oder lag es daran, dass der Nachtmensch zwar aus Harald Katt geboren wurde, aber ein ganz anderes Wesen geworden war?

Er beendete jede Grübelei. Dies war die Zeit zum Handeln.

Er rannte los. Es war helllichter Tag und er spürte, dass er bei Weitem nicht die Kraft hatte, die ihn in jener denkwürdigen Nacht durchflutet hatte. Eine ernüchternde Erkenntnis. Was ihn in der Dunkelheit antrieb, ließ bei Sonnenschein nach und er musste viel mehr auf seine antrainierten Fähigkeiten zurückgreifen. Oder die Medikamente ließen nach, jetzt stärker als vorher gespürt. Das verunsicherte ihn für einen kurzen Moment. Sein Selbstbewusstsein sank. Ja, war das nicht ein Problem?

Nahm er sich nicht zu viel vor?

Er zog den Teleskopschlagstock aus seinem Gürtel, ließ ihn klackernd ausfahren. Er würde wohl etwas Hilfe benötigen. Mit einem Satz war er über den Zaun, seine Stiefel trafen dumpf auf dem Rasen auf. Er sah auf Bodemanns Auto, das friedlich in der verschlossenen Einfahrt stand. Davor Fabias kleiner Fiat. Sie war pünktlich eingetroffen. Er schaute es sich an, ordentlich geparkt und verschlossen. Aus dem zweistöckigen Bungalow kein Geräusch, keine Bewegung. Alles wirkte friedlich.

Nachtmensch huschte weiter, darauf bedacht, keine Geräusche zu machen. Er erreichte ein Fenster, lugte hinein, erhaschte einen Blick in die kleine Küche, in der sich aber niemand aufhielt. Dann ein leises Klirren, als ob jemand ein Glas umgestoßen hatte. Da *war* jemand.

Er überlegte rasch. Drei Optionen: Haustür, Terrassentür, Balkontür. Letztere lag im zweiten Stockwerk. Der Überraschungseffekt wäre größer. Eine gute Gelegenheit. Das schaffte er noch, egal wie sehr ihn seine Schwäche beutelte.

Er schmiegte sich an die Wand. Der Efeu rankte sich hoch bis zum Balkon, dazu kamen Wasserleitungen, eine Abflussrinne. Wenn er schnell war, das Gewicht rasch nach oben trug, alles immer nur für eine sehr kurze Zeit belastete … Er dachte nicht mehr darüber nach, er tat es. Seine Bewegungen waren instinktiv, er entwickelte ein erstaunliches Gefühl für die Kletterpartie, als könne er ahnen, was wie lange halten würde und was nicht.

Es war ein *gutes* Gefühl. Es gab ihm Mut.

Es fehlte die nächtliche Leichtigkeit und Eleganz, aber dafür spürte er nun, was sein Körper wirklich konnte, wie er auf Touren kam, was ging, wenn es wirklich *um etwas* ging. Er war oben, unterdrückte ein Keuchen. Geschafft. Adrenalin pumpte. *Leben*, schoss es ihm durch den Kopf. *Das ist richtiges Leben.*

Er zog sich über die Balkonwand. Die Tür stand offen, denn das Schloss war kaputt und er hatte den Arzt richtig eingeschätzt: jede unnötige Geldausgabe vermeiden, wenn man dafür koksen konnte.

Er betrat den Raum, ein Schlafzimmer, hielt inne, lauschte angestrengt. Unten rumpelte etwas. Er ging zur Tür, öffnete sie, sah direkt auf die enge Treppe, die von hier nach unten führte. Welche Aktivität es auch immer gab, sie fand dort statt, nicht auf diesem Stockwerk. Mit wie vielen Gegnern hatte er es zu tun? Und warum hörte er weder von Bodemann noch von Fabia einen Laut?

Er begann sich Sorgen zu machen.

Und es gab nur eine Möglichkeit, um Gewissheit zu erlangen.

Er holte tief Luft, schwang sich über das Geländer der Treppe und sprang.

Sprang ins Wespennest, wie erwartet.

Drei Männer, schwarze Overalls, Sturmmasken. Sie waren gut, reagierten schnell, hörten ihn springen, eher auf auftraf. Der erste stand nah, nah genug für den Schlagstock, den Nachtmensch mit Präzision gegen ihn führte. Das mit einer Stahlplatte verstärkte Ende hackte auf die rechte Niere des Mannes und dieser klappte nach vorne. Gelegenheit für einen Schlag auf die linke Niere, diesmal von hinten, ebenfalls hart, schnell und zielsicher. Ein Stöhnen nur, schwach, gepresst, als der Gegner zu Boden fiel, sich krümmte. Nachtmensch machte einen Schritt, trat mit dem Absatz in den Brustkorb des Liegenden. Es knirschte, als Rippen brachen.

Erledigt.

Die beiden anderen Männer standen nun bereit. Einer hob eine kleinkalibrige Waffe und schoss. Der Schlag traf Nachtmensch wie ein Tritt gegen den Brustkorb. Er wankte, als er den Aufprall kompensierte, eine Tat, die ein normaler Mensch niemals fertiggebracht hätte. Die Panzerung seines Anzugs war die Tausender wert, die er darin investiert hatte.

Der Treffer schlug blaue Flecke auf seine Brust, aber mehr würde nicht passiert sein. Er holte tief Luft. Es schmerzte.

Egal.

Erster Ausfallschritt.

Der Schlagstock wirbelte, die silberne Kappe zog eine Bahn durch die Luft, landete mit einem hässlichen, sehr hässlichen Geräusch auf dem Schädel des Schützen, der die Waffe fallen ließ. Halb in den angeschlagenen Schädelknochen versunken, zog Nachtmensch den Stock heraus, blutig, mit Knochensplittern, die am Metall klebten. Er ignorierte den Mann, der schreiend niederfiel.

Zweiter Ausfallschritt.

Der letzte Mann schoss ebenfalls, wieder der Schlag gegen die Brust. *Dummheit,* dachte Nachtmensch. *Dummheit muss bestraft werden.* Sein Arm schnellte vor, die Waffe flog dem Schützen aus der Hand, das Gelenk mit einem scharfen Knacken gebrochen. Sein Gegner schrie auf, drückte den Waffenarm an den Leib, machte einen Schritt zurück. Nein, das half ihm nicht.

Nichts und niemand half gegen den Nachtmenschen.

Der Schlagstock schnellte vor und traf, mitten ins Gesicht, trieb das Nasenbein in den Schädel. Der Mann taumelte zurück, Blut schoss durch die Sturmhaube. Er sackte zu Boden.

Fertig.

Der Nachtmensch drehte sich um.

Alle fertig.

Sein erster Gegner lag stöhnend am Boden. Ein Schritt zu ihm, er drehte ihn um, zog ihm die Haube vom Gesicht. Irgendwer, mit glasigen Augen, Schweiß auf der Stirn. Bleich. Schock.

»Wer bist du?«, stieß Nachtmensch hervor. »Wer schickt dich?«

Es knackte. Erst wusste Nachtmensch nicht, woher das Geräusch kam, doch dann trat Schaum aus dem Mund des Verletzten, er zuckte kurz zusammen, zitterte, gurgelte etwas, es klang fast höhnisch. Dann erlosch sein Blick.

Vor seinen Augen hatte er Selbstmord begangen, ohne zu zögern, ohne Flehen.

Nachtmensch ließ ihn los, starrte auf die Leiche hinab.

Er war kalt? Er war brutal, ein Zyniker vielleicht? Das war sein Feind in noch viel stärkerem Maße. Er hielt seine Leute zum Suizid an und sie gehorchten blind. Wer hatte solche Macht über Individuen? Das war doch mehr als nur ein düpierter Energiekonzern!

Wichtige Frage. Andere Frage: Wo waren Fabia und der Arzt?

Er musste nicht lange suchen, hielt sich an einem Türrahmen fest.

Er fand sie in der Küche, blutüberströmt, tot. Zwei Schüsse für jeden, in die Brust. Fabias von wildem, blonden Haar umrahmtes Gesicht starrte ihn vorwurfsvoll an.

Nachtmensch schaute nicht zur Seite. Er hatte diesen Blick verdient.

Es roch nach Benzin. Das war die Absicht der Attentäter gewesen. Er hatte sie bei der Vollendung ihrer Tat gestört. Der Benzinkanister war noch halb voll. Das Haus hatte brennen sollen. Spuren zu verwischen, das war der Job der drei Toten gewesen.

Nachtmensch ging zurück zu den Männern. Einer klagte noch ein wenig, der mit dem Schädelbruch. Als Nachtmensch sich ihm zuwandte, weiteten sich die Augen. Wieder das Knacken. Wieder Zittern, Gurgeln und Schaum. Einer, der sich selbst gerichtet hatte. Für den Dritten gab es diese Option nicht, das hatte Nachtmensch für ihn erledigt.

Er durchsuchte sie und fand nichts, wie erwartet. Das waren Profis, und das auf eine beunruhigende, Angst machende Art und Weise.

Er würde die Sache in ihrem Sinne zu Ende bringen müssen. Denn Spuren zu verwischen, das war auch sein Ziel, jetzt mehr denn je.

Er vergoss den Rest des Benzins, sorgfältig und bis auf den allerletzten Tropfen. Er sah noch einmal bedauernd auf Fabia, mit der er viel Spaß gehabt hatte und die ein Opfer wurde, weil er nicht richtig kalkuliert hatte, zu leichtfertig vorgegangen war. Er empfand keine Schuld, jedenfalls nicht so, wie er es vielleicht tun sollte, stattdessen eine kalte Entschlossenheit, etwas gegen jene zu unternehmen, die es so weit hatten eskalieren lassen.

Dann verließ er das Gebäude. Er ließ den Van stehen, die Behörden würden sich um ihn kümmern und vielleicht etwas gegen die Besitzer in die Hand bekommen. Das wäre in seinem Interesse. Nur eine Spur zum Nachtmenschen, die sollte es nicht geben.

Es dauerte nicht lange, dann begann es zu brennen. Als Harald Katt wieder in seinem Auto saß, ohne Hut und Maske, ohne Handschuhe, und den Wagen startete, hörte er Sirenengeheul. Er warf einen letzten Blick in Richtung Feuer, sah die dicken Rauchschwaden nach oben steigen, die in den Himmel leckenden Flammen. Natürlich würde die Feuerwehr den Brand löschen, aber der Großteil der Arbeit war bereits getan.

Er fuhr langsam davon, in die entgegengesetzte Richtung, aus der die Sirenen kamen. Niemandem fiel er auf, als er schließlich nach einem Umweg aus Aumenau rollte und das Feuer, Fabia und seine Tat hinter sich ließ.

An den toten Arzt verschwendete er nicht einen Gedanken.

Kapitel 14

Die goldene Uhr brachte fast 600 Euro, wobei der Pfandleiher aufgrund des Alters und der Qualität sicher großzügig gerechnet hatte. Hidekis hilfloses Lächeln hatte möglicherweise auch dazu beigetragen, sein Herz zu erweichen, obgleich das für seinen Berufsstand eher ungewöhnlich war.

Dann hatte sie sich neu eingekleidet – im preiswertesten Laden, den sie finden konnte – und war anschließend in die Stadt gefahren, um ein Internet-Café aufzusuchen. Hin und wieder, so musste sie feststellen, trafen sie seltsame Blicke, als ob andere Menschen sie für eine optische Täuschung hielten. Es waren die Lichtschimmer, die immer wieder über ihre Haut fuhren, und obgleich sie lange Ärmel trug und einen dünnen Pullover, der am Hals eng abschloss, blieben da ihre Hände und ihr Gesicht.

Sie konzentrierte sich und versuchte diese Erscheinungen willentlich zu kontrollieren und war selbst überrascht, dass ihr dies auch immer wieder gelang. Nur wenn sie nicht darauf achtete, floss das Licht manchmal ihre Finger entlang wie Flüssigkeit. Sie beschloss sich Handschuhe zu kaufen, denn sobald ihre Haut mit Stoff bedeckt war, fand der Effekt zwar statt, war aber kaum zu erkennen.

Sie setzte sich an einen freien Rechner, der alte Mann hockte sich neben sie. Seine Augen glänzten, als ihre Finger über die Tastatur flogen. Die Bilder auf dem Monitor, das Geblinke, die Farben und Muster: All dies musste einen fremdartigen Reiz auf ihn ausüben.

Sie vermied erfolgreich allzu lange Blicke auf entkleidete Frauen. Die normalen Werbebanner mit den *beinahe* entkleideten Damen genügten schon, um faszinierte Abscheu in Sternberg auszulösen.

Ihre Suche im Internet erwies sich als ergiebig und auch wieder nicht. Es gab keine Website dieser Leute, die in Frankfurt für Schlagzeilen gesorgt hatten. Aber es gab vieles auf YouTube und dort suchte sie nach Hinweisen, wie sie Kontakt aufnehmen konnte. Leider war auch diese Spur nicht sehr ergiebig. Und die endlosen Kommentarspalten durchzulesen, deren inhaltliche Bandbreite von der Begeisterung unreifer Geeks bis zu elaborierten Verschwörungstheorien um Reptiloiden und Chemtrails reichten, war ihr dann doch zu viel Mühe. Sie machte sich einige Notizen, und als ihre Zeit abgelaufen war, versprach sie Sternberg wieder hierher zurückzukehren und weitere Recherchen anzustellen.

Enttäuscht, aber mit zwei Einkaufstaschen voller Nahrungsmittel, fuhren sie zurück aufs Land und wanderten schließlich den Weg über die Felder, der sie zurück zu Sternbergs Höhle brachte. Sie waren in ein Gespräch über das vertieft, was sie gerade erfahren hatten und welche weiteren Schritte notwendig seien, sodass sie erst bemerkten, dass etwas nicht stimmte, als es beinahe schon zu spät war.

Abrupt hielten sie in ihren Schritten inne.

Sie entdeckten die drei Lieferwagen, schwarz, mit unleserlichen Kennzeichen, erst relativ spät. Die Fahrzeuge fuhren in ihre Richtung und durch die schwarz getönten Fensterscheiben war nichts auszumachen. Hideki und Sternberg verbargen sich gerade noch rechtzeitig hinter einem Baum und beobachteten, wie die Fahrzeuge an ihnen vorbeifuhren und dann in einen Feldweg einbogen.

Es gab keinen Zweifel. Sie wollten zur Höhle.

Etwas war geschehen. Sie waren entdeckt worden. Und das waren nicht die Behörden, keine Polizei oder derlei – das waren andere. Hideki hatte daran keinen Zweifel. Sie hatte solche Fahrzeuge schon einmal gesehen, manchmal standen welche auf dem Gelände von Energokon, oft nur in einer Ecke, ganz unauffällig. Niemals hatte sie jemanden dabei beobachtet, wie er ein- oder ausgestiegen wäre. Werksschutz? Das würde Sinn ergeben. Aber es war gleichzeitig die größte Gefahr, die sie sich vorstellen konnte.

Sie warnte Sternberg. Der alte Mann wirkte unmittelbar besorgt, nahezu entsetzt. Seine väterlichen Gefühle für Hideki kamen zweifelsohne zum Vorschein. Es war irgendwie süß.

Die Lieferwagen hielten an. Männer stiegen aus, bewaffnet.

Jemand wollte nicht warten. Männer in schwarzem Kampfanzug, mit Skihaube und Helm auf dem Kopf, langläufigem Karabiner in den Händen.

Sie zögerten nicht, zeigten keine Angst. Wovor auch? Es herrschte nicht mehr als eine friedliche Abendstimmung.

Dann ein weiteres, dumpfes Grollen. Ein Lastwagen näherte sich, ein Transporter, und auf seiner Rampe trug er einen gigantischen Bagger, schwarz wie die Nacht.

Sie wussten es.

Sie ahnten es zumindest. Und sie waren vorbereitet.

Hideki sah, wie die Männer ausschwärmten und ihnen in immer weiteren Kreisen gefährlich nahe kamen. Sie drückten sich in ihre Deckung, beobachteten die Szene mit angehaltenem Atem. Sie fühlte sich hilflos und ratlos.

Sie drehte sich zu Sternberg.

Der Mann war fort, wie vom Erdboden verschluckt. Hideki bekam es mit der Angst zu tun. Der alte Ingenieur war doch kein Geist! Wohin war er verschwunden? Er würde doch nicht leichtsinnig auf die Soldaten zulaufen, die ihn ohne Zweifel erwischen mussten! Hideki konnte sich nicht vorstellen, dass Sternberg so verrückt reagieren würde. Aber kannte sie ihn überhaupt gut genug, um ermessen zu können, wie er in einer Grenzsituation reagierte?

Und eine Grenzsituation, darum handelte es sich hier ohne Zweifel.

Der Bagger fuhr von der Rampe und rumpelte mit aufbrüllenden Motoren auf die Stelle zu, unter der Hideki den Unterschlupf wusste. Die Vermummten verloren keine Zeit. Schon bohrte sich die mächtige Schaufel mit Kraft in das Erdreich. Wenn sie so weitermachten, würde es nur noch Minuten dauern und der Unterschlupf Sternbergs wäre enttarnt, mit ihm der Teslamann, alles, was dem alten Mann in dieser Zeit noch geblieben war.

Das war nicht fair.

Hidekis Hände zitterten. Licht flackerte über die Handschuhe, stärker als jemals zuvor. Es prickelte und piekste sie, als wäre der Schein etwas Festes, das sich durch die Poren der Haut bohren wollte. Sie schloss die Augen, konzentrierte sich. Das Licht würde sie verraten …

»Hier drüben!«, rief jemand. Sie riss die Augen auf. Ein Mann wies in ihre Richtung. Es war bereits zu spät. Sie erhob sich, ein Scheinwerfer glomm auf, fokussierte sich auf sie.

»Verdammt, sie ist es!«, schrie ein anderer. »Verdammt! Los! Los!«

Mehrere Männer setzten sich in Bewegung. Hideki hob abwehrend die Hände, torkelte zurück. Das Licht, das über ihren Leib tanzte, wurde immer intensiver. Sie stolperte, fiel rückwärts und der Aufschlag trieb ihr die Luft aus der Lunge. »Nein!«, schrie sie laut, als sich die Männer näherten, ihre Waffen auf sie richteten. »Lasst mich!«

Der Boden rumpelte.

Ein Soldat fluchte.

Es rumpelte erneut und sie spürte das Zittern des Erdreichs in ihren Gelenken.

»Nein«, hauchte sie. »Das wird er nicht tun. Das glaube ich nicht.«

Und doch, Sternberg tat es.

Und er tat es mit Hingabe.

Das Erdreich brach auf und der dunkle Kopf des Teslamannes kam zum Vorschein. Den Bagger benötigte jetzt keiner mehr Hideki hörte quietschende Reifen und drückte sich tiefer in ihre Deckung. Dann sah sie einen hellen Lichtschein, als die Spulen auf den Schultern der Maschine zu summen begannen. Noch während das Ungetüm sich seinen Weg aus der Höhle bahnte, sprang ein greller, die Luft zum Knistern bringender Blitz auf das erste Fahrzeug und traf.

Die Wirkung war harmlos. Der Van war ein Faraday'scher Käfig. Ein Irrlichtern umspielte den Wagen, dann stand er da, wenngleich die Lichter ausgegangen waren.

Der Teslamann stand nun an der Oberfläche und er summte und knisterte wie ein Umspannwerk. Er war eine beeindruckende Erscheinung. Einer der Soldaten hob seine Waffe, drückte ab, kontrolliert, gezielt. Die Waffe bellte auf. Dauerfeuer. Die Mündung blitzte auf. Dann das helle Pingen von Querschlägern. Die Projektile prallten am Teslamann ab und suchten sich eine neue Flugbahn. Eine Windschutzscheibe zersplitterte, nein, es bildete sich nur ein feines Netz aus gebrochenem Glas. Kugelsicher. Natürlich.

Jemand brüllte einen Befehl. Der Soldat stellte das Feuer ein. Hideki rutschte rückwärts über den Boden. Für einen Moment achtete niemand weiter auf sie.

Der Teslamann summte auf und ein weiterer, greller Blitz zuckte durch die Luft. Er traf den Schützen und sofort roch es nach verbranntem Fleisch. Hideki hustete und würgte, ihre Augen tränten. Wo eben noch ein Mensch gestanden hatte, gab es nur noch ein völlig verbrutzeltes Etwas, dem man seine Herkunft nicht mehr ansah. Der Tod war sofort und unmittelbar eingetreten.

Befehle hin oder her, jetzt gingen die Nerven durch.

Das Feuer wurde eröffnet. Und sie vergaßen Hideki nicht. Während das Stakkato der Garben auf den Panzer des Teslamannes niederprasselte und dieser mit jaulenden Turbinen und Generatoren anfing sich um sich selbst zu drehen, Blitze von den Schultern und Armen zu schleudern, ins Erdreich, in Autos, in Personen, so schnell und heftig, dass Hideki die Haare zu Berge standen – und das wortwörtlich, denn die Luft knisterte vor Elektrizität! –, wandten sich drei der Uniformierten wieder ihr zu.

Es war eine instinktive Reaktion.

Das Licht, das sie plötzlich durchströmte, war ein anderes als die Hochspannung, die der Teslamann auf seine Gegner warf. Hideki fühlte sich emporgetragen, verlor den Boden unter den Füßen. Sie schwebte, wie auf einem Kissen aus Licht, und es trieb sie meterweit in die Luft.

Sie sah sich selbst dabei zu, wie sie zu fliegen begann.

Doch sie hatte keine Angst.

Eine neue Zuversicht, eine tiefe Gewissheit erfüllte sie. Sie hob die Arme, streckte sie seitlich aus und aus den Handflächen schnellte ein Strahl auf die Männer hinab, kein zuckender Blitz, kein Irrlichtern, ein Strahl, der die Luft wie abgezirkelt durchschnitt und der eine seltsame Ionisierung erzeugte. Zwei Männer wurden mitten in der Brust getroffen, aber vorher hatte die Kraft Hidekis die Waffen in ihren Händen grell aufflammen und dann ins Nichts verschwinden lassen.

Zusammen mit den Händen.

Und den Armen.

Und dem Rest.

Fast. Es blieb etwas übrig. Zwei Rümpfe, Hüfte abwärts. Sauber und glatt durchschnitten, mit einer ebenso umfassend kauterisierten Wunde, aus der nur ein sanfter Rauch emporstieg, als die kraftlosen Beine, von ihrer Last befreit, umknickten. Glatt durchtrennt. Chirurgisch fast. Eine Art Laser also, der …

Hideki wusste es nicht. Sie tat es einfach. Sie erschrak ob ihrer plötzlichen Macht, aber dann spürte sie diese tiefe Gewissheit in sich, als hätte sie die ganze Zeit bereits geahnt, wozu sie fähig sei.

Der dritte Mann war mutig oder dumm. Er feuerte auf sie. Sie konnte förmlich spüren, wie die Projektile sich gedankenschnell näherten, durch die Luft schraubten. Doch dann war sie nicht mehr da, wohin der Schütze gezielt hatte. Sie flog. Sie flog höher, einen leuchtenden, intensiven Schweif hinter sich herziehend, und wie aus dem Handgelenk fuhr erneut diese Energie hinab, diesmal von oben, und sie durchschnitt den Mann längsseits, wieder mit klinischer Genauigkeit, und als beide Hälften sanft dampfend auseinanderfielen, merkte Hideki, was sie da eigentlich tat.

Was sie beide da taten.

Sie töteten.

Sie töteten Menschen. Ja, sie verteidigten sich. Aber war es notwendig, dafür das Leben der Angreifer zu nehmen?

Hideki fühlte die Aufwallung weiterer Energie in sich, doch jetzt konzentrierte sie sich, reagierte nicht mehr instinktiv. Sie spürte, wie sich etwas in ihrem Körper veränderte, als hätte jemand einen Regler umgeworfen, eine Frequenz geändert. Wieder schoss eine Energie aus ihr heraus, diesmal fahl leuchtend, ein blasses Grün, und mehr wie ein Feld, das sich ausbreitete. Und jeder Uniformierte, der von dem Rand des Feldes getroffen und eingehüllt wurde, fiel zu Boden, schweigend, wie eine Marionette, deren Fäden man durchtrennt hatte.

Und lebte.

Hideki sah hin und sie sah mehr als nur ein Atmen, eine Bewegung. Sie sah den Funken des Lebens selbst, seinen wunderbaren Schein, der völlig unberührt von allem Bösen, was der beseelte Körper zu tun imstande war, einfach nur strahlte. Ja, sie lebten. Ohne Bewusstsein, in einem sanften Dämmerschlaf.

So war es besser.

Viel besser.

Doch es hatte Kraft gekostet. Sie fühlte die plötzliche Leere in ihrer Brust, sah das Flimmern vor ihren Augen. Anstrengend, sehr anstrengend. Sie nahm sich zusammen. Es bedurfte höchster Konzentration.

Sie flog über die Stätte der Auseinandersetzung und der Kampflärm erstarb. Ruhe breitete sich aus, als das grüne Feld die noch lebenden Angreifer nach und nach schlafen legte. Einige rannten, brachen den Angriff ab, völlig entnervt, der Panik nahe. Für sie hatte Hideki grüne Pfeile aus Licht, die sie mit einer eleganten Bewegung aus dem Handgelenk schleuderte, und die einen jeden der Flüchtenden fällte.

Dann glitt sie zu Boden, direkt neben dem Teslamann, der dumpf summend neben ihr verharrte. Ein Scharnier knirschte, als sich die Brustfront öffnete und den Blick auf den sitzenden Sternberg freigab, eingegurtet in ein komplexes Instrumentarium, Füße und Hände mit Hebeln und Knäufen verbunden, mit Schaltern und Wippen.

Er starrte Hideki beinahe andächtig an.

»Ein Schmetterling«, sagte er leise und mit einem scheuen Lächeln. »Ein Schmetterling. Tödlich und wunderschön. So etwas habe ich noch nie in meinem Leben gesehen ...«

Hideki lächelte, dann formte sie ein weiteres Bild. Um ihren Kopf erschien eine Aureole, geformt wie schlanke, hell strahlende Blätter, die kreisförmig in alle Richtungen abstanden.

»Eine Sonnenblume!«, sagte der alte Mann mit beinahe kindlicher Begeisterung.

Sonnenblume, dachte Hideki. *Himawari.*

Sie dachte plötzlich an die Aufzeichnungen dessen, was in Frankfurt geschehen war. An die Gerüchte von einer Gruppe von Superhelden, die sich zusammengefunden habe, eine ganze neue, eine unglaubliche Entwicklung. Sie schaute auf ihre Hände, der weiche Schimmer des Lichts tanzte über die Handschuhe, wie ein verspieltes Tier. Dann sah sie den Teslamann an, das metallene Ungetüm, und wie die Maschine auf dem Schlachtfeld getanzt hatte, von Meisterhand konstruiert, von Meisterhand gelenkt.

»Dr. Sternberg«, sagte sie leise.

»Ja ... geht es Ihnen gut?«

Sie ignorierte die Frage. Sie trat näher, legte dem Mann eine leuchtende Hand auf das Knie. »Dr. Sternberg, wir müssen über unsere Zukunft reden.«

Und der Mann im Bauch der Maschine hörte zu, als Himawari über das sprach, was sie waren und was sie sein konnten.

Kapitel 15

Burscheid blickte in das Whiskyglas. Es war am Boden eingraviert, dort stand irgendwas von »Bergkristall« und der Ermittler vermutete, dass dies etwas über den Wert des Glases aussagte. Ein schöner Behälter, ja sicher. Leider war er leer und er spürte noch den malzigen Geschmack des schottischen Whiskys an seinem Gaumen. Burscheid warf einen verlangenden Blick auf die Flasche, die vor Berghoff auf dem Tisch stand, doch er beherrschte sich. Vor seinem Arbeitgeber als unbeherrschter Trunkenbold dazustehen machte keinen guten Eindruck.

Berghoff tat, als hätte er Burscheids Verlangen gar nicht wahrgenommen. Er saß da, mit gefalteten Händen, und vor sich auf dem Tisch lag ein dünnes Tablet, das sich nur deswegen von der weißen Tischplatte abhob, weil der Schirm bunt flimmerte. Von diesem Winkel aus konnte Burscheid nicht erkennen, was da zu sehen war, doch Berghoff hatte ihn sicher nicht gerufen, um mit seinem neuen Candy-Crush-Highscore anzugeben.

»Mir sind Informationen zugetragen worden«, erklärte der ältere Mann und nickte in Richtung des Tablets. »Interessante Informationen, die ich an Sie weitergeben möchte mit der Bitte, sich um die Sache zu kümmern.«

»Weitere Begabte?«

»Sehen Sie, so genau weiß ich das noch nicht. Ich habe meine Quellen, wie Sie wissen. Menschen, die mir verpflichtet sind, ob es ihnen nun passt oder nicht. Manche teilen mir ihr Wissen nur widerwillig mit, ich muss alte Gefallen einfordern oder an Schulden erinnern.« Berghoff lächelte. »Immaterielle Schulden zumeist. Die schmerzen besonders.«

Burscheid nickte nur.

»Jedenfalls haben sich in dieser Energokon-Affäre Dinge ergeben, die nicht zusammenpassen. Ich vermute schon lange, dass hinter dem Konzern eine andere, weitaus größere und unfassbare Organisation steht.

Eine, die sich sehr gut verbirgt und nun gezwungen wurde, an die Öffentlichkeit zu treten.«

»Das hört sich nach einer ordentlichen Verschwörungstheorie an«, erwiderte Burscheid. »Soll ich meinen Aluhut aufsetzen?«

»Ihre Kopfbekleidung ist Ihre Sache«, entgegnete Berghoff trocken. »Wir wissen doch beide, dass unheimliche Dinge vorgehen – dass es Mächte gibt, die Pläne verfolgen. Die jüngsten Ereignisse haben Sie nicht überzeugt?«

Burscheid deutete auf das Tablet. »Was hat Energokon damit zu tun?«

»Ich weiß es noch nicht. Tatsache ist aber, dass eine militärische Einsatztruppe den Krater der Explosionsstätte bei Stuttgart überfallen und die dort aktiven Polizisten hingemetzelt hat, ohne Gnade und ohne eine echte Chance auf Gegenwehr. Ich weiß nicht, was diese Leute gesucht haben, und ich weiß auch nicht, ob sie es fanden. Aber seitdem gibt es eine hektische Aktivität. Hacker greifen in Datenbanken ein, Backdoors werden geöffnet – auch welche, von deren Existenz niemand etwas wusste.«

»Ich habe davon nichts gehört.«

Berghoff lachte. »Nein. Das würde auch niemand offen zugeben wollen. Alle großen Softwarefirmen und die gesammelte Schar der Datenschutzbeauftragten müssten die Hosen herunterlassen. Außerdem sind die Zugriffe gezielter Natur. Es wird nach einzelnen Personen gesucht. Zwei Namen fallen besonders auf: zum einen eine japanische Ingenieurin namens Hideki Nakamura. Sie war Teil des Teams der geheimen Forschungsanlage, die explodiert ist.«

»Dann ist sie tot.«

»Sollte sie eigentlich sein, nicht wahr? Wer auch immer sie sucht, hat wohl seine Zweifel.«

»Und wer noch?«

»Ein Aktienhändler namens Katt. Hat kurz vor der Explosion die Aktien von Energokon auf eine beispiellose Talfahrt geschickt. Insiderinformationen, vermute ich.«

»Vorher? Er wusste von dem Experiment?«

Berghoff zuckte mit den Schultern. »Das nehmen zumindest jene an, die ihn so akribisch überprüfen. Dass er noch lebt, darüber besteht kein

Zweifel. Er ist berüchtigt. Und er ist seltsam. Es gibt Informationen aus meinem Netzwerk, die es lohnend machen könnten, sich seiner anzunehmen – unter anderem zu seinem Schutz.«

»Er muss beschützt werden?«

»Ja, vermutlich.«

»Warum durch uns? Wir sind keine Leibwächter.«

»Wer soll es sonst machen?«

Burscheid schüttelte den Kopf. »Nun gut, wenn es sein muss. Es wird natürlich nicht reichen, wenn wir auftauchenden Irren auf die Mütze geben. Wir müssen Informationen sammeln, Recherchen anstellen, Planungen machen. Wir brauchen Informanten auf allen Ebenen und Leute, die analysieren.«

Berghoff grummelte: »Das wird alles teuer.«

»Zur Realisierung Ihre Vision sind die Ausgaben notwendig. Und dieser Katt weiß irgendwas. Wir sollten mit ihm reden, seine Quellen anzapfen. Und ja … wir brauchen mehr Personal, Herr Berghoff. Mehr Personal und Ausrüstung.«

»Ich hab's ja«, murmelte Berghoff. »Machen Sie mir eine Liste.«

Es dauerte keinen Augenblick und Burscheid legte ihm Papiere vor, zusammengeheftet, tabellarisch. Es gab eine Summenspalte.

»Ich hasse Excel«, sagte Berghoff und legte das Papier zur Seite. »Wie wollen wir vorgehen?«

»Ich kontaktiere Katt.«

»Und die Sache in Stuttgart?«

»Ich kenne Leute bei der Polizei.«

»Sonst haben Sie nichts?«

»Noch nicht.«

Burscheid hatte sich früh abgewöhnt, Berghoff irgendwelche Versprechungen zu machen, die er nicht einhalten konnte. Am Anfang war das nicht immer leicht gewesen. Berghoff bezahlte gut, sehr gut sogar. Burscheid hatte in seinem Leben noch nicht so gut verdient. Aber er musste dem Alten klarmachen, dass er nicht alles alleine erledigen konnte und das auch nicht sofort.

»Wie sieht es mit dem Team aus? Können die helfen?«

»Wollen Sie, dass Sin Claire Katt nachts heimsucht? Der Mann hat eine Reputation. Am Ende landet sie bei ihm im Bett.«

»Burscheid, Sie versuchen immer ein Witzbold zu sein. Eines Tages werden Sie auf jemanden treffen, der mit Ihrem Humor nicht zurechtkommt.«

Burscheid lachte. »Was heißt hier eines Tages?«

Berghoff schüttelte den Kopf. »Sie berichten mir, Burscheid. Und sollte sich etwas ergeben, das ein Eingreifen des Teams erforderlich macht, dann sagen Sie es. Es ziehen sich dunkle Wolken am Horizont zusammen. Wir sollten aufpassen, dass wir vom anstehenden Sturm nicht fortgeweht werden.«

Burscheid teilte Berghoffs Leidenschaft für blumige Metaphorik nicht, aber der alte Mann hatte es recht treffsicher gesagt. Er spürte es auch. Und deswegen mussten sie viel mehr wissen. Es war gut, eine Gruppe durchgeknallter Begabungen zu haben, mit denen man die Welt retten konnte. Es war besser, genau zu wissen, was sie erwartete und gegen wen sie antreten mussten. Und er, Burscheid, fühlte sich mit jedem weiteren Ereignis etwas mehr überfordert.

Er ahnte, was die logische Konsequenz dieser Entwicklung sein musste. War das Team erst groß genug, musste es sich neu organisieren, wenn es zu einer schlagkräftigen Einheit verschmelzen wollte. Es musste eine Führungsstruktur geben, einen Chef. Das war nicht er, Burscheid. Er war der Laufbursche, der rührige Helfer. Und es war nicht Berghoff, der jeden Tag tot umfallen konnte. Es musste jemand anders sein, einer von denen, die er schon kannte, oder jemand Neues. Aber das Team, die Beschützer, das musste erwachsen werden.

Auf eigenen Füßen stehen.

Ob er Berghoff das begreiflich machen konnte?

Kapitel 16

Als Katt seine Wohnung betrat, hörte er das leichte, piepsende Geräusch. Er hielt inne, lauschte und vergewisserte sich. Ja, in seiner Abwesenheit war jemand hier eingedrungen und es war nicht zu sagen, ob diese Person noch hier war. Und selbst wenn nicht, blieb die Frage, was sie hinterlassen hatte.

Katt gemahnte sich zur Ruhe. Das war schwer genug nach dem Adrenalinschub, der aufgrund der Ereignisse noch immer in seinem Kreislauf steckte. Es war, als würde das Adrenalin länger und intensiver wirken als früher, zumindest seitdem er Igors Tabletten genommen hatte. Er kam nicht mehr richtig runter. Es war kein unangenehmes Gefühl, nicht das brennende, heiße Gefühl eines zu hoch laufenden Blutdrucks, kein Schwindel, nichts dergleichen. Da war nur Schärfe in der Wahrnehmung, eine Klarheit der Erkenntnis, ein ganz anderes Da-Sein. Es fehlten ihm die Worte, es zu beschreiben, obgleich er sonst nie um Worte verlegen war.

Er zog die Tür zu, lauschte. Nein, da atmete niemand. Kein verräterisches Geräusch. Er machte einen Schritt nach vorne und es tat sich nichts. Jemand war hier gewesen, ohne Zweifel. Es gab subtile Spuren, die einem normalen Menschen nicht auffallen würden. Doch, und das war die Selbsterkenntnis, mit der Katt nun endgültig konfrontiert wurde: Er war nicht mehr normal.

Er war nie das gewesen, was man »normal« nannte. Aber das hier war anders. Ganz anders.

Er stellte seinen Koffer ab. Ein plötzliches Gefühl der Einsamkeit überkam ihn hier, als er sich in seiner Wohnung umsah. Es war alles so schön, modern und teuer. Doch es war seelenlos. Die Wärme, die er sich hier nicht hatte einrichten können, hatte er sich draußen geholt, auf den Partys, und sie war stets nur eine Illusion gewesen. Warum wurde ihm das mit einem Mal klar? War es Fabias Tod, an dem er, ob er es nun mochte oder nicht, letztlich eine Mitschuld trug? Hatte sie ihm gar mehr bedeutet, als er sich eingestanden hatte, und ihr Tod riss eine ganz und gar unerwartete Lücke?

Er fühlte nun Unwillen in sich aufsteigen. Dies war nicht der Zeitpunkt, sich diese Fragen vorzulegen, obgleich er das sicher eines Tages tun musste.

Doch jetzt hatte er Entscheidungen zu treffen. Er musste entscheiden, welche seiner beiden Persönlichkeiten zukünftig den größeren Teil seines Lebens ausmachen würde. Er musste entscheiden, was für ein Leben er überhaupt führen wollte. Tod und Gewalt hatten bisher nicht dazu gehört und er stellte eine erschreckende Leidenschaft für beides bei sich fest. Er war nicht schockiert. Er war nicht entsetzt. Er war angeregt, belebt, voller Energie, was sogar seine deutlich spürbare Trauer über den Tod Fabias überschattete.

Was war er? Wozu wurde er? Was machte er daraus?

Katt setzte sich auf sein Sofa. Egal was seine Besucher hier hinterlassen hatten, sie würden nicht seine Gedanken lesen können. Er schloss die Augen, lauschte in sich, und kam zu einer schnellen, überraschenden Erkenntnis: Er hatte seine Entscheidung längst getroffen.

Das war wieder überraschend. Es bedeutete, dass in ihm gedankliche Prozesse abliefen, derer er sich nicht vollständig bewusst war. Woran dachte der Nachtmensch, wenn Harald Katt sein Leben lebte? Und woran dachte Katt, wenn der Nachtmensch Häuser in Brand setzte?

So viele Fragen – und manche davon auf alarmierende Weise beunruhigend.

Katt erhob sich, ging zu seinem Schreibtisch, klappte den Laptop auf. Er begann zu schreiben, schnell und konzentriert, und er zögerte keinen Moment, als er mit wohlgesetzten Worten, exakt entsprechend den dafür notwendigen Regelungen, seine Kündigung formulierte. Er hatte eine relativ kurze Kündigungsfrist und noch mehr als genug Resturlaub, von den angehäuften Überstunden ganz zu schweigen. Er würde beinahe unmittelbar aufhören können. Den Schreibtisch noch aufräumen. Sich von seinen favorisierten Sekretärinnen verabschieden. Seinem Chef sagen, was er wirklich von ihm hielt.

Nein. Das würde er sich sparen. Er brach Brücken ab, es bestand kein Grund, sie zu verbrennen.

Er las sich das Schreiben noch einmal durch, mit dem er einen Schlusspunkt unter immerhin fast acht Jahre Berufstätigkeit setzte. Nein, korrigierte er sich. Er würde weiterhin das tun, was er am besten konnte: kaufen, verkaufen, wetten, riskieren und rechtzeitig die Reißleine ziehen. Er hatte seine eigenen Geschäfte gemacht. Er hatte Konten überall auf der Welt. Er würde fortan nur noch auf eigene Rechnung arbeiten und er würde dabei noch reicher werden, als er bereits war.

Es war ein befreiendes Gefühl. Katt holte tief Luft. Wie schön.

Er schickte das Dokument ab, als Attachment zu seiner Mail, versehen mit seiner digitalen Signatur, zertifiziert von seiner Bank. Und dann, wie es sich gehörte, ausgedruckt und unterzeichnet, eingetütet und mit Briefmarke versehen. Heute Abend noch würde er damit zum Briefkasten gehen. Eine wichtige, symbolische Tat. Abschied. Abschluss. Neuanfang.

Dann eine weitere Kündigung: seine Wohnung, die er wohlweislich nur gemietet hatte. Er besaß zwei Wochenendhäuser, eines in der Eifel, eines auf Sylt. Das in der Eifel gefiel ihm besonders gut, es war groß und bestens ausgestattet. Und er hatte es nicht einmal unter seinem Namen gekauft, er hatte damit Geld über eine Scheinfirma gewaschen, die er bis heute betrieb und die völlig harmlose Geschäfte machte. Katt hatte es immer geschätzt, auf alles vorbereitet zu sein. Das zahlte sich jetzt aus.

Er handelte sehr entschlossen, doch nur scheinbar zielgerichtet. Er tat mehr so, als wisse er, was aus ihm werden solle, als dass er es tatsächlich wusste. Doch das hinderte ihn nicht daran, alles mit großer Energie zu tun.

Als er fertig war, sah er sich um. Er wollte und würde diese Wohnung nicht wiedersehen. Er betrachtete die Gegenstände und begann einen großen Rucksack zu packen. Er füllte ihn nicht einmal zur Hälfte mit Dingen, die ihm bei rechter Betrachtung wirklich am Herzen lagen. Erinnerungsstücke aus seiner Kindheit, von seinen Eltern, ein paar Souvenirs, mit denen besonders schöne Bilder in seinem Kopf verknüpft waren. Ein paar alte, lieb gewordene Dinge des täglichen Gebrauchs, die er nicht missen wollte. Das eine oder andere besonders bequeme Kleidungsstück. Aber als er damit fertig war, stellte er fest, dass in dieser Wohnung, so teuer und exquisit sie auch eingerichtet sein mochte, herzlich wenig war, was er unbedingt brauchte oder weiterhin um sich haben musste. Es war alles sehr dekorativ, möglicherweise sogar geschmackvoll, ganz sicher teuer. Aber sein Herz steckte nicht drin. Er würde all dies ohne großes Bedauern zurücklassen. In seinem Haus in der Eifel stand noch mehr von diesem Zeug herum, exquisit, dekorativ, teuer. Austauschbar und belanglos, wie er mit einem Mal feststellte.

Seine Nachtmensch-Ausrüstung packte er vollständig ein und durchsuchte zweimal alles, um keine Hinweise auf diese zweite Persönlichkeit in ihm zu hinterlassen. Das lag ihm am Herzen. Aber am Ende war er weitaus weniger bepackt, als er sich das vorgestellt hatte.

Er verließ die Wohnung, ohne sich umzusehen. Als er im Parkhaus der Anlage stand, ignorierte er seine Sportwagen. Hinten in der Ecke, im toten Winkel der Überwachungskamera, stand ein 14 Jahre alter Renault Scenic, mausgrau, dreckig, mit Kratzern und Dellen, ein völlig unauffälliges Familienauto, dessen knatternde Drosselklappe von seinem Alter zeugte. Die billigen Stoffsitze rochen etwas, er hatte den Wagen längere Zeit nicht mehr gefahren und er war auch gar nicht auf ihn zugelassen, sondern auf einen Freund von Igor, der ihm etwas schuldete.

Er würde das Fahrzeug ein letztes Mal benutzen und dann am Bahnhof abstellen. Igors Freund würde sich irgendwann über eine sehr hohe Parkhausrechnung wundern, aber das machte nichts. Er hatte viel Geld. Portokasse.

Es gab eine zweite Ausfahrt aus dem Parkhaus im Keller, der eigentlich nur für Versorgungsfahrzeuge gedacht war. Katt hatte die Zugangskarte. Der Hausmeister war ihm für die eine oder andere Gefälligkeit dankbar. Als Katt die Handyrechnung seiner Teenager-Tochter für ihn beglichen hatten – sie hätte ihn in die Privatinsolvenz getrieben –, bekam er die Karte und hatte sie seitdem nie benutzt. Aber er hatte es wirklich schon immer gemocht, vorbereitet zu sein.

Als der Scenic mit knackenden Stoßdämpfern und traurig wimmernder Servolenkung die Auffahrt hinauffuhr und in die Straße einbog, verließ Harald Katt sein bisheriges Leben mit der festen Absicht, ein neues, ein anderes zu beginnen.

Welches genau, das wusste er noch nicht.

Kapitel 17

Sie bildeten einen Sicherheitskordon um die Höhle und ließen niemanden hinein oder heraus. Das SEK wusste nicht, wie es mit alledem umgehen sollte, aber die jüngsten Ereignisse in Frankfurt waren auch an der Polizeiführung nicht vorübergegangen. Anstatt zu versuchen, Hideki und Sternberg festzunehmen oder sonst wie mit Gewalt unter Kontrolle zu bekommen, etablierte man schlicht einen Perimeter um die Untergrundbasis, sammelte die Leichen ein, sicherte Spuren und tat sonst nichts, was die beiden irgendwie provozieren könnte. Dass diese die Polizeiarbeit gar nicht behinderten und sogar bereitwillig ihre Version der Ereignisse zum Besten gaben, half sehr die Situation etwas zu entspannen. Ja, es gab da eine unterschwellige Angst, wie man an den Blicken erkennen konnte, die auf den mächtigen Teslamann geworfen wurden oder auf die Lichtschauer, die manchmal kaskadenartig über Hidekis Haut führen und von tödlicher Schönheit waren.

Der Leiter des Einsatzkommandos, das mit einer guten Hundertschaft angerückt war, verstärkt durch Bereitschaftspolizei in schweren Kampfanzügen, war ein Mann namens Schmidt. Ob er tatsächlich so hieß, konnte Hideki nicht ermessen, aber er war ein breit gebauter Polizist, der trotz seiner imponierenden und durchaus Furcht einflößenden Erscheinung über eine sanfte Stimme verfügte, die nahezu einschmeichelnd wirkte. Er hatte die meisten Gespräche mit ihr geführt und schien zwar verblüfft und beeindruckt, aber nicht verängstigt zu sein. Es war vor allem sein Verdienst, dass keine übereifrigen oder überängstlichen Beamten Fehler begingen, die sie später bereuen würden.

Doch was aus ihnen nun werden würde, wussten sie nicht, weder der Einsatzleiter noch Hideki und Sternberg. Der Ingenieur hielt sich ganz zurück. Die schwarz uniformierten Polizisten weckten zweifelsohne böse Erinnerungen in ihm, er wirkte angespannt, nervös, etwas aufgedreht. Wie jemand, der eine Pistole hielt und kurz davor war, sie zu benutzen.

Hideki hatte es geschafft, dass er aus dem Teslamann geklettert war, aber er hielt sich weiterhin in seiner unmittelbaren Nähe auf und die Generatoren liefen im Leerlauf. Die Kampfmaschine war einsatzbereit und auch Schmidt begriff das ganz gut. Er hatte seine Männer angewiesen, respektvollen Abstand zu halten.

Bis auf Weiteres.

Die Zeit des Wartens hatte ein Ende, als das Ungetüm auftauchte. Es machte nicht nur einen Höllenlärm, es war auch so groß, mächtig und absolut unglaublich anzusehen, dass es die Aufmerksamkeit aller beanspruchte, als es im Himmel auftauchte. Dass eine solche Konstruktion überhaupt zu fliegen imstande war, überraschte nicht nur Hideki. Auch Schmidt, der in seinem Leben sicher manchen Helikopter gesehen hatte, riss überrascht und ein wenig fasziniert die Augen auf.

So etwas hatte keiner der Anwesenden jemals erblickt.

Das mächtige Fluggerät sah auf den ersten Blick wie ein Flugzeug aus, doch anstatt zweier Flügel hatte es zwei nebeneinander operierende, gigantische Rotoren, nicht hintereinander angeordnet wie bei sonst üblichen Großhubschraubern. Das Leitwerk, die ganze Konstruktion wirkte, als ob man ein normales Flugzeug mit Streben und Stangen in einen Hubschrauber umgebaut hätte. Die Masse des Helikopters war groß wie ein Transportflugzeug, in dem mächtigen Bauch fanden sicher zwei Lastwagen Platz und der metallene Berg bewegte sich mit einer seltsamerweise bedrohlich wirkenden Behäbigkeit. Die Turbinen machten einen Höllenlärm. Die Präsenz dieser Maschine am Himmel zog die Aufmerkamkeit aller auf sich. Ein beeindruckendes Spektakel.

Hideki stellte sich neben Schmidt. »Keiner von Ihren«, sagte sie.

Schmidt blickte sie an. Er konnte ihr Gesicht nicht erkennen. Seit die Polizei aufgetaucht war, hüllte sie dieses in einen Lichtschein, einen undurchdringlichen Halo, der mit bloßem Auge nicht zu durchdringen war.

»Keiner von unseren«, bestätigte er, seine Stimme wurde durch den Lärm fast verschluckt. »Aber ich habe eine Ahnung, wer das sein könnte.«

Sie beobachtete, wie er Befehle in sein Mikro rief. Er sah, wie die Polizisten ihre bereits erhobenen Waffen senkten. Auf einer Wiese in der

Nähe des Perimeters ging das Monstrum herunter. Erst jetzt erkannte Hideki auf dem Rumpf das dynamisch stilisierte B, das neben der breiten Seitenluke angebracht war.

»Was ist das?«, fragte sie, als die Rotoren leiser wurden und das Singen der Turbinen erträglicher.

»Beschützer«, sagte Schmidt. »Es gab da kürzlich ein Briefing. Sie erinnern sich an Frankfurt?«

»Wer nicht?«

Der Mann wies auf den gigantischen Kopter. »Das sind sie. Wir haben Anweisung, denen nicht im Wege zu stehen. Es scheint, als wolle man sich um seinesgleichen kümmern.« Er warf ihr einen bezeichnenden Blick zu und sie verstand.

Ihresgleichen. In der Tat. Sie sah Sternberg an, der alte Mann hatte verstanden. Genau das hatten sie besprochen, ehe die Polizei aufgetaucht war. Das war ihr Ausweg, die einzige Alternative, wollten sie nicht Selbstbestimmung und Autonomie verlieren.

Es schien, als meine das Schicksal es diesmal gut mit ihnen.

Ein Mann kletterte aus der Maschine. Er sah nicht wie ein Superheld aus, eher unscheinbar, und war gekleidet in einen etwas schief sitzenden Anzug ohne Krawatte. Er lief auf Hideki zu, die ihn etwas eingeschüchtert musterte. Wer oder was dieser Mann war, konnte sie nicht ermessen. Sternberg schaute immer noch faszinierend auf den gigantischen Kopter, der seine Faszination auf den Ingenieur ausübte. Der Metallberg überdeckte alles andere.

Dann stand der Mann vor ihnen. Er nickte dem Einsatzleiter zu.

»Mein Name ...«

»Den will ich gar nicht wissen«, unterbrach ihn der Polizist. »Ich habe Anweisung, den Beschützern nicht im Wege zu stehen, solange sie das Gesetz nicht brechen.« Er warf einen Blick auf den Kopter. »Oder zumindest keine wichtigen.«

Sprachs und wanderte davon.

Der Mann hielt Hideki eine Hand hin. »Burscheid«, sagte er. Hideki ergriff sie, zögerlich, und sagte nichts. Sternberg stellte sich vor, ebenfalls zurückhaltend, den Blick immer wieder auf das Fluggerät abschweifend.

»Beeindruckend, nicht wahr? Alte sowjetische Wertarbeit, eine Mil V 12, mit modernster Technik auf- und nachgerüstet. Für alle Beschützer, die nicht fliegen können – und für schweres Gerät.« Burscheid zeigte auf den Teslamann. »Wie das da.«

»Beschützer?«, sagte Hideki leise. »Frankfurt?«

»Genau die. Wir sind erst am Anfang und könnten noch Zuwachs gebrauchen. Sie haben ja schön auf sich aufmerksam gemacht.«

»Wir haben Feinde.«

Burscheid nickte. »Möglicherweise die gleichen wie wir. Wie sehen Ihre Pläne aus?«

Hideki seufzte. »Tatsächlich haben wir über Sie ... ihre Gruppe ... bereits nachgedacht. Pläne würde ich das aber nicht nennen. Wir sind ... hilflos. Ich gebe es ehrlich zu.«

Burscheid sah sich um. Immer noch wurden die verbrannten Leichen der Angreifer eingesammelt.

»So hilflos wirken Sie aber gar nicht. Wie war noch Ihr Name?«

»Himawari«, erwiderte Hideki spontan. »Das ist Japanisch. Es heißt Sonnenblume.«

Burscheid lächelte. »Eine ziemlich gemeine Sonnenblume. Tödliche Schönheit, möchte ich meinen. Die Frage ist doch, wozu Sie Ihre Fähigkeiten nun einsetzen wollen, Himawari. Und wer auf Sie aufpasst, wenn Sie mal schlafen müssen. Oder wenn Sie ein normales Leben haben wollen. Ich habe nicht den Eindruck, dass Ihre Gegner von einem Kaliber sind, mit dem die Polizei fertigwird.«

»Dem kann ich leider nicht widersprechen. Was können Sie für uns tun?«

Sternberg nickte, als Hideki ihn in die Frage mit einschloss. Burscheid sah sie beide an, dann hob er die Schultern.

»Ich habe kein fertig geschnürtes Paket. Ich biete Ihnen an, mit uns zusammen herauszufinden, was wir tun können. Wir sind am Anfang und wenige. Wir haben einen wohlhabenden Gönner.« Er zeigte auf den Heli. »Einen sehr wohlhabenden, sehr gönnenden Gönner. Wir wissen, dass etwas im Gange ist. Und wir wissen, dass dieses Land sich dagegen nicht richtig wehren kann, wenn nicht hin und wieder Menschen mit besonderen Fähigkeiten bereitstehen. Das ist im Grunde alles, mehr kann ich gar nicht sagen.«

»Also noch mehr Ungewissheit und Gefahr«, fasste Hideki es bitter zusammen. »Ich weiß nicht, ob mir dieser Gedanke gefällt.«

»Mir gefällt er nicht«, mischte sich Sternberg ein. »Mir gefällt aber auch nicht, was hier gerade passiert ist. Und *ich* benötige Hilfe. Ich bin … hier fremd.«

Burscheid schaute ihn nachdenklich an. Natürlich, dachte Hideki. Er konnte ja gar nicht ahnen, welch abenteuerliche Geschichte sind hinter dem Teslamann verbarg.

»Ich biete Ihnen beiden Obdach«, sagte Burscheid mit leiser Stimme. »Das kann ich zusichern. Es ist kein Gefängnis, Sie werden nicht verhört und zu nichts gezwungen. Ein Ort, an dem Sie beide ermessen können, wer Sie sind und wohin Sie wollen. Ein Angebot. Vielleicht nicht das beste, aber dasjenige, das ich Ihnen mache.«

»Es ist derzeit das einzige«, sagte Hideki leise. Es waren diese Worte Burscheids, die ihr erneut deutlich machten, welch heftiger Bruch sich in ihrem Leben vollzogen hatte. Welch eine Veränderung, die alles auf den Kopf stellte. Ja, sie brauchte so einen Ort, wie der Mann ihn beschrieben hatte, und er schien es ehrlich zu meinen. Sie warf einen Blick auf Sternberg, der ihr stumm zunickte. Seine Meinung war klar. Ohne Hilfe und Anleitung bestand die Gefahr, dass er in dieser modernen und für ihn fremden Welt unter die Räder kommen würde.

»Wir sind einverstanden«, sagte sie dann also und Burscheid lächelte sie an. Er machte eine einladende Handbewegung zum Kopter, dessen hintere Ladeklappe sich bereits langsam öffnete.

»Dann würde ich vorschlagen, dass wir verladen, oder?«

Sternberg kletterte bereits wieder in den Teslamann. Es dauerte keine Minute, da stampfte das Ungetüm mit singenden Generatoren auf den Helikopter zu. Er würde sich bücken müssen, um durch die Luke zu kommen, aber Hideki wusste, die Maschine war außergewöhnlich beweglich.

Sie zeigte auf den Eingang zur Erdhöhle, zu Sternbergs Versteck.

»Was wird damit? Das ist sein Leben. Wir können es nicht so einfach zurücklassen.«

»Das werden wir auch nicht. Alles wird verpackt und mitgenommen. Wir statten ein Hauptquartier aus, die Bauarbeiten sind in vollem Gange. Es wird auch ein Labor geben – und eine Werkstatt. Ich bin mir sicher, wir finden für alles ein Plätzchen.«

Er sah sie forschend an. »Dort werden wir auch herausfinden können, was Sie alles können. Das wollen Sie doch sicher auch wissen.«

»Ja. Ich meine … ich habe Angst.«

»Das verstehe ich gut. Sie haben große Macht, Himawari. Sie müssen verstehen, wo die Grenzen sind und wie weit Sie sie kontrollieren. Zu Ihrem eigenen Schutz.«

Sie wusste, dass er recht hatte. Es war für sie neu, dass sich jemand so um sie sorgte. Sie war es gewohnt, für sich allein zu sein, seit sie von zu Hause ausgezogen war. Vielleicht rührte ihre Zurückhaltung daher: Sie wusste nie genau, ob das Interesse anderer echt war oder nur andere Ziele dahinterstanden. Auch Burscheid hatte Absichten, und wer auch immer ihn bezahlte, hatte wiederum die seinen. Sie durfte nicht zu einem Instrument werden. Sie hatte jahrelang als eines gelebt – aber das sollte nun zu Ende sein. Wenn ihre Verwandlung etwas Gutes bewirkte, dann, dass diese sie befreite.

Himawari lächelte, was Burscheid aufgrund des intensiven Halos um ihren Kopf nicht sehen konnte.

Ja, das war ein Aspekt, den sie noch gar nicht richtig bedacht hatte.

Sie war nun frei, freier als jemals zuvor.

Und sie hatte nicht die Absicht, diese neue Errungenschaft leichtfertig aufs Spiel zu setzen.

Kapitel 18

»Diese Beschützer«, knirschte der Mann im Maßanzug und schlug mit der Faust auf die Glasplatte seines Schreibtisches. Der Laut klang flach und wenig beeindruckend, doch der Uniformierte davor machte sich keine Illusionen. Der Zorn seines Vorgesetzten war echt und zornig war er völlig unberechenbar. Mitunter tödlich.

»Die Analysten haben sie wohl unterschätzt«, sagte er vorsichtig. »Sie sind eine größere Gefahr für unsere Pläne, als wir alle gedacht haben.«

»Ja«, brachte der Anzugträger unwillig hervor. Teilweise war er natürlich für diese Fehleinschätzung verantwortlich, das war ihm wohl bewusst. Er wäre in der Organisation nicht so weit aufgestiegen, wenn er nicht auch zur Selbstkritik fähig gewesen wäre. Aber es fiel ihm schwer und es trug nicht zur Besserung seiner Laune bei.

»Aber wir werden diesen Fehler kein zweites Mal machen«, fügte er hinzu. »Ich möchte alle Einsatzführer zu einer Besprechung. Ich möchte auch die Forschungsabteilung dabeihaben. Die haben etwas, was uns gehört. Die Transformation ist gelungen, unerwartet und unter schwierigen Rahmenbedingungen, aber es muss sich um diese Hideki handeln. Sie gehört uns. Wir müssen sie studieren, bis hinunter auf die molekulare Ebene analysieren, damit wir genau wissen, wie wir den Prozess wiederholen können. Sie darf nicht frei herumlaufen. Vor allem darf niemand sie ernst nehmen. Wenn sie der Öffentlichkeit preisgibt, was sie über die Forschungseinrichtung weiß, ist der Schaden enorm. Diese Beschützer ... es gibt da viele romantische Menschen. Wenn sie erst mit dieser Truppe aus Irren identifiziert wird, ihr sogar beitritt, dann bekommt alles, was sie von sich gibt, einen plötzlichen Wert. So weit dürfen wir es nicht kommen lassen. Diese Beschützer sind lästig geworden. Mehr als das: Sie sind nun eine Gefahr.«

Er schwieg, starrte vor sich hin, nicht einmal auf den Uniformierten, der stocksteif dastand und kein Wort zu äußern wagte, ehe sein Chef mit seinem erregten Monolog nicht am Ende war.

»Die Beschützer müssen beseitigt werden. Drei Einsatzteams. Die Hubschrauber und dann mitten in der Nacht. Wenn Sie das Gebäude in Schutt und Asche legen müssen, tun Sie es. Kollateralschäden sind einzukalkulieren. Hacken Sie die Notrufleitungen und die Einsatzzentrale der Polizei. Werfen Sie Rauchbomben und halten Sie die Sicherheitskräfte auf – mir egal, wie. Wir müssen jetzt auf volles Risiko gehen.«

»Das könnte unsere Basis kompromittieren. Der Einsatz am Krater war bereits gefährlich genug«, wagte der Mann einen Einwand.

»Das ist mir bewusst!«, bellte der Anzugträger. »Das ist mir absolut bewusst! Aber wir müssen jetzt zuschlagen. Es ist unsere letzte Chance, es einigermaßen sauber und endgültig zu erledigen. Ich habe Ihnen einen Befehl gegeben! Sorgen Sie für Ausführung binnen 48 Stunden. Sie haben mich verstanden? 48 Stunden! Und jetzt raus hier!«

Den letzten Satz schrie er. Speichel flog über den Glastisch und legte sich in feinen Tropfen auf die Platte. Man sah dem Uniformierten an, dass er noch etwas sagen wollte. Dann aber besann er sich eines Besseren und ergriff mit abrupten Bewegungen die Flucht.

Die schallgeschützte Tür schloss sich hinter ihm mit einem schmatzenden Geräusch.

Der Anzugträger holte tief Luft, setzte sich, zog einen Bildschirm an sich heran, der an einer flexiblen Halterung am Tisch festgemacht war, drückte einen Knopf, starrte ungeduldig auf das sanft schimmernde Symbol auf dem Monitor. Dann schälte sich das Gesicht einer Frau heraus, alt, kahlköpfig, eingerahmt von einem hohen, weißen Kragen. Ihr dünnlippiger Mund wirkte grausam, das Gesicht völlig beherrscht, die Augen von durchdringender Intensität.

»Ja. Berichten Sie.«

»Wir haben schlechte Nachrichten.«

»Ich weiß. Das Mädchen. Sie ist transformiert. Das ist gut.«

»Sie ist außer Kontrolle. Ich habe entsprechende Maßnahmen eingeleitet, aber das Risiko ...«

»Nein. Tun Sie, was nötig ist. Wir wollen das Mädchen. Opfern Sie alle Männer und alle Ressourcen. Opfern Sie die Basis. Opfern Sie sich selbst. Das Mädchen, wir wollen das Mädchen, Harris. Ist das deutlich geworden?«

Der Mann im Anzug sorgte dafür, dass seine plötzlich zitternden Hände nicht in den Aufnahmebereich der Kamera gerieten, und bemühte sich um die Selbstbeherrschung, die in dieser Situation von ihm erwartet wurde. Es war nicht einfach.

»Ja, Meisterin. Ich gehorche dem Willen der Zehn.«

»Das wird auch von Ihnen erwartet. Sie leiten die Aktion persönlich und sind persönlich verantwortlich. Fehler werden nicht geduldet. Kehren Sie ohne das Mädchen zurück, ist dies Ihr Todesurteil. Das ist klar geworden? Ihr Tod, Harris. Und rechnen Sie nicht mit unserer Gnade.«

Diesen Fehler würde er niemals begehen. Er neigte den Kopf, der feine Schweißfilm auf der Stirn reflektierte das Licht der Deckenbeleuchtung.

»Jawohl, ich verstehe«, sagte er leise.

»Was ist mit dem Aktienhändler?«

Der Anzugträger wirkte nun verzweifelt, die Gesichtshaut aschfahl. Er personifizierte die schlechten Nachrichten, die er nun zu überbringen hatte, und das löste absolut keine emotionale Reaktion bei der Frau aus. Sie wirkte starr und kalt wie ein extrem realistisches Gemälde.

»Er ... wir haben seine Informantin identifiziert. Sie ist tot.«

»Gut.«

»Leider ... sind auch unsere Männer tot.«

»Wie ist das möglich?«

»Es scheint da noch jemanden zu geben ... einen dieser komischen Superhelden ... er ist vorher nicht aufgefallen, aber es muss der Gleiche sein, der auch den Überwachungswagen angegriffen hat. Wir kennen weder seinen Namen noch sein Aussehen oder seine Herkunft, aber er ist uns irgendwie auf den Fersen.«

»Ein Beschützer?«

Der Anzugträger zögerte. »Das denken wir nicht, derzeit noch nicht. Aber es ist natürlich nicht auszuschließen, dass ... Diese Leute haben ein offenes Auge und halten Ausschau nach ihresgleichen, das hat ihr Auftauchen bei der Transformierten gezeigt.«

»Was ist mit Katt?«

»Er ist verschwunden. Wir haben ihn aus den Augen verloren. Er hat seine Wohnung verlassen, seine Sachen gepackt. Er hat kaum etwas mitgenommen. Seine Stellung hat er gekündigt, sehr zur Überraschung seines Vorgesetzten. Wir überwachen seine bekannten, üblichen Urlaubsziele sowie jene Leute, die ihn persönlich kannten. Seinen bevorzugten Drogenhändler. Bis jetzt kein Ergebnis. Er ist wohl untergetaucht, weil ihm der Boden zu heiß wurde. Da aber nun seine Informantin ...«

»Das genügt Ihnen?«

Harris zögerte erneut. Das Gesicht der Frau war nicht zu lesen, deswegen wusste er nie genau, wie er richtig reagieren sollte. Aber Ausflüchte akzeptierte sie ohnehin nicht und daher versuchte er diese gar nicht erst.

»Nein. Natürlich nicht.«

»Gut.«

Und übergangslos verschwand das Gesicht vom Monitor. Harris schaute noch einen Moment auf die schwarze Fläche, in sehr unerfreuliche Gedanken versunken. Er wusste, dass sein Ende bevorstand, nicht nur sein körperliches, vor allem das all seiner großen Ambitionen und Pläne, wenn er jetzt versagte. Er war ein ehrgeiziger Mann, der bereits viel geopfert hatte, unter anderem beträchtliche Teile seiner Menschlichkeit. Sollte sich all dies als letztlich sinnlos erweisen, wäre das ein sehr bitteres Ende einer Karriere, die ihn eigentlich in sehr große, für die meisten Menschen unerreichbare Höhen hätte führen sollen.

Er schlug mit der geballten Faust auf den Tisch, ermahnte sich. Defätismus half nicht. Er konnte weiterhin Ergebnisse liefern und sich in den Augen der Zehn reinwaschen. Seine Laufbahn konnte immer noch exakt dahin gehen, wohin er sie zu lenken trachtete. Es durfte jetzt nur kein weiterer Fehler begangen werden.

Andererseits, und dieser Gedanke schlich sich mit einer gewissen Beharrlichkeit in sein Bewusstsein, schadete es natürlich auch nicht, einige Vorkehrungen zu treffen.

Ein Signal ertönte. Die Besprechung würde in Kürze beginnen, die Leute waren bereits zusammengekommen. Das war jetzt wichtig, er konnte es nicht hinauszögern.

Aber wenn alles geplant war, die Befehle gegeben ... dann würde er sich noch ein wenig um seine persönliche Sicherheit kümmern.

Schließlich gab es im Universum von Harris nichts und niemanden, was beziehungsweise der wichtiger war als er selbst.

Kapitel 19

»Ich bin beeindruckt.«

Die Worte des alten Mannes fassten es zusammen. Besser hätte Hideki es auch nicht sagen können. Das unterirdische Reich, in das Burscheid sie geführt hatte, war eine Anlage, die beinahe sogar die geheime Forschungsstätte in den Schatten stellte, in der sie einst gearbeitet hatte. Der Kopter hatte sie hierher gebracht, war auf einer harmlos aussehenden Fläche gelandet, einem heruntergekommenen Sportplatz auf einem ebenso vernachlässigt wirkenden Gelände. Dann hatte sich eine Plattform in die Tiefe gesenkt und sie waren mitsamt dem Kopter mehrere Stockwerke nach unten gerauscht. Über sich hatte eine Art Tor das Versteck geschlossen und sie war sich sicher, dass ein Beobachter, der jetzt einen Blick darauf warf, nicht mehr als einen verfallenen Sportplatz erblicken würde.

Und jetzt standen sie in einem Raum, der einem Science-Fiction-Film zu entstammen schien. Es war nicht die hier konzentrierte Technologie, die sie beeindruckte, es waren der plötzliche Gegensatz und die Tatsache, dass es erstmals so schien, als würde sich für sie eine echte Perspektive ergeben.

Sie betrachteten beide den älteren Herrn, der an einem großen, runden Tisch saß. Er war nicht allein. Ein Mann in einer Art Arztkittel saß daneben, eine Frau in einem schwarzen Lederkostüm, deren innere Anspannung beinahe körperlich spürbar war. Zwei weitere Frauen, gekleidet in weiße Kostüme, wie Krankenschwestern, denen der Karneval zu Kopf gestiegen war. Eine illustre Gesellschaft. Aus irgendeinem Grunde aber fühlte sich Hideki gar nicht fehl am Platze.

»Setzen wir uns? Haben Sie Hunger oder Durst?«

Die Stimme des alten Mannes riss sie aus ihrer Kontemplation. Sternberg hatte bereits Platz genommen, direkt gegenüber der Frau, die Hideki von YouTube kannte. Sin Claire hieß sie. Ihre aufreizende Kleidung musste für einen Mann der 30er Jahre des vergangenen Jahrhunderts mehr als nur irritierend wirken. Doch bis jetzt verkraftete Sternberg den Kulturschock ganz gut.

»Ich freue mich, dass Burscheid sie beide hat überreden können sich zu uns zu gesellen. Sie sind hier sicher. Niemand wird sie angreifen, niemand will ihnen etwas Böses. Im Gegenteil.«

Sternberg nickte. »Herr Burscheid hat uns bereits Ihr Angebot unterbreitet. Ihr Name ist Berghoff, richtig?«

»Das ist korrekt. Und Sie befinden sich im Hauptquartier der Beschützer. Das dort ist Dr. Hand. Sollte jemand von ihnen sich unwohl fühlen, kann er sich gleich darum kümmern. Seine reizenden Assistentinnen nennen sich Cassiopeia und Astra. Die Dame in Schwarz ist Sin Claire. Sie haben möglicherweise schon von ihr gehört. Sie sind Dr. Sternberg. Ich habe wiederum von Ihnen gehört, Doktor.«

»Das ist unwahrscheinlich. Ich bin seit langer Zeit tot.«

Berghoff lachte. »Das sind Sie in der Tat. Dennoch habe ich Aufzeichnungen über Sie entdeckt. Ich habe hier Zugriff auf alles, was auf dieser Welt in digitalisierter Form existiert. Sie waren ... Sie sind ein ausgezeichneter Ingenieur Ihrer Zeit. Ihre Maschine legt eindrucksvoll Zeugnis darüber ab.«

»Mein Teslamann ist mein Werk, ja. Aber die Technologie ist veraltet. Wenn ich mich hier umblicke ...«

»Wenn Sie sich hier umblicken«, griff Dr. Hand den Faden auf, »werden Sie ein Stockwerk über uns ein hochmodernes robotisches Labor entdecken, mit automatischen Produktionsanlagen, die nur darauf warten, von Ihnen in Betrieb genommen zu werden. Sie können den Teslamann modernisieren, wie Sie es für richtig halten. Geld spielt keine Rolle.«

Hideki sah, wie es in Sternbergs Augen aufblitzte. Doch dann wanderte sogleich ein Schatten über sein Gesicht.

»Ich weiß nicht, warum ich das tun sollte«, sagte er leise. Sein Tonfall enthielt plötzlichen Trotz, doch weder Hand noch einer der anderen Anwesenden schien ihm das übel zu nehmen. »Für wessen Zwecke und welche Ziele sollte ich das machen? Ich komme aus einer Zeit, in der die Fähigkeiten eines guten Ingenieurs in den Dienst des Todes und unsäglicher Grausamkeit gestellt wurden.«

»Ja, das stimmt. Wir Menschen haben die außergewöhnliche Fähigkeit, unsere Werkzeuge für die schrecklichsten Taten zu missbrauchen«, sagte

Berghoff leise. »Und wenn Sie jemals auch nur den leisesten Verdacht bekommen, dass wir unsere Kräfte in dieser Richtung missbrauchen, dann fordere ich Sie auf, sich mit aller Macht gegen uns zu wenden.«

Sternberg nickte stumm. Er wirkte jetzt sehr nachdenklich, aber nicht auf eine ablehnende Art.

Sin Claire richtete sich an Hideki. »Ihre Geschichte muss gleichermaßen faszinierend wie traurig sein«, sagte sie mit sanfter Stimme. »Ich möchte sie gerne hören. Aber zuerst müssen wir etwas über jene erfahren, die sich gegen Sie gewendet haben. Es sind mächtige Kräfte am Werk und wir sind ... irritiert.«

Hideki war das auch. Sie verstärkte unwillkürlich die helle Aura um ihren Körper, um weiterhin für Blicke undurchdringlich zu sein. Es half ihr nicht, wenn alle die Verwirrung und Unschlüssigkeit auf ihren Zügen lesen konnten. »Ich denke, dass die drei Konzerne, die das Experiment ...«

»Langsam, langsam«, unterbrach Burscheid. »Sie wissen Dinge, von denen hier niemand Ahnung hat. Fangen wir vorne an. Experiment. Konzerne. Sonst verlieren wir den Faden.«

Hideki musste sich daran erinnern, dass sie etwas preisgeben wollte, das starke Mächte als Geheimnis zu bewahren trachteten. Das machte ihr Angst. Aber wem sollte sie vertrauen, wenn nicht dieser seltsamen Truppe an Individuen, die alle das gleiche Schicksal teilten? Sie waren anders, nicht ohne Macht und offenbar mit der Absicht beseelt, ihre Kräfte für etwas Gutes einzusetzen. Dennoch; das bedeutete gleichermaßen, dass jeder Mitwisser genauso in Gefahr war wie sie.

Sin Claire beugte sich nach vorne. »Ich weiß, was Sie denken«, sagte sie sanft und Hideki ahnte, dass das mehr als nur eine Redensart war. »Sie haben Angst, und das aus den richtigen Gründen. Angst vor jenen, die dafür verantwortlich sind, was mit Ihnen geschehen ist. Angst davor, dass Sie uns in eine Geschichte hineinziehen, die uns allen schadet. Dass wir mit Mächten konfrontiert werden, die uns überwältigen können. Richtig? Das sind doch Ihre Befürchtungen, oder?«

Hideki nickte langsam. Das sah niemand, da der helle Lichtschein um ihren Kopf jede Bewegung überdeckte. »Ja«, sagte sie also.

»Aber dafür sind wir da«, sagte nun Dr. Hand und nickte Sin Claire dankbar zu. »Dafür sind wir da. Wir sollen und wollen mit Mächten konfrontiert werden, die Übles im Sinn haben. Wir wollen die Angst konfrontieren und ihre Ursachen bekämpfen. Wir begeben uns in Gefahr, damit andere es nicht tun müssen. Das ist unsere Aufgabe. Und so traurig es klingt, das ist das Angebot, das ich Ihnen und Ihrem Freund machen kann. Arbeiten Sie mit uns zusammen, um bewusst Risiken einzugehen und jene zu schützen, die mit dieser Art von Gefahr weitaus schlechter umgehen können.« Er hob eine Hand, ehe Hideki etwas sagen konnte. »Darauf müssen Sie uns noch keine Antwort geben. Ich ...«

»Ich aber«, sagte Sternberg und schaute in das Lichthalo Hidekis, als wolle er ihre Zustimmung erbitten. »Ich entscheide mich wie sie. Wenn sie Ja sagt, dann tue ich das auch. Ich habe keinen Ort, an dem ich sonst sein könnte. Aber ihr ... ihr vertraue ich.«

Hideki spürte die Wärme in den Worten des Ingenieurs und das Zutrauen. Es war ein angenehmes Gefühl und das erste Mal in ihrem jungen Leben, dass ein anderer Mensch sein Schicksal in ihre Hände legte. Es schmeichelte ihr und beunruhigte sie zur gleichen Zeit.

Doch jetzt begann sie zu erzählen und es tat ihr gut, die Geschichte loszuwerden. Sie wurde bei ihrer Schilderung nicht einmal unterbrochen. Sie blieb bei den Fakten und nur Sternberg ergänzte Details, die er für wichtig hielt, und auch da nur jene, die er selbst erlebt hatte. Nach gut zwanzig Minuten war sie fertig, fühlte sich ein wenig erschöpft, aber erfüllt von dem Gefühl, das Richtige getan zu haben.

Dr. Hand sah sich in der Runde um. Sin Claire schüttelte den Kopf.

Burscheid ergriff das Wort. »Ob die mit der Priesterin zu tun haben?«

»Das können wir gar nicht wissen«, sagte Berghoff leise. »Die könnte ihre Finger in allem stecken haben – oder es handelt sich um eine ganz andere Gefahr, möglicherweise nicht ganz so ... magisch.«

»Die eingesetzten Waffensysteme waren hochmodern, aber sehr irdischer Natur«, stellte Burscheid fest. »Das war zumindest bisher nicht der Stil der Priesterin.«

»Soweit wir ihren Stil überhaupt kennen. Eine große Auseinandersetzung bietet nur sehr begrenztes empirisches Material«, gab Dr. Hand zu bedenken.

»Worüber genau reden Sie? Bezieht sich das auf die Vorfälle in Frankfurt?«, fragte nun Hideki, die ein wenig verloren wirkte. Es war nun an der Reihe von Burscheid, dezent ergänzt durch die anderen Anwesenden, die Ereignisse der letzten Zeit zusammenzufassen, die zur Gründung der Beschützer geführt hatten.

Hideki blieb für einige Momente sehr schweigsam, nachdem sie alles gehört hatte. Sie wurde in eine ganz neue Welt gestoßen, und obgleich sie erst an der Oberfläche kratzte, empfand sie eine plötzliche Aufregung, eine ungeahnte Leidenschaft. Dies war so anders als das Leben als Mauerblümchen, das sie bisher gehabt hatte. Sie war nie wichtig gewesen – oder hatte sich zumindest nie dafür gehalten. Sie war ein Teil einer großen Maschinerie gewesen, zudem einer verbrecherischen, wie sie nun erfahren hatte. Doch jetzt trat sie in mehrfacher Hinsicht aus dem Schatten heraus. Sie trat ins Licht. Sie *war* das Licht. Die Sonnenblume erblühte. Himawari war ein so vielfach passender Name, sie würde ihn niemals mehr ablegen.

Burscheid räusperte sich wieder. »Wenn Sie andere Bedenken haben ... Herr Berghoff hier ist, wie Sie bereits gemerkt haben sollten, sehr vermögend. Für Ihren materiellen Wohlstand ist gesorgt. Und wenn Sie uns nicht sagen wollen, wie Sie wirklich heißen, und nicht zeigen, wie Sie wirklich aussehen – das geht in Ordnung. Wir arrangieren etwas. Wir können Sie völlig legal finanziell absichern, ohne dass Sie Ihre private Identität offenbaren müssen. Das können und wollen wir nicht von jedem per se verlangen. Wir alle brauchen unsere ... Rückzugsmöglichkeiten, unsere Verbindung zur Normalität. Ich befürchte, wir brauchen das in Zukunft noch viel mehr, als wir jetzt ahnen können.«

Hideki fühlte erneut Blicke auf sich ruhen. Es waren meist auffordernde, aber auch sympathisierende Blicke und sie erkannte, dass sie hier keine Feinde hatte. Vielleicht in Zukunft Freunde, aber ganz sicher Leidensgenossen, die sich entschlossen hatten, etwas zu tun und die Dinge nicht einfach geschehen zu lassen.

Sie sah Sternberg an, der ruhig dasaß. Er hatte ohne weitere Erklärung das Prinzip des Kaffeevollautomaten begriffen, der hinter dem von ihm gewählten Sitzplatz an der Wand stand, und während der Schilderungen bedient. Mit sichtlichem Stolz ob dieser Ingenieursleistung hatte er einen silberfarbenen Metallbecher vor sich hingestellt, aus dem es verheißungsvoll dampfte. Hideki war mehr ein Teemensch, aber das Bild des älteren Mannes, der entspannt am Tisch saß und die Nase genüsslich in den

Kaffee hielt, um sein Aroma einzuatmen, war möglicherweise exakt das, was für sie den Ausschlag gab.

»Ich bin dabei«, sagte sie leise, aber mit fester Stimme. »Und ich möchte – bis auf Weiteres jedenfalls – meine private Identität bewahren. Wenn das geht.«

»Sie werden von niemandem hier dafür kritisiert«, sagte Berghoff mit väterlichem Tonfall. »Willkommen. Wie nennen wir Sie?«

»Himawari. Das heißt ... Sonnenblume.« Und wie zum Beweis formte sie eine leuchtende, ätherisch wirkende Aureole aus Licht um ihren Kopf herum, die für einen Moment alles um sie erleuchtete, ehe sie in einer kleinen Explosion aus Funken verging.

»Dann wäre das geklärt. Wir müssen einiges besprechen«, sagte Dr. Hand und er klang sehr zufrieden. »Vor allem müssen wir uns jetzt gegenseitig über unsere Fähigkeiten in Kenntnis setzen – ihre Möglichkeiten und Grenzen.«

»Und wir müssen trainieren«, sagte Burscheid. »Wenn sie alle als Team agieren wollen, müssen sie aufeinander abgestimmt agieren. Wir müssen identifizieren, wo die Fähigkeiten komplementär sind und wo Schwächen existieren, die in einem Einsatz ausgeglichen werden können.«

»Ich kenne meine Schwächen nicht«, sagte Hideki und sah Sternberg Hilfe suchend an.

Der Ingenieur zuckte mit den Achseln. »Ich kenne die Schwächen des Teslamannes.« Er lächelte. »Aber wenn ich das richtig verstanden habe, kann ich Verbesserungen in Angriff nehmen. Alleine aber ...«

»Das ist eine wichtige Frage«, sagte Burscheid und blickte ihren Gönner auffordernd an. »Wir brauchen ein Team, nicht nur an Helden, sondern eine Unterstützungsstruktur. Leute wie ich, aber mit anderen Spezialisierungen. Techniker, Mediziner, Experten in Informationsmanagement und Recherche, Wissenschaftler. Ein kleines Team, aber hoch qualifiziert und schweigsam.«

»Und gut bezahlt«, grummelte Berghoff.

Burscheid nickte. »Sehr gut bezahlt sogar.«

Der Mäzen der Beschützer seufzte, vielleicht etwas zu theatralisch. »Gut. Stellen Sie eine Liste zusammen.« Er schüttelte den Kopf. »Ich habe es angefangen, also kann ich es auch gleich richtig machen.«

Kapitel 20

Katt saß im Erste-Klasse-Wagen des TGV nach Saarbrücken und betrachtete mit großem Unwillen das Display seines Smartphones. Es mochte sein, dass die Bahn ihm kostenlosen WLAN-Zugang zubilligte, gleichzeitig aber stellte sie leider nicht die notwendige Infrastruktur zur Verfügung, damit dieser auch funktionierte. Er gab es schließlich auf und schaltete wieder auf das Mobilfunknetz um. Sein Telefon war ein Import aus China, denn nur dort waren die Hersteller der Ansicht, dass man Kunden einen Gefallen tun würde, wenn man mehr als einen Sim-Card-Slot verbaute. Wenn er die beiden größten Mobilnetze Deutschlands kombinierte, hatte er meist irgendwo irgendwie Empfang, selbst in dem sanft und leise murmelnd vor sich hin gleitenden Zug.

Es dauerte, bis sich endlich die Nachrichtenportale aufbauten, die er mehr aus Langeweile als aus echtem Interesse aufgerufen hatte. Zwei Schlagzeilen fielen ihm sofort ins Auge. Da war zum einen die Ankündigung der Bundesregierung, eine rechtliche Regelung für den Einsatz der sogenannten »Beschützer« zu finden, die aus dem Nichts aufgetaucht und in Frankfurt einiges an Aufsehen erregt hatten. Katt las dies mit plötzlich erwachtem Interesse. Würde das bedeuten, dass auch er künftig in der Lage sein würde, zwar weiterhin im Verborgenen, aber doch einigermaßen legal zu agieren? Die Idee belebte ihn mehr als der überteuerte und viel zu bittere Kaffee, den ihm die Zugbegleiterin vor Kurzem gebracht hatte. Als er weiterlas, spürte er aber sogleich Ernüchterung. Die meisten Kommentatoren gingen von einer – was für ein alberner Begriff – »Lex Beschützer« aus, also einer Regelung, die sich ausschließlich auf diese Gruppe bezog. Wollte er Mitglied eines solchen Teams werden?

Er beantwortete sich diese Frage selbst mit einem Kopfschütteln. Er war einfach kein Teamspieler. Er musste die Dinge alleine machen. Und die Erfahrung lehrte ihn, dass alle, die in seine Angelegenheiten hineingezogen wurden, es früher oder später bereuten. Katt war nicht rücksichtslos genug, um jetzt gleich weitere potenzielle Opfer zu erschaffen, nur um dem eigenen Geltungsbewusstsein zu genügen. Das war angeknackst genug. Er musste erst einmal ein neues Selbstbild akzeptieren, ehe er sich ernsthaft mit derlei zu befassen in der Lage war.

Die zweite Meldung war in gewisser Hinsicht mit der ersten verbunden. Es gab ein Foto, ein erstes Gruppenfoto der Beschützer, so eine Art Public-Relations-Aktion. Das konnte Katt nachvollziehen. Je mehr andere über einen sprachen, desto größer wurde die Notwendigkeit, zumindest teilweise wieder etwas Kontrolle über das Erzählte zu gewinnen. Mit Interesse stellte er fest, dass die Truppe größer war, als er angenommen hatte. Eine Art Doktor Brinkmann mit Maske, drei Damen, die mit ihrer Kleidung auch in jenen Filmen auftreten könnten, in denen in jeder Ecke plötzlich Stroh liegt, eine junge Frau, von der man kaum etwas erkennen konnte, so sehr glühte sie, und eine Art Roboter, eine mächtig große und sehr beeindruckend aussehende Maschine. Eine illustre Truppe. Katt spürte in sich eine gewisse Neugierde, wie es wohl wäre dazuzugehören.

Er schob diesen Gedanken beiseite. Nichts sprach dafür, dass jemand wie er überhaupt Aufnahme in diesen illustren Kreis finden würde. Und er war sich weiterhin nicht sicher, ob das überhaupt gut für ihn war.

Das monotone Fahrgeräusch des TGV machte ihn müde. Als er die Augen öffnete, war er in Kaiserslautern angekommen, blinzelte müde, trotz des Kaffees, und schaute durch die Scheibe auf den Bahnsteig. Die Leute hasteten hin und her, jemand hielt einen Zugbegleiter am Arm und fragte irgendwas, hektische, rote Flecken im Gesicht. Zwei verwirrt aussehende Rucksacktouristen starrten abwechselnd auf ihre Smartphones und den Fahrplanaushang. Und wenige Schritte weiter standen, dicht gedrängt, drei Männer in Sakkos und teuren Mänteln, die Aktentaschen zwischen den Füßen auf dem Boden, in der Raucherecke. Sie sogen heftig an ihren Zigaretten, warfen immer wieder Blicke auf die Uhr. Einmal noch Nikotin nachtanken, ehe die Quälerei der langen Fahrt begann und man irgendwann sehr, sehr nervös wurde.

Katt schaute auf die Schuhe, die eleganten Brillen und die Armbanduhren, Details, die er fast unbewusst wahrnahm. Diese Herren, so seine Schlussfolgerung, waren auf dem Weg nach Paris. Der TGV benötigte von Saarbrücken bis in die französische Hauptstadt keine zwei Stunden und man musste keinen langwierigen Transfer von Charles de Gaulle einplanen.

Es dauerte nicht lange und der Zug bewegte sich wieder. Bis Saarbrücken, dann würde Katt aussteigen und die letzte Etappe des Weges zu seinem Wochenendhaus antreten. Für einige Zeit, das war seine Hoffnung, wäre dann Ruhe eingekehrt.

Er sah auf, als er merkte, dass die drei Männer sich, wie nicht anders zu erwarten war, in der ersten Klasse ihre Plätze suchten. Sie rochen nach einer Mischung aus kaltem Zigarettenrauch und teurem Eau de Toilette oder Aftershave. Katt wunderte sich, wie intensiv er den Geruch wahrnehmen konnte. Es war, als seien seine fünf Sinne feiner und aufnahmebereiter geworden, vielleicht auch eine Spätfolge der Medikamente, die er zu sich genommen hatte. Die drei Männer setzten sich etwa fünf Meter von ihm entfernt zusammen, beugten die Köpfe zueinander und murmelten.

Katt verstand jedes Wort.

»Wo sind die anderen?«

»Wagen 7. Ich habe eine Meldung bekommen.«

»Melde auch, dass wir das Ziel im Blick haben, wie angekündigt.«

Katt versteifte sich unwillkürlich. Das war nicht ganz die Konversation, die er von Geschäftsleuten auf dem Weg zu einem Termin erwartet hätte. Er schloss die Augen und tat so, als sei er zu müde, um seiner Umgebung größere Aufmerksamkeit zu schenken, und konzentrierte sich auf sein Gehör. Eine unangenehme Ahnung beschlich ihn.

»Er scheint zu schlafen«, hörte er und dann wusste er, dass er gemeint war. Er beherrschte sich mustergültig, zwang sich ruhig und langsam zu atmen, kratzte sich etwas unwillig am Kinn, wie jemand, der gerade auf der feinen Grenze zwischen Schlaf und Wachzustand tanzte.

»Es wäre eine gute Gelegenheit«, meinte ein anderer. »Im Wagen sind insgesamt achtzehn Fahrgäste. Wenn wir die Granaten werfen, sind die so schnell bewusstlos, wir können sofort zuschlagen.«

»Wir warten auf Team 2«, sagte der Dritte.

»Wozu warten? Wir schaffen das alleine. Wir sind zu dritt, er ist einer und er ist nicht mehr als ein Junkie, der zu neugierig war und jetzt den Schwanz einkneift. Den erledigen wir im Handumdrehen.«

»Wir warten noch einen Moment«, sagte der Dritte bestimmt und in seiner Stimme schwang Autorität mit. Er schien der Anführer zu sein. »Die Fluchtfahrzeuge müssen in Position sein. Wir sollen diesmal eine Auseinandersetzung mit der Polizei vermeiden. Wir sind ohnehin schon zu sehr aufgefallen.«

Gemurmelte Zustimmung antwortete ihm. Katt wagte es, ein Augenlid einen winzigen Spaltbreit zu heben. Nur einer der drei schaute in seine Richtung, die anderen hatten große Tageszeitungen aufgeschlagen, die den Großteil ihrer Oberkörper verbergen mussten. Dahinter konnte man dann auch elegant die Betäubungsgranaten vorbereiten, von denen gerade eben die Rede gewesen war.

Wie hatten sie ihn gefunden?

Er holte tief Luft. Seine Ausrüstung war im Koffer, auf dem Weg mit einem Frachtkurier. Er hatte nichts dabei außer einer kleinen Umhängetasche und dem, was er am Leib trug – alles wenig geeignet, um die Wirkung einer Betäubungsgranate zu kompensieren. Natürlich, vielleicht wirkte so ein Gas auch gar nicht auf ihn – er stellte ja in letzter Zeit einige durchaus bemerkenswerte Fähigkeiten an sich fest und vielleicht gehörte ...

Ach was.

Katt blinzelte, gähnte, reckte die Arme, kratzte sich hinter dem Ohr, warf einen Blick aus dem Fenster, setzte einen gequälten Gesichtsausdruck auf. Dann erhob er sich, schaute den Gang in eine Richtung, sah das rote Toilettenzeichen, dann in die andere Richtung, da war es grün, und setzte sich langsam in Bewegung, scheinbar, um einem Geschäft nachzugehen. Er trug sein Täschlein bei sich, und bedauerte es nur, seinen Mantel wahrscheinlich niemals wiederzusehen. Er war aus Kaschmir, ein gutes Stück, maßgeschneidert und sündhaft teuer. Das war schon ein wenig traurig. Alle wichtigen Dokumente führte er, aus alter Gewohnheit, jedoch immer am Leib.

Er marschierte bis zur Toilette, öffnete sie, wich für einen Moment zurück. Was genau manche Zeitgenossen dazu trieb – in einem Wagen erster Klasse dazu –, die Schüssel bis zum Bersten vollzukacken und das Ergebnis der harten Arbeit für alle sichtbar zu hinterlassen, anstatt die Spülung zu betätigen ... es gab Mysterien, die würde Katt niemals begreifen. Hatte der Verursacher Angst, eine Explosion auszulösen?

Katt spülte. Der Mist wurde anstandslos verschluckt. Etwas Zivilisation musste sein.

Er verharrte einen Moment, legte sich einen Plan zurecht. Er war im vordersten Wagen des Zugs eingestiegen; die Wahrscheinlichkeit, dass die Kameraden seiner Freunde im nächstgelegenen Platz genommen hatten, war hoch. Es wäre wohl das Beste, wenn er direkt agieren würde. Angriff war normalerweise die beste Verteidigung, aber ein Sprung aus dem Zug oder andere waghalsige Manöver waren nicht empfehlenswert und er wollte niemanden gefährden. Was er jetzt vorhatte, war riskant genug und er hoffte, dass er richtig mitgehört hatte: ein Gemetzel unter Unbeteiligten musste verhindert werden. Darauf basierte sein Plan.

Katt reckte sich. Es galt jetzt, keine Zeit mehr zu verlieren.

Er verließ die Toilette und starrte direkt auf die vor ihm an der Wand befestigte Auslösevorrichtung der Notbremse. So etwas tat ein anständiger Bürger nicht. Wie gut, dass er nie anständig gewesen war.

Katt griff zu. Ein entsetzlicher Ruck ging durch den fahrenden Zug, als die Notbremse mit einem hellen Kreischen ausgelöst wurde. Aus dem Fahrgastbereich gab es aufgeregte Rufe. Katt war mit einem Schritt bei der Tür, starrte aus dem Fenster, dann, mit einer zweiten, entschlossenen Bewegung, riss er den Notöffnungshebel zur Seite. Mit einem protestierenden Schmatzen löste sich die Schiebetür aus der Gummimanschette. Fahrtwind drang hinein, wirbelte sein Haar auf. Der Zug verlangsamte sehr schnell, ruckelte unwillig und Katt kalkulierte ...

Eine Hand ergriff ihn an der Schulter.

Kein Zugbegleiter. Einer der Typen im guten Anzug, die er belauscht hatte. Er sah ... verärgert aus. Überrascht. Das war gut, beides sogar. Der schnelle, gezielte Schlag von Katts Rechter in den Magen kam ebenfalls überraschend. Der Mann stieß ein Ächzen aus und klappte nach vorne, keuchte noch einmal, dann traf ihn Katts Knie unters Kinn und er verdrehte die Augen.

Seine Kollegen kamen. Zeit zu gehen.

Katt sprang und er hatte Glück. Kein Signalmast und an der Böschung tiefes Gras. Er rollte sich ab, als er auf den weichen Grund prallte; dennoch tat es weh. Der Zug war noch nicht zum Stillstand gekommen und der Schwung trug ihn weit. Als er zur Ruhe kam, wusste er, dass er Prellungen davongetragen hatte, und als er aufstand, protestierte sein rechtes Knie. Er unterdrückte den Protest. Gute dreißig Meter weiter hielt der Zug ächzend an. Aus der geöffneten Zugtür sprangen behände fünf Männer, offenbar der gesamte Rest des Teams. Ihre Bewegungen, fließend und sicher, passten nicht zu dem feinen Zwirn, den sie trugen, und als sie aus ihren Aktentaschen Waffen zogen, war sofort klar, welcher Art von Geschäft sie nachgingen.

Es ging nicht um Akquisition und Handel. Es ging auch nicht um Kredite oder Beteiligungen. Es ging um Liquidation, daran bestand nun kein Zweifel mehr.

Doch Harald Katt war keine Position, die sich so einfach auflösen ließ. Den Schmerz im Knie ignorierend, hastete er los. Hier gab es nur wenige Gebäude, aber es gab eine Landstraße und die war ordentlich befahren. Er hasste sich selbst dafür, aber er musste in Bewegung bleiben und sich verstecken. Er konnte und wollte seine Fähigkeiten noch nicht verraten, wollte trennen zwischen dem Nachtmenschen und Katt. Das ging nur, wenn er sich auf den Weg machte und Abstand zu seinen Verfolgern hielt.

Oder sie empfing, wo es keine Zeugen gab.

Es waren fünf.

Katt lächelte.

Das waren albern wenig.

Er rannte. Zugbegleiter sprangen heraus, fluchend, und alle hatten sie Telefone am Ohr. Die Gegend war etwas abseits, aber es konnte nur noch Minuten dauern, bis die Polizei hier auftauchte. Das war sowohl für Katt wie auch seine Verfolger eine schlechte Situation. Er hechtete über die Wiese, sprang wenig elegant, aber wirkungsvoll über einen Weidezaun und nahm eine verfallen aussehende Hütte ins Visier. Er hörte hinter sich kein Rufen und kein Fluchen, die fünf Männer folgten ihm mit professioneller Verbissenheit. Er stellte zu seiner Überraschung fest, dass keine Schüsse fielen. Wenn der Trupp keine Schusswaffen bei sich hatte, würde das seine Chancen deutlich erhöhen.

Er stürmte in die Hütte, deren Tür ihm keinen nennenswerten Widerstand bot. Einige alte, rostige Werkzeuge hingen an der Wand, ansonsten gab es nur einen großen Kasten, der offenbar Futtermittel enthielt für Tiere, die derzeit nicht auf der Weide standen. Katt reagierte schnell. Er hatte nicht viel Zeit. Die alte Heugabel machte keinen vertrauenerweckenden Eindruck, er riss sie von der Wand und steckte sie tief in die Körner, bedeckte sie mit dem Zeug, bis sie nicht mehr zu sehen war. Kein Grund, seinen Gegnern eine Waffe an die Hand zu geben. Etwas solider wirkte die kurze Schaufel, einem alten Klappspaten nicht unähnlich, die daneben hing. Er griff nach ihr, wog sie in der Hand … hörte die Schritte … drehte sich fließend um und knallte das Schaufelblatt mit Wucht in das Gesicht des ersten Mannes, der über die Türschwelle getreten war.

Es gab ein hässliches, dumpfes Geräusch, als das Nasenbein brach und ein roter Schwall Blutes aus der Nase schoss. Der Mann taumelte zurück, das Gesicht schmerzverzerrt, in einen Kameraden herein, der ihn achtlos zur Seite schob und auf Katt eindrang.

Die Schaufel kreiste erneut. Katt wusste, was zu tun war, wollte er sich selbst und seine Identität schützen. Er ging kompromisslos vor und effektiv. Diesmal traf die Seite der Schaufel, rostig, schartig und brutal. Sie riss den Hals des Angreifers auf. Blut spritzte und mit einem Gurgeln ging der Mann zu Boden. Draußen gab es Rufe. Offenbar waren die drei übrigen Männer nun gewarnt und unsicher. Von einem Aktienhändler hatten sie diese Art von Gegenwehr sicher nicht erwartet.

Katt kam zu ihnen. Auch damit hatten sie nicht gerechnet.

Er sprang durch die Tür, die Schaufel fest mit beiden Händen ergriffen. Es ging schnell, denn er war schnell und überraschte sie mit einer Kraft und Wendigkeit, die sie hinwegfegte wie ein Sturm. Ein Tritt mit dem Fuß, geschwungen aus der Hüfte, den Oberkörper fast horizontal, und ein Angreifer fiel zu Boden. Ein zweiter warf sich ihm entgegen und ihn traf der Spaten in den Magen, mit Wucht nach vorne gestoßen. Stoff riss und dann die Haut, die Magenwand. Blut schoss aus der breiten Öffnung, der Anzug war sofort durchtränkt, und der Getroffene sackte nach vorne, der Blick glasig und das Gesicht schmerzverzerrt. Der Dritte hatte seine Gelegenheit abgewartet – und eine Waffe in Händen: ein langes, dünnes Messer. Er hielt es wie jemand, der sich damit auskannte.

Vier Männer am Boden, einer tot, einer sterbend. Doch der letzte noch aktive Kämpfer zeigte weder Angst noch Zögern. Ausbildung? Konditionierung? Drogen? Katt fasste einen Entschluss, geboren aus einer kurzzeitigen Eingebung. Vier von diesen Mördern würden sterben. Aber einen würde er am Leben lassen und er würde ihn befragen. Die

Quelle vor Augen und in den Händen würde er endlich erfahren, was hier gespielt wurde.

Katt zuckte zurück. Der Stoß mit dem dünnen Messer war schnell gewesen, von Meisterhand ausgeführt. Beinahe hätte er die fließende Bewegung nicht bemerkt. Er war beeindruckt, drehte sich aus dem Stoß heraus, dann traf ihn die Kante der anderen Hand empfindlich am Arm und lähmte ihn sofort. Katt tat, als würde er zurückstolpern. Er wusste nicht, welchen Nerv der Schlag getroffen hatte, aber sein linker Arm war taub und ließ sich nicht bewegen.

Das musste er lernen. Wenn das hier vorbei war – das musste er unbedingt lernen!

Doch erst ... er stolperte noch weiter zurück und er bemühte sich um einen verwirrten Gesichtsausdruck, der seine kühle Kalkulation überdecken sollte. Doch seinen Gegner schien er damit nicht zu beeindrucken. Dessen Gesicht blieb ohne jede Regung. Es war schwierig, so jemanden zu ...

Da stolperte er richtig. Der am Boden liegende, mittlerweile regungslose Mann, dem er den Bauch geöffnet hatte: ein Hindernis, über das Katt zu Boden ging, der, zu seinem Leidwesen, trotz all seine neu gewonnenen Fähigkeiten immer noch keine Augen im Hinterkopf hatte.

Er drehte sich im Fallen, um den Sturz abzufangen. Das gelang ihm gut. Der heftige Tritt gegen seinen Kopf kam wie angekündigt und er schlug seitlich auf den Boden, stieß einen Fluch aus. Seine Abwehr wurde erneut durchbrochen und dann kam der heiße Schmerz der Klinge, die sich in sein rechtes Bein bohrte, und das Blut floss warm seine Haut entlang, tränkte die Hose.

Der Angreifer war effektiv. Er war schnell. Katts Kräfte erlahmten. Einen weiteren Angriff wehrte er noch ab, doch dann stieß das Messer erneut zu, durchbohrte seine Schulter mit chirurgischer Präzision, direkt über dem rechten Arm, der sofort an Kraft verlor.

Er will mich nicht töten, schoss es durch Katts Kopf, als ihm schlecht wurde. *Er will es machen, wie ich es vorhatte!* Er schaute nach oben, blickte in das harte, reglose Gesicht des Mannes, der das blutige Messer in Händen hielt, sein Opfer genau musterte, auf der Suche nach einem weiteren, lohnenden Ziel, doch es war kein weiterer Angriff nötig. Katt hustete, kämpfte verzweifelt um sein Bewusstsein. Er riss die Augen auf und starrte seinen Feind trotzig an, sah noch, wie dieser den Fuß hob, genau abschätzte und dann hart zutrat.

Katts Kopf explodierte vor Schmerz.

Es war für ihn gelaufen.

Kapitel 21

»Ich habe einiges recherchiert«, sagte Burscheid und blickte in die Runde. Seit der Aufnahme des Teslamannes und Himawaris in das Team waren erst drei Tage vergangen, doch sie kamen ihm wie Wochen vor. Hatte er jemals so viel in seinem Leben gearbeitet? Hatte er jemals so wenig geschlafen? Er konnte sich gar nicht daran erinnern.

Als er die Versammelten ansah, erkannte er weitere Müdigkeit. Niemand hatte sich geschont. Seit drei Tagen saß Sternberg im technischen Labor und werkelte am Teslamann herum. Derzeit tat er nichts anderes, als die Mechanik auszubessern und alle Verschleißteile zu erneuern. Er hatte Ideen für technische Verbesserungen – vor allem für die Miniaturisierung derzeit installierter Bauteile, die zu seiner Zeit einfach nicht kleiner herzustellen waren –, doch das musste warten. Er hatte Burscheid gegenüber angedeutet, dass die einzig sinnvolle Möglichkeit sei, einen komplett neuen Teslamann zu bauen, der die Möglichkeiten moderner Materialien, Technologien und vor allem der Energieerzeugung zur Perfektion brachte. Bis dahin würde aber noch einiges an Zeit vergehen und Sternberg benötigte Hilfe, fähige Ingenieure und Techniker, die zu finden natürlich in diesen wenigen Tagen unmöglich gewesen war.

Der Rest des Teams hatte miteinander geübt, um zumindest eine Art Gefühl füreinander zu bekommen. Die Fähigkeiten Himawaris waren beeindruckend. Sie beherrschte sichtbare und unsichtbare Frequenzen und konnte tödliche Strahlung aussenden. Sie war dabei sehr vorsichtig, nahezu ängstlich, und musste erst von den anderen zu Höchstleistungen angetrieben werden. Es zeigte sich, dass auch sie an ihre Grenzen stieß. Strahlte sie ein entsprechend hohes Energievolumen aus, benötigte sie eine längere Regenerationszeit, wie eine Batterie, die sich erst einmal aufladen musste. Ihre Fähigkeiten wurden also durch den Akku begrenzt, was auch immer dieser im Einzelnen sein sollte. Himawari schien beinahe erleichtert über diese Erkenntnis zu sein. Allmacht war wohl ein Konzept, das ihr eher Angst bereitete als Zuversicht.

»Ich habe nicht nur recherchiert, ich habe auch viele Freunde angerufen. Alte Bekannte, die mir noch etwas schuldig sind – und die jetzt sehr bereit sind zu helfen, nachdem die Regierung uns mehr oder weniger offiziell als die Guten klassifiziert hat.«

Die Nachricht war sogar über die offiziellen Nachrichtenkanäle gekommen und hatte sie alle sehr beeindruckt. In einem legalen Vakuum zu arbeiten barg immer große Risiken in sich. Wenngleich die genauen rechtlichen Regelungen auch noch nicht klar waren, da die Mühlen der Bürokratie erwartungsgemäß sehr langsam mahlten, war die Ankündigung von Kanzler Bettmann allein bereits genug, um so manchem einen Stein vom Herzen fallen zu lassen.

»Jedenfalls ist sowohl dieses Konsortium, das hinter der geheimen Energieforschung steht, wie auch jene Organisation, die das Gemetzel am Krater verursacht und Himawari und den Teslamann gejagt hat, im Schatten verborgen. Ich habe Zeugenaussagen gesammelt, die offiziellen Aufzeichnungen durchsucht, meine Kontakte bei BKA, BND und MAD bemüht und muss einräumen – das Ergebnis ist richtig mager. Wir wissen, dass es irgendwo unweit Stuttgart eine Basis geben muss. Es gibt Hinweise auf Technologie, die der allseits bekannten überlegen zu sein scheint. Es ist alles sehr verwirrend und ich wünschte, ich könnte Ihnen mehr sagen. Nun, etwas mehr habe ich. Ein Strohhalm, den wir ergreifen werden, da uns nichts anderes übrig bleibt.«

Eine Projektion flammte über dem Beratungstisch auf, gespeist durch 3D-Projektoren. Das getreue Abbild eines Mannes in einem gut geschnittenen Anzug war zu erkennen. Er wirkte geschäftsmäßig, sah nicht schlecht aus und verbarg Muskeln unter dem feinen Zwirn.

»Dieser Mann heißt Katt. Er arbeitet, vielmehr arbeitete bis vor Kurzem, für die Investmentabteilung einer nicht unwichtigen Bank in Frankfurt. Anlageberater, Fondsmanager, Aktienhändler. Nach allem, was wir wissen, ein sehr erfolgreicher. Wohlhabend. Nicht ganz so reich wie unser Gönner hier, aber wenn er so weitermacht und noch ein paar Jahre drauflegt, wäre er nicht mehr weit entfernt.«

»Sie wissen gar nicht, wie reich ich bin«, kommentierte Berghoff.

Burscheid grinste ihn an. »Wir müssen gar keinen großen Schwanzvergleich starten«, fuhr er fort, um sich sofort missbilligende Blicke der anwesenden Damen einzuhandeln, soweit er diese erkennen konnte. Himawaris Gesicht verbarg sich weiterhin hinter einer sanft schimmernden Aureole. »Er hat gekündigt, sehr plötzlich. Zuletzt hat es wohl Probleme gegeben. Er hat einen großen Coup gelandet und Aktien jener Konzerne verkauft, die kurz darauf mit der Explosion und ihren Folgen ins Rampenlicht traten und mächtig an Prestige verloren haben. Und ihr Kurs ist in den Keller gerasselt.«

»Ein Insidergeschäft«, mutmaßte Berghoff.

»Ja, scheint so. Er hat eine Menge Geld gemacht und seine Anleger vor Verlusten gerettet und daher ist ihm in der Bank niemand böse. Aber woher hatte er seine Informationen?«

Ein weiteres Bild erschien und zeigte die rauchenden Ruinen eines Gebäudes.

»Ein kleines Wochenendhaus. Völlig abgebrannt. Die Feuerwehr hat deutliche Hinweise auf Brandbeschleunigung entdeckt. Eindeutig Brandstiftung. Es gehörte einem Arzt, Bodemann mit Namen. Seine Leiche wurde mit Mühe identifiziert. Daneben gab es weitere Tote, die in den Resten gefunden wurden. Viel war nicht übrig, mit dem die Forensiker arbeiten konnten. Das Feuer war sehr, sehr gründlich gewesen. Dennoch, es gab vier weitere Leichen: drei Männer, eine Frau. Die Männer konnten bisher nicht identifiziert werden, die Frau schon. Sie arbeitete in einem der drei betreffenden Konzerne. Sie war mit Katt liiert, dafür gibt es Hinweise. Und er war mit dem Arzt bekannt. Wir können nur spekulieren, was dort vorgefallen ist, aber es dürfte keine zu wilde Spekulation sein, wenn wir davon ausgehen, dass die tote Frau möglicherweise Katts Quelle gewesen war.«

»Ein Haufen Toter. Wo ist dieser Katt?«, fragte Dr. Hand und betrachtete die nun folgenden Bilder der verkohlten Leichenreste mit professionellem Interesse.

»Wir wissen es nicht. Er ist aus seiner Wohnung verschwunden. In die übrigens eingebrochen wurde. Die Polizei hat alles fotografiert. Der Mann hatte ein interessantes Privatleben, so viel habe ich herausfinden können. Hatte sich sein privates Trainingszentrum gebaut, sehr beeindruckend. Und war auf ständigen Drogen- und Partytrips, mit Freunden bei der russischen Mafia. Kein Engel.«

»Wie hilft uns das weiter? Es scheint, er ist jemandem auf die Füße getreten, Engel oder nicht, und jetzt ist er weg – entweder aus Angst untergetaucht oder es haben ihn jene erwischt, die auch das Feuer gelegt haben.« Sin Claire fasste sicher zusammen, was die meisten dachten. Niemand widersprach, außer Berghoff, der seinen Assistenten mit zu Schlitzen zusammengedrückten Augen ansah.

»Das sieht einfach aus«, sagte der alte Mann mit nachdenklicher Stimme. »Aber es ist zu simpel, um wahr zu sein. Diese Geschichte ist nicht simpel. Uns entgeht gerade etwas.«

»Uns entgeht eine Menge«, erwiderte Burscheid unbeeindruckt. »Wir müssen mit diesem Katt reden und mehr erfahren.«

»Aber er ist verschwunden«, erinnerte ihn Sin Claire.

»Nun, bis vor einer Stunde war er das auch. Dann aber wurde der TGV zwischen Kaiserslautern und Saarbrücken durch einen Nothalt gebremst. Männer sprangen heraus, erst einer, dann eine Gruppe von Verfolgern. Ich darf Ihnen mal die Bilder der Bahnsteigkameras vom Bahnhof in Frankfurt zeigen, die die Minuten vor der Abfahrt zeigen. Schauen Sie genau hin!«

Wieder wechselte die Darstellung. Ein Bahnsteig wurde sichtbar, daneben der schlanke Leib des Zuges, ein Gewimmel von einsteigenden Fahrgästen. Burscheid hielt das Bild an. Ein Mann betrat den Zug und schaute noch ein letztes Mal zur Seite, direkt in die Kamera.

»Katt«, sagte Dr. Hand und lächelte. »Burscheid, ich mag Ihre Methoden.«

»Lassen Sie das keinen Datenschutzbeauftragten wissen.«

»Wir haben ja auch keinen Frauenbeauftragten!«, sagte Hand lächelnd und handelte sich damit böse Blicke aus drei Augenpaaren ein, sowie wahrscheinlich eines vierten, das konnte man nur ahnen. Während die Männer sich mit einem leicht chauvinistischen Unterton angrinsten, schaute Sternberg verwirrt von der einen Seite zur anderen. Es würde eine Weile dauern, bis er diese Art von Scherzen zu würdigen wusste.

»Können wir jetzt zum Thema zurückkommen?«, fragte Sin Claire mit einem eisigen Unterton. Die Stimmung wurde sogleich wieder ernst. »Mir scheint, wir wollen diesen Katt. Vor einer Stunde, haben Sie gesagt? Dann ist er nicht weit. Ich will ihn.«

Normalerweise würde dies aus dem Munde einer attraktiven Frau verheißungsvoll klingen, in diesem Fall aber war kaum mit einem Techtelmechtel zu rechnen. Burscheid nickte.

»Der Kopter ist startbereit. Zwei von uns – Sin und Himawari – können fliegen, wenngleich Letztere noch nicht viel Übung darin hat.«

»Ich komme zurecht«, sagte die Japanerin hinter ihrer Aureole.

»Dann schlage ich vor, dass wir sofort loslegen. Wenn wir es schaffen, den Mann zu finden, könnten wir wertvolle Erkenntnisse gewinnen. Ich habe etwas, das uns helfen wird.«

Burscheid wies auf den Karton, den er die ganze Zeit vor sich auf dem Tisch hatte stehen lassen, ohne auf seinen Inhalt einzugehen. »Unsere Gegner verfügen über eine fortschrittliche Technologie. Glücklicherweise erlauben uns Geld und Geschäftskontakte von Herrn Berghoff, an Prototypen zu kommen, die eigentlich noch gar nicht zugelassen sind. Das hier ist so ein Prototyp. Aus Japan übrigens.« Er warf Himawari einen Blick zu, ohne dass die Aureole als Reaktion auch nur flackerte. Er öffnete den Karton und zog drei flache Geräte hervor, nicht größer als ein Smartphone und von ähnlicher Form, nur mit einer etwas spitzer zulaufenden Oberseite.

»Das ist ein DNA-Spürer. Er kann auf eine Entfernung von einhundert Metern DNA identifizieren und Spuren verfolgen. Sehr hilfreich. Es gibt noch eine gewisse Toleranzschwelle, aber wir arbeiten an der Software.«

»Haben wir Katts DNA?«, fragte Sin Claire und ergriff ein Gerät, um es kritisch zu betrachten.

»Sagte ich nicht, dass ich mir Zutritt zu seiner Wohnung verschafft habe?«

Claire grunzte etwas.

»Er ist einprogrammiert. Das Gerät, eine kleine, elektronische Schnüffelnase, spricht automatisch an, wenn es in Reichweite ist, und zeigt im Fall einer verwertbaren Spur eine Richtung an. Ich hoffe, dass die Spürer halten, was sie versprechen.«

»Was ist das? Bananenprinzip? Das Produkt reift beim Kunden?«, murmelte Sin Claire, steckte sich aber trotzdem eines der drei ein, ehe jemand anders schneller war. Hand nahm ein zweites und überreichte Himawari das dritte. »Die Fliegenden sollten es haben. Ihr seid unsere Späher, gewöhnen wir uns daran.«

Niemand widersprach, auch nicht die beiden Frauen, die sich als Erste erhoben.

»Ich aktiviere den Teslamann«, beeilte sich Sternberg zu sagen, begierig dabei sein zu dürfen. Er hatte den metallenen Anzug binnen kürzester Zeit einsatzbereit. Es war immer noch die alte Technologie, aber generalüberholt und voll funktionsfähig.

Sie eilten in den Hangar, in dem der mächtige Kopter der Beschützer stand. Als sich das große Hangartor über ihnen öffnete, schwangen sich Sin Claire und Himawari gleichzeitig in die Luft, ein faszinierender Anblick, der auch bei den Herren der Schöpfung den Puls schneller schlagen ließ. Und möglicherweise eine winzige Spur von Neid auslöste.

Der Kopter kam auf Touren, als auch der letzte der erdgebundenen Helden einstieg. Dies war ihr erster gemeinsamer Einsatz und alle waren sie etwas aufgekratzt.

Berghoff sah nach oben und beobachtete den lärmenden Start des Kopters. Er war nicht aufgeregt.

Aber er hatte Angst.

Kapitel 22

Katt unterdrückte ein Keuchen und jede Bewegung, als er aus der Bewusstlosigkeit erwachte. Er ahnte instinktiv, dass er nicht halb so lange ausgeknockt bleiben würde, wie seine Gegner es erwarteten, und verharrte daher in der liegenden Position, flach atmend, Augen geschlossen. Er spürte Schmerzen am ganzen Körper, aber auch den sanften Druck eines Verbands und in seinem Körper rumorte ein Schmerzstiller, den er so deutlich spürte, dass er sich fragte, ob Medikamente künftig alle diesen Effekt auf ihn haben würden. Es gab Überempfindlichkeiten, die er sich nicht leisten konnte, und wenn jede Aspirin seine Aufmerksamkeit auf biochemische Prozesse in seinem Körper lenken würde, wäre das kontraproduktiv.

Er zwang seine Gedanken zur Ruhe.

Er lauschte.

Es schaukelte sanft. Ein Fahrzeug. Es fuhr ruhig und stetig, auf einer befestigten Straße. Er hörte Atmen. Zwei weitere Personen befanden sich in unmittelbarer Nähe, ausgeruhte Männer. Es war anzunehmen, dass zumindest einer ihn ständig im Blick hatte. Niemand sprach.

Der Wagen bog ab. Die Fliehkraft drückte Katt in Gurte, die um seinen Oberkörper gespannt waren. Auch seine Fußknöchel waren ähnlich fixiert. Man überließ nichts dem Zufall. Es war besser, jetzt erst einmal die Ruhe zu bewahren und jede Bewegung zu vermeiden. Abwarten.

Katt gemahnte sich zur Ruhe. Er spürte die Angst in sich aufkeimen, ein unerwartetes Gefühl. Er war allein. Er war immer allein gewesen, aber diesmal war es anders. Es vereinte sich mit Hilflosigkeit, ein Gefühl, das er erst erfahren hatte, als er seine Diagnose gestellt bekam und nicht mehr wusste, wohin sein Leben gehen würde. Und jetzt fühlte er diese Mischung besonders intensiv und sie widersprach so sehr dem Bild, das er von sich selbst hatte. Er war nicht mehr der Macher, der alles im Griff hatte, nicht mehr derjenige, der wusste, tat, überlegen war, immer den richtigen Weg beschritt. Der niemanden brauchte außer seinen Verstand, sein Geld und seine Arroganz. Die Zeit war vorbei, und seine gnadenlose Selbstüberschätzung hatte ihn in diese Situation gebracht.

Er bekam, hier und jetzt, eine ordentliche Depression. Auch das würde ihm nicht helfen. Jetzt war nicht der Zeitpunkt, um aufzugeben. Er würde dies hier nur überleben, wenn sich ein Ausweg zeigte. Oder er sich einen erarbeitete.

Es lief alles schief. Der Gedanke drängte sich wieder nach vorne. Wie übte man über so eine Art des Defätismus Kontrolle aus? Er hatte versagt. Seine Gegner waren sicher nicht dumm. Die Art und Weise, wie er seine Angreifer kaltgestellt hatte, ließ doch nur einen Rückschluss zu: Er war mehr, als er schien. Ihn mit Nachtmensch in Verbindung zu bringen, war eine Sache weniger Rückschlüsse und durchdachter Korrelationen. Er sah sich bereits in einem Folterkeller – und sobald er gesungen hatte, auf einem Seziertisch. Beides keine erfreulichen Aussichten. Wieder musste er ein Seufzen unterdrücken.

Selbstmitleid.

Der größte Feind eines jeden Helden. Er durfte nicht zulassen, dass es von ihm Besitz ergriff.

Der Wagen fuhr über eine Unebenheit. Es ruckelte.

Einer der Männer sprach. »Der Kommandant wird sich freuen.«

»Wird er nicht. Zu viele Tote. Der Typ ist irre. Was für ein Gemetzel.«

»Er ist gut.«

»Das ist nicht normal.«

»Nicht unser Bier. Die Experten werden sich um die Sache kümmern.« Ein leises Lachen. »Wenn sie mit ihm fertig ist, ist er Gemüse.«

»Dann soll es so sein. Wir haben einen hohen Preis für ihn bezahlt.«

Katt spürte, wie sich die Anspannung in ihm aufbaute. Wie er es befürchtet hatte. Es gab nur eines, was schlimmer war als Selbstmitleid und böse Ahnungen: wenn sich beides als absolut berechtigt erwies. Das war die Hölle.

»Wir sind da.«

Katt hörte, wie die Türen des Wagens geöffnet wurden. Er lag auf einer Trage, so viel hatte er bemerkt, und diese wurde nun grob aus dem Fahrzeug gehoben. Da er mit Gurten festgezurrt war, nahm man keine große Rücksicht auf das Wohlbefinden eines Bewusstlosen, erst recht nicht eines, der ein Gemetzel unter den eigenen Kameraden angestellt hatte.

»Dort entlang.«

Katt spürte den Wind eher, als er das schraubende Geräusch hörte, das einen wartenden Helikopter kennzeichnete. Das war irritierend. Welcher Hubschrauber machte mehr Wind als Lärm? Entweder trug man ihn auf eine gigantische Luftmaschine zu, wie eine von diesen, die in indischen Filmen zu jeder unpassenden Gelegenheit eingeschaltet wurden, oder seine Häscher verfügten über hochmoderne Technologie. Letztere Möglichkeit, ohne Zweifel die wahrscheinlichere, ließ in Katt erstmals das Gefühl aufkommen, dass er mehr abgebissen hatte, als er verdauen konnte.

Er wurde erneut angehoben und mit einem harten Ruck auf einem harten Untergrund abgestellt. Etwas schnappte zu, wahrscheinlich wurde die Trage arretiert. Katt konnte seine wachsende Unruhe, seine aufkeimende Angst nicht mehr lange unter Kontrolle halten. Bewegung wurde hörbar, als weitere Personen in den Hubschrauber kletterten. Er konnte sich irren, aber es waren nach seiner Zählung drei.

Er stöhnte theatralisch auf und prüfte die Gurte, die ihn auf die Trage gefesselt hielten, indem er sich scheinbar ruhelos ein wenig hin und her bewegte. Sie saßen verdammt fest und er wusste instinktiv, dass er sie nicht mit einer plötzlichen Bewegung würde sprengen können. Er hatte Kraft, mehr als alle anderen Menschen, aber hier war an alles gedacht worden. Und für einen zweiten Versuch, dessen war er sich sicher, würde es keine Gelegenheit geben.

Es ruckelte heftig, das Gewimmer der Rotoren wurde lauter und heller. Der Hubschrauber hob ab. Etwas knallte zu und der Wind erstarb, die Zugangsöffnung war verschlossen worden. Katt fühlte in seinem Magen, dass der Helikopter schnell an Höhe gewann.

»Sie können mit dem Simulieren aufhören«, vernahm er die Stimme eines Mannes direkt an seinem Ohr. »Ich weiß, dass Sie längst erwacht sind. Respekt. Sie haben Nehmerqualitäten.«

Katt wusste, dass er nicht weiter so tun konnte, als ob. Er schlug die Augen auf. Der Mann, der sich über ihn beugte, nickte. Er trug eine Art Skimaske, nur seine kalten, blauen Augen waren zu erkennen.

»Freut mich, Herr Katt.«

Er sprach Deutsch, aber mit Akzent. Katt versuchte ihn einzuordnen. Niederländer oder Däne oder so was, aus dem Norden jedenfalls, da war er sich recht sicher.

»Wer sind Sie?«

»Mein Name würde Ihnen nichts sagen. Nennen Sie mich Schmidt.«

»Das erfüllt so ziemlich jedes schlechte Klischee, das ich kenne.«

»Das sagt mehr über Ihre Wahrnehmung von Populärkultur aus als über mich.«

Katt drehte den Kopf. Ja, sie saßen zu dritt im engen Laderaum des Hubschraubers. Durch ein Seitenfenster erblickte er das strahlende Blau eines schönen Tages.

»Wohin bringen Sie mich?«

»Meine Vorgesetzten wünschen mit Ihnen zu reden. Sie sind ein außergewöhnlicher Mann, Herr Katt. Habe ich Ihre Nehmerqualitäten bereits gelobt? Sie sind mindestens so gut wie Ihre Fähigkeit im Austeilen. Sie haben bedauerlicherweise Opfer unter meinen Männern verursacht.«

»Die mich angegriffen haben.«

»Nachdem Sie den Zug vorschriftswidrig stoppten. Wie haben Sie von den Absichten meiner Leute erfahren? Sie sollten sich sehr zurückhaltend benehmen.«

Katt presste die Lippen aufeinander und erwartete unwillkürlich einen ermunternden Schlag, doch der kam nicht. Die blauen Augen fixierten ihn mit großer Gelassenheit, sie gehörten zu einem Mann, der sich seiner Sache absolut sicher war.

»Ihre Widerstandskraft werden Sie nicht an mir abarbeiten müssen, Herr Katt«, kam dann die schon fast monoton klingende Antwort. »Ich habe andere Aufgaben, als Ihnen Antworten zu entlocken. Wir haben für so was Spezialisten.«

»Wer ist wir?«

Die Skimaske bewegte sich. Katt deutete es als ein Lächeln, das sich unter dem dünnen schwarzen Stoff abzeichnete.

»Sie schweigen, ich kann das auch. Wenngleich ich unser Gespräch durchaus genieße. Wie gesagt, ich halte Sie für einen außergewöhnlichen Menschen, Herr Katt. Ich rede gerne mit außergewöhnlichen Menschen, vor allem weil ich den Großteil meines Lebens mit recht gewöhnlichen verbringen muss.«

»Ihr Schicksal erfüllt mich mit tiefer Trauer.«

»Danke, vielen Dank. Ich freue mich über echte Empathie, sie ist heutzutage so selten. Jeder ist berufsempört, entweder über einen angenommenen oder tatsächlichen Missstand oder über andere Empörte, denen man vorwirft, sich über das Falsche aufzuregen. Wirkliche Empathie, nein, die ist selten.« Wieder das Lächeln. »Natürlich weiß ich, dass Sie ein Zyniker sind. Das wird man wohl in Ihrem Beruf.«

»Das scheint in Ihrem nicht anders zu sein.«

Der Mann antwortete nicht, schaute plötzlich ins Leere. Katt vermutete, dass er auf jemanden hörte, wahrscheinlich eine Stimme in seinem Ohr, die ihm Anweisungen gab. Für einen Moment schien er nicht mehr ganz so selbstsicher und kühl zu sein wie vorher, jedenfalls deutete Katt das nervöse Blinzeln so. Der Chef hatte angerufen.

»Ich sollte dieses Gespräch jetzt beenden«, sagte der Mann daraufhin hastig und schaute sich um, als erwarte er eine Bestrafung für eine Missetat. »Sie sind früher erwacht als erwartet und ich habe mich wohl gehen lassen.«

»Sie bekommen hoffentlich keinen Ärger deswegen«, sagte Katt mit falschem Mitgefühl. Das plötzliche Auflodern von Angst in seinem Wärter war schon fast körperlich zu spüren. Ja, Empathie war in der Tat etwas Feines.

»Sie müssen wieder schlafen.«

»Ich fühle mich wach recht wohl.«

»Das ist nichts, was Sie entscheiden.«

Katt erwartete einen Schlag, doch dann spürte er nichts weiter als einen Stich am Oberarm und wie eine Flüssigkeit in seine Schulter gepumpt wurde. Wieder verfolgte er mit überreizten Sinnen, wie das Medikament sich seinen Weg durch seinen Körper bahnte. Er lauschte der Wirkung nach und fand, dass sie nicht ganz das zu erreichen schien, was beabsichtigt gewesen sein musste. Anstatt ihn wieder in einen tiefen Schlummer zu versetzen, löste die Droge nur leichte Übelkeit in ihm aus. Er bekämpfte das Gefühl und schloss die Augen, stöhnte ein wenig auf, mehr ein Seufzen, und hoffte, damit nicht zu dick aufzutragen. Sie wollten, dass er schlief und so wollte er ihnen den Gefallen tun.

»Das Zeug wirkt nicht«, hörte er eine zweite, dumpfe Stimme von einem der anderen Männer.

Jemand packte ihn grob am Arm. »Hören Sie auf, Katt. Was ist mit Ihnen los? Die Dosis hätte einen Elefanten einschlafen lassen.«

Ergeben öffnete Katt wieder die Augen. »Ich bin Anlageberater. Fondshändler. Ich schlafe nie, arbeite ständig und feiere ansonsten, wilde Partys, schöne Frauen, Drogen, Sie kennen das ja. Schlaf ist etwas, das mein Körper abstößt wie ein fremdes Organ. Da können Sie mir einflößen, was Sie wollen.« Er grinste dabei Verständnis heischend. Natürlich nahm ihm niemand diese abenteuerliche Geschichte ab. Freiwillig würde er ihnen aber die noch um einiges abenteuerlichere nicht auftischen.

»Sie sind ein Witzbold, aber das bleibt Ihnen bald im Halse stecken.« Der Ärger über sein Unvermögen, Katt wieder in den Schlaf zu zwingen, war dem Mann mit den blauen Augen anzuhören. Und er hatte zweifelsohne Angst davor, was seine Vorgesetzten dazu sagen würden. Das Prinzip der Menschenführung in dieser Organisation schien eine Menge mit Angst und Einschüchterung zu tun zu haben.

Er durfte also wach bleiben, die Decke anstarren, manchmal den blauen Himmel und darauf warten, was mit ihm geschehen würde. Niemand sprach mehr mit ihm und das war schlecht. Denn es gab jetzt nichts mehr, was ihn von seinen Grübeleien ablenkte, und der Weg, den diese nun unweigerlich einschlagen würden, gefiel ihm ganz und gar nicht.

Nichts an seiner aktuellen Situation gefiel ihm.

Und er hatte Angst, dass er keine Gelegenheit mehr erhalten würde, daran etwas zu ändern.

Kapitel 23

Himawari hörte das Piepsen des DNA-Spürers und warf einen kurzen Blick darauf. Die Richtung stimmte und sie winkte Sin Claire zu, die neben ihr die Luft durchschnitt. Hideki hatte immer Angst vor dem Fliegen gehabt, wie sie vor so vielen Dingen Furcht empfunden hatte, aber seit sie sich in die Sonnenblume verwandelt hatte, fühlte sie anders. Das Gefühl beschwingter Freiheit drohte die Ahnung einer nahenden Gefahr zu überdecken und sie gemahnte sich vorsichtig zu sein.

Es knackte in ihrem Ohr. Der winzige Empfänger nahm die Signale der ebenso kleinen Kehlkopfmikros auf, die sie alle umgebunden hatten. Die Qualität war nicht immer gut, manchmal sogar erbarmungswürdig, und etwas in Hidekis Aureole schien den Empfang besonders zu stören. Doch sie wollte auf dieses kleine bisschen Inkognito nicht verzichten. Burscheids Technikerteam, das langsam und stetig wuchs, sollte sich der Sache annehmen.

Auch ein ganz neuer Gedanke: Leute, die für sie arbeiteten. Bisher war Hideki immer die Dienende gewesen, die Zuarbeitende. Das hatte sich mit einem Male radikal verändert. Und es fühlte sich verdammt gut an.

»Der Helikopter«, signalisierte Sin Claire. Der schlanke, tiefschwarze Leib einer hochmodernen Maschine schälte sich vor ihnen aus den Wolken. Keine Abzeichen und für einen Hubschrauber verdammt schnell. Die beiden kleinen Stummelflügel unter dem schnittigen Körper waren keine modischen Verzierungen und Himawari kniff die Augen zusammen, um genau hinzusehen. Die kurzen, länglichen Anhängsel waren Raketen. Sie hatte ausreichend Episoden von *Airwolf* gesehen, um das beurteilen zu können.

»Der Chopper ist bewaffnet«, sagte Sin Claire. Burscheid, der im weitaus größeren Gefährt der Beschützer folgte, bestätigte es.

»Geht kein Risiko ein«, meldete er, doch seine Warnung klang schwach und wenig enthusiastisch. Sie waren schließlich hier, um exakt das zu tun. Und wer war er eigentlich, dass er hier die Befehle gab?

Himawari spürte den Wind im Gesicht, das elektrisierende Gefühl, einen Lichtschweif hinter sich herziehend hinunterzugleiten, den schwarzen Helikopter direkt vor sich. Für einen Moment schoss ihr durch den Kopf, dass sie sich gar nicht darüber im Klaren war, wer hier überhaupt das Sagen hatte. *Hierarchie*, dachte sie dann. *Hierarchie ist wichtig. Wir müssen das klären, besser früher als später.*

»Wir warten, bis er landet«, sagte Burscheid. »Wir halten Abstand. Himawari, kannst du ...«

Es bedurfte keiner Aufforderung. Sin Claire glitt plötzlich sehr nahe neben ihr durch die Luft, drehte sich dabei wie ein Delfin im Wasser und dann umarmten sie sich in einer schwesterlichen Geste. Umhüllt von Himawaris Aureole wurden sie für jeden Beobachter unsichtbar. Selbst Radarstrahlen vermochte die Japanerin abzulenken, wie sie in Tests herausgefunden hatten. Sie starrte in Sin Claires Gesicht, wie es mit etwas verrenktem Kopf nach vorne starrte, auf den Helikopter, der weiter unbeirrbar seinen Weg durch die Wolken pflügte. Sie spürte die großen Brüste der Frau auf ihrem Oberkörper, die festen und doch weichen Rundungen an sich gedrückt, und empfand eine plötzliche Erregung, die sie überraschte und beinahe aus der Konzentration brachte.

Niemals!, schoss es ihr durch den Kopf. *So eine bin ich nicht! So eine ist sie nicht!*

Ein flüchtiger Gedanke, den sie mit Gewalt von sich wies. Sie schwor sich niemals wieder etwas in dieser Richtung zu denken und doch konnte sie nicht anders, als den gemeinsamen, engen Flug mehr zu genießen, als es das bloße Erlebnis des Dahingleitens erklären konnte.

Der nahende Kampf, dachte Hideki und begann das Empfundene zu rationalisieren. *Es muss die Aufregung des Kampfes sein, die Angst. Ja, eine andere Erklärung gibt es nicht, niemals.*

Der Gedanke beruhigte sie.

Ganz ungemein.

»Der Heli sinkt«, riss Burscheids Stimme sie aus ihren Gedanken. »Wir sind in der Nähe von Stuttgart. Hier ist absolut nichts ... Woah!«

»Woah!« – in der Tat! Wie aus dem Nichts öffnete sich unter ihr eine

Art Hangar, riss die Erde scheinbar auf und Signallampen blinkten hektisch. Was vorher Ackerland gewesen war, eine bröckelige Landstraße, wurde nun zu einem schwarzen Abgrund, in dem sich die Markierungen einer Landeplattform abzeichneten, ungleich größer als jene, die in Rödelheim zur Verfügung stand.

Für ungleich mehr Maschinen, die so gleichzeitig starten und landen konnten.

»Wir sind noch weit weg«, meldete Burscheid. »Ihr müsst dafür sorgen, dass diese Tarnung ... was das auch ist ... nicht mehr funktioniert. Ich empfange hier nichts, nur die optischen Signale von Sin Claires Kamera. Keine Messung. Für uns ist da absolut gar nichts.«

Sin Claire trug eine kleine Kamera, eingearbeitet in ihren Anzug. Himawari hatte ein ähnliches Instrument ausprobiert, aber ihre Aureole machte aus jeder Übertragung nur einen milchig weißen Schleier. Ein weiterer Preis, den sie für ihre Privatsphäre zahlten. Doch es hatte sich dankenswerterweise niemand beschwert.

»Wir gehen rein!«, rief Himawari. Das wollte sie schon immer mal sagen.

Ohne auf Sin Claires Reaktion zu warten, ging sie fast unmittelbar in den Sturzflug über. Für einen Moment wurde ihr schwindelig, doch sie behielt die Konzentration, sackte am landenden Heli vorbei auf die geöffnete Landerampe zu. Sie bremste sich ab, spürte, wie die Fliehkräfte an ihrem Körper zerrten, ihr die Luft aus den Lungen drückten. Sie musste vorsichtiger sein. Ja, sie besaß eine große Macht, aber diese würde ihr nichts nützen, wenn sie sich selbst durch allzu gewagte Manöver in die Ohnmacht trieb.

Himawari wirbelte herum, streckte die Arme aus. Aus ihren Fingerspitzen irrlichterte es, als sie hochkonzentriertes Licht abschoss, wie ein Laser, nur mit größerem Zerstörungspotenzial. Sie traf den Rand der Plattform und zerschmolz das Metall, das sich mit dem Schacht verband. Mit einem kreischenden Geräusch kam sie zum Stehen. Schweißen. Himawari schweißte – und sie war das mächtigste Schweißgerät, das diese Welt jemals gesehen hatte.

Ein zweiter Energieschub, mächtig wie der erste, und die Plattform wurde an einer zweiten Stelle arretiert, nur um sicherzugehen. Dann richtete Himawari ihre Aufmerksamkeit auf die antennenartigen Aufbauten am Rand; rein instinktiv nahm sie auch diese unter Feuer. Zwei hohe Metallgestänge wurden durch die Strahlen durchschnitten und fielen krachend zu Boden. Eine aus dem Boden ragende kleine Halbkuppel platzte auf, als eine weitere Salve sie traf.

»Die Tarnung ist aus«, meldete Burscheid. »So ist es richtig.«

So war es falsch.

Himawari wurde schwarz vor Augen. Die wilde Ekstase, mit der sie die Energie aus ihrem Leib gebündelt und abgefeuert hatte, wich einer plötzlichen, tiefen Erschöpfung, die sie zu lähmen begann. Ihr wurde schlecht, ihre Aureole flackerte. Sie begann zu trudeln, kämpfte um ihr Bewusstsein, widerstand der zerrenden Kraft der Schwerkraft noch kurz. Doch dann spürte sie, wie sie in sich hineingriff, auf der Suche nach mehr Energie, nach neuer Kraft, und wie sie nur noch Leere vorfand. *Zu viel auf einmal, zu stark, zu unkontrolliert.* Das schoss ihr noch durch den Kopf, ehe sie endgültig das Bewusstsein verlor und, jeglichen Halts beraubt, in die Tiefe stürzte.

Sie erwachte, als ein starker Wind über sie hinwegfuhr und ihren Körper zum Erzittern brachte. Sie schlug die Augen auf, voller Angst, orientierungslos, und fing an zu weinen, einen kurzen Moment nur, und spürte die Umarmung einer Frau, die sie erst nach einigen Augenblicken als Sin Claire identifizierte. Die Kameradin sah sie an, ihre Augen voller Sorge und ein wenig Tadel.

»Das hätte schiefgehen können«, hörte Hideki. »Ich habe dich auffangen können, aber das könnte einmal nicht mehr möglich sein. Du musst deine Grenzen kennenlernen – und das möglichst nicht mehr auf die harte Tour.«

Hideki nickte und Sin lächelte, als sie die Geste sah.

Sie *sah* sie.

Hideki blinzelte. Natürlich. Die Ohnmacht hatte dafür gesorgt, dass die Aureole um ihren Kopf verschwunden war. Als ob sie eine Kapuze zuzog, entflammte sie das Licht sofort wieder, und wunderte sich, wie anstrengend das war. *Die Batterie ist alle,* dachte sie. *Wie kann man sie am besten wieder aufladen – und wie lange wird das dauern?*

»Du kannst das nicht auf ewig durchhalten«, sagte Sin leise. »Eines Tages zeigst du nicht nur dein Gesicht, sondern auch, wer du bist.«

»Eines Tages«, brachte Hideki schwach hervor, »ist eines Tages.«

Die Frau nickte und half ihr auf. Sie standen am Rand der Landeplattform. Der Helikopter war gelandet und aus einer Öffnung in der Plattform, etwa dreißig Meter von ihnen entfernt, sprangen viele Gestalten, Männer und Frauen in schwarzem Kampfanzug, genau wie jene, gegen die Hideki sich schon einmal hatte durchsetzen müssen.

Der Windstoß aber, der sie geweckt hatte, war vom gigantischen Fahrzeug der Beschützer gekommen, das über ihnen in der Luft schwebte. Die hintere Rampe öffnete sich und ein schwarzer Schatten fiel auf sie.

»Er wird doch nicht …«, brachte Hideki noch hervor, doch dann sprang der Teslamann tatsächlich.

Kapitel 24

Geschrei, Rufe, Befehle, Aufregung. Katt wusste gar nicht, was er zuerst wahrnehmen sollte, alles stürmte auf ihn herein. Die Landung des Helikopters verlief abrupt und er ahnte, dass etwas nicht stimmte. Die Gurte lösten sich, er wurde hochgerissen. Die Schiebetür öffnete sich, weitere Gestalten in schwarzen Kampfanzügen wurden sichtbar, doch ihre Aufmerksamkeit war gar nicht auf Katt gerichtet, sondern auf ...

Er sah sie. Am Rand der Plattform stand Sin Claire, schien ihm direkt ins Gesicht zu starren. Eine weitere Frau, schmächtiger von Gestalt, hockte neben ihr, den Kopf von einer unstet flackernden Lichthülle umgeben. Himawari. Die Beschützer. Verdammt, er hatte mehr Glück, als ihm zustand.

Dann krachte es und er spürte die Erschütterung bis in seine Knochen. Die Soldaten vor ihm warfen sich auf den Boden. Ein heller Blitz fuhr über die Fläche, traf einen der Kämpfer, schleuderte ihn mit Macht zur Seite. Ein starker Ozongeruch wurde wahrnehmbar. Dann Gewehrschüsse, Garben aus Maschinenpistolen, der helle Klang von Abprallern. Ein jaulendes Geräusch wie von einem überlasteten Elektromotor, und der Helikopter bewegte sich. Es knirschte und krachte, und plötzlich fiel zusätzliches Licht in die Kabine. Der hintere Teil der Maschine brach mit einem ohrenbetäubenden Geräusch ab und Katt starrte wie gelähmt auf den metallenen Koloss, der aus einem japanischen Monsterfilm entsprungen zu sein schien. Teslamann, kein Zweifel.

Dieser Heli würde sich nicht mehr in die Luft erheben.

Katt sprang aus den Trümmern. Das Chaos war perfekt. Und jetzt sah er ein noch viel größeres Fluggerät, wie es auf der Plattform aufsetzte. Gestalten sprangen heraus, drei in weißen Kostümen; damit schienen die Beschützer komplett zu sein. Wieder fegten Schüsse über die Fläche hinweg, doch die Geschosse fanden kein Ziel. Wie aus dem Nichts stand ein Schirm aus Licht vor den Soldaten, der die Munition aufnahm wie ein weiches Kissen. Katt drehte sich, sah Himawari, wie sie nun breitbeinig dastand, die Hände nach vorne gestreckt, Quelle des Lichtscheins, der ihre Gefährten beschützte.

Er war beeindruckt.

Er war sehr beeindruckt.

Katt beschloss nicht tatenlos zuzusehen. Immer noch quollen Soldaten aus einer Öffnung in der Plattform. Es war gar nicht abzusehen, wie viele dieser Kämpfer man noch würde aufbieten können. Und er vermutete, dass auch die Beschützer irgendwann Probleme bekommen würden. Viele Hasen, wenige Jäger – und die Hasen waren bewaffnet.

Der Teslamann fuhr durch die Menge der Soldaten wie eine Furie, wenngleich eine behäbige. Die aufprallenden Geschosse schüttelte die mächtige Konstruktion ab wie Wasser. Kugelblitze zuckten in die Reihen der Schützen. Körper flogen umher, es roch nun verbrannt und Katt ahnte, dass der Zeitpunkt gekommen war, an dem die ersten Menschen starben.

Das war nichts, was ihn traurig machte. Nicht zu diesem Zeitpunkt jedenfalls.

Er trat einem in der Nähe stehenden Mann ins Genick, der wurde nach vorne geworfen, prallte hart zu Boden. Ein zweiter Tritt, perfekt ausgeführt, landete in den Nieren eines anderen. Eine Waffe fiel zu Boden, doch Katt ließ sie liegen.

Nicht sein Stil.

Der Schutzschirm Himawaris flackerte. Er sah sie auf den Knien, verzweifelt die Arme erhoben, der Körper zitterte. Sie war ganz ohne Zweifel am Ende ihrer Kräfte. Sin Claire sprang in die Luft, segelte nach unten, landete in einem Knäuel von Soldaten, verschwand für einen kurzen Moment. Dann flogen Körper in alle Richtungen, waren Schreie der Wut und des Schmerzes zu hören. Es knackte, wenn Knochen brachen und Schädel auf den metallenen Boden krachten. Sin Claire entledigte sich ihrer Gegner mit stummer Wut, effektiv und in jeder Hinsicht bewundernswert.

Sie wurde zu einem Ansporn für Katt. Auch er trat um sich, griff ein, wo er konnte, taumelte, als er von einem Schlag getroffen wurde, und dann spürte er den heißen Schmerz, unerwartet. Er war getroffen worden, in der Schulter, und die Nässe seines Blutes verbreitete sich rasend schnell über die Reste seines 200-Euro-Hemds. Er taumelte. Es war zu viel für ihn. Auch der Nachtmensch kam an seine Grenzen, vor allem wenn er sich von den Nachwirkungen einer Droge erholen musste.

Katt wurde schwarz vor Augen, doch er hielt sich aufrecht, blickte sich suchend um.

»Sie kommen besser in meine Sprechstunde!«, hörte er die Stimme neben sich. Dr. Hand ergriff ihn an der Schulter und eine Welle aus Energie durchflutete Katt, spülte Schmerz und Schwindel fort. Katts Blick klärte sich, gerade rechtzeitig, um zu beobachten, wie eine bemerkenswert süße und lächelnde Blondine einem Soldaten mit dem Absatz ihrer Lederstiefel ins Gesicht trat.

Er fühlte sich hochgezogen und folgte Dr. Hand, der den Rückzug in Richtung des fantastisch surreal aussehenden Fluggerätes der Beschützer angetreten hatte. In der weit geöffneten Rampe war undeutlich die Gestalt eines gänzlich unheroisch aussehenden Mannes auszumachen, der sie herbeiwinkte. Dann schüttelte sich die Rampe, als der Teslamann nach einem gewaltigen Satz neben ihnen aufschlug, die Schulterspulen, die vor Elektrizität blitzten und mit Verve Entladungen in die sich auflösende Formation der Angreifer warfen. Das Geschrei war laut.

Katt wurde die Rampe emporgeschoben. Er sah noch, wie Sin Claire eine taumelnde Himawari in den Kopter schob, die von Dr. Hand in Empfang genommen und sofort auf einen freien Sitz geschnallt wurde.

»Wir sind so weit!«, schrie der Superarzt, als der Teslamann polternd die Rampe emporstapfte und die ganze Konstruktion in heftige Schwingungen versetzte. Mit einem protestierenden Singen schloss sich die Rampe, gleichzeitig ruckte der Kopter hoch, als die Turbinen aufheulten. Katt verrenkte sich den Hals, um aus dem nahen Bullauge zu schauen und dabei zu erhaschen, wie Sin Claire, einer Furie gleich, den Perimeter der immer noch anrückenden Soldaten abflog und dabei mit einer Geschwindigkeit Hiebe und Tritte verteilte, dass man kaum die Bewegung ihrer Glieder ausmachen konnte. Sie zog eine Schneise umherwirbelnder Leiber durch die Kämpfer; deren Gegenwehr wirkte daraufhin unorganisiert und lustlos, was Katt beides gut verstehen konnte. Dann verschwand die Frau aus seinem Sichtfeld, der Kopter gewann an Höhe und die Anlage verschwand unter ihnen.

»Die Behörden werden sich wundern«, kommentierte eine der beiden Schwestern und nickte Katt zu. »Die Tarnung haben wir gründlich …«

Sie vervollständigte ihren Satz nicht. Die Anlage verschwamm vor ihren Augen und verwandelte sich in ruhig daliegendes, unberührtes Ackerland, aus dem als einziger, schwarzer Punkt die Gestalt von Sin Claire emporschoss.

»Oh«, machte die Frau. »Das ging schneller als erwartet.«

»Wie geht es Ihnen?«, fragte Hand und legte Katt erneut eine Hand auf die Schulter. Wieder spürte Katt, wie eine Welle frischer Energie seinen Körper durchflutete. Es war, als hebe ihm jemand eine Last von der Seele.

Eine der beiden Krankenschwestern seufzte auf, ihr Gesicht plötzlich blass und die Schultern zusammengesunken.

»Das muss genügen«, sagte der Mann im weißen Kittel und zog seine Hand fort. »Wir bringen Sie jetzt zu uns, in unser Hauptquartier. Es dürfte vorläufig der sicherste Ort für Sie sein.« Er sah ihn prüfend an. »Wir haben Fragen an Sie.«

Katt nickte stumm. Natürlich würde man ihm Fragen stellen. Er fühlte sich beinahe erleichtert. Es war vielleicht doch nicht schlecht, wenn er alles jemandem erzählte, dem er einigermaßen vertrauen konnte. Ob die Beschützer ahnten, dass er auch mehr war als nur ein Aktienhändler? Er schloss die Augen. Diese Leute waren gut informiert. Vielleicht hatten sie schon ihre eigenen Schlüsse gezogen. Sehr wahrscheinlich sogar.

Und wenn nicht, war Nachtmensch möglicherweise eine Tatsache, die er ihnen auch noch zu enthüllen hatte. Möglicherweise war das besser, als sich in irgendeinem Wochenendhaus zu verkriechen.

Er lauschte dem grummelnden Geräusch der beiden mächtigen Rotoren. Offenbar wurden sie nicht verfolgt. Aber ein Gegenschlag war zu erwarten, und ob das Hauptquartier der Beschützer dann wirklich ein sicherer Ort bleiben würde, blieb erst einmal dahingestellt.

Er schaute sich um. Alle waren mit sich selbst beschäftigt. Hand saß neben Himawari und redete leise auf sie ein. Aus dem mächtigen Teslamann war eine schmächtige Gestalt, ein älterer Herr gestiegen, der sich würdevoll in seinen Sitz schnallte und ebenfalls besorgte Blicke auf die leuchtende Aureole um Himawaris Kopf warf. Die beiden Krankenschwestern saßen mit geschlossenen Augen da, die Beine von sich gestreckt. Und Sin Claire begleitete sie außerhalb, flog schützende Schleifen um den Kopter, der stetig beschleunigte.

Katt schloss die Augen. Er fühlte sich überwältigt, nicht körperlich, sondern psychisch. Zu viele Dinge waren passiert, zu viele Wendungen hatten sich ereignet. Er musste das alles erst einmal in seinem Kopf sortieren und verstehen, welche Rolle er jetzt zu spielen hatte. Gab es überhaupt noch eine für ihn?

Alles nagte an seinem Selbstbewusstsein: seine Erkrankung; das Ende seiner Karriere; die Ausbrüche an Gewalt und Tod, mit denen er nicht nur konfrontiert, an denen er auch aktiv beteiligt war; und was das alles eigentlich bedeutete, was dahintersteckte.

Sie ließen ihn mit seinen Gedanken allein.

Das war das Beste, was ihm passieren konnte.

Kapitel 25

Harris keuchte und spuckte aus. Der Speichel hatte sich mit Blut vermischt und bildete eine weißlich rote Pfütze auf dem glatt polierten Plastikfußboden. Er sog Luft ein, ein wenig röchelnd, und die gebrochene Rippe presste sich schmerzhaft gegen seine Lunge. Dennoch wagte er nicht aufzusehen. Seinen Blick starr auf den Boden gerichtet, erwartete er den nächsten Schlag, doch der kam nicht. Der kleine Funken Hoffnung, der in ihm aufflammte, musste verborgen bleiben. Er konnte den Rat dazu veranlassen, doch weitere Schläge zu befehlen.

Er kniete inmitten der Kammer. An der Wand standen acht mannshohe Monitore, die die Gesichter des höchsten Gremiums seiner Organisation zeigten, allesamt trugen sie einen Ausdruck von Verachtung und Kälte, in unterschiedlicher Mischung. Auf Milde durfte er nicht hoffen. Seine Nützlichkeit ergab sich allein aus rationalen Erwägungen und der Entscheidungsprozess über seine Zukunft war noch nicht zum Ende gekommen.

»Sie haben es sicher schon gemerkt«, sagte eine kühle Stimme, »dass wir nicht erfreut über Ihre Arbeit sind.«

»Ja.« Das war kaum zu übersehen. Die beiden Ratswächter hatten auf ihn eingeprügelt, sobald er alleine die Ratskammer betreten und sich die schwere Tür hinter ihm geschlossen hatte. Ein nur zu deutlicher Ausdruck des Missfallens.

»Nicht nur, dass Katt entkommen ist, sie hatten das transformierte Objekt quasi in Sichtweite, direkt vor den Toren der Basis und geschwächt dazu.«

»Sie war nicht allein. Sie hat sich den Beschützern angeschlossen.«

Harris erwartete einen weiteren Hieb für diesen Versuch der Rechtfertigung, doch zu seiner Überraschung ereignete sich nichts. Er machte nicht den Fehler aufzusehen.

»Sie haben recht, Harris«, sagte eine andere, nicht minder emotionslose Stimme, diesmal die einer Frau. »Wir haben alle nicht damit gerechnet, dass sich diese Truppe so schnell formiert und die neuen Mitglieder aufnimmt. Es war überraschend. Deswegen, Harris, sind Sie noch am Leben. Die Schuld, die Sie tragen, erklärt die Situation nur zum Teil.«

»Die Priesterin hat uns gewarnt«, sagte eine dritte Stimme. »Wir hätten auf sie hören sollen.«

»Der gleiche Fehler wird kein zweites Mal begangen. Und es hat etwas Gutes: Wir haben beobachten können, dass das Objekt innerhalb der erwarteten Parameter funktioniert. Das Experiment war also durchaus erfolgreich. Nur ist uns das Produkt unserer Bemühungen leider entwischt. Das ist *sehr* betrüblich.«

Harris lauschte der Diskussion schweigend. Er würde nur sprechen, wenn man ihn dazu aufforderte. Es war allerdings beruhigend, dass der Rat die allgemeine Situation diskutierte und sich weniger um sein Schicksal kümmerte. Dadurch waren seine Chancen des Überlebens zweifelsohne gestiegen.

»Unsere Basis wurde enttarnt.«

»Nicht lange genug, um bleibenden Schaden anzurichten. Unsere Verbindungsleute in den relevanten Behörden sorgen dafür.«

»Dennoch. Die Beschützer sind nun mehr als nur ein Ärgernis. Wir müssen sie eliminieren.«

»Wir fragen die Priesterin um Hilfe.«

»Der Preis ist zu hoch.«

Die Diskussion ging hin und her. Harris hatte zum einen oder anderen Punkt eine Meinung, aber er wurde nicht gefragt. Er durfte froh sein, wenn er einfach nur Befehle bekam und einigermaßen unbeschadet aus der Kammer entlassen wurde.

»Das genügt!« Jemand mit genug Autorität beendete die mäandernde Diskussion und Stille kehrte ein. Gleichzeitig spürte Harris, dass sich die Aufmerksamkeit wieder auf ihn richtete, ein unangenehmes Gefühl. Er schien über eine größere Empathie zu verfügen, als er sich selbst zugetraut hätte. Oder eine größere Angst.

»Harris, was für Maßnahmen schlagen Sie vor?«

Er wurde tatsächlich um seine Meinung gefragt. Und wie gut, dass er, wenn überhaupt, diese eine Frage erwartet hatte, in dem Bewusstsein, dass die Antwort nicht nur für sein weiteres Schicksal, sondern ganz grundsätzlich für sein Leben von höchster Bedeutung war.

»Die Beschützer und die Transformierte sind zu einem gemeinsamen Problem geworden. Es ist an der Zeit, es zu lösen. Wir müssen dafür alle Ressourcen aufbieten, derer wir habhaft werden können. Wenn die Priesterin einen zu hohen Preis verlangt, dann müssen wir uns auf die eigenen Fähigkeiten besinnen. Ich schlage daher vor den Leviathan zu aktivieren.« Harris musste fast gegen seinen Willen lächeln. »Er wird vor allem dem Teslamann zeigen, was es heißt, moderne Technologie im Kampf einzusetzen.«

»Der Leviathan ist unerprobt, Harris. Die Versuchsreihen laufen noch.«

»Das ist mir bekannt. Aber wir haben drei Prototypen, vollständig montiert und einsatzbereit. Die Computersimulationen liefen alle zufriedenstellend und jeder hat einen kompletten mechanischen und elektronischen Check überstanden. Wir haben drei qualifizierte Piloten. Es ist die größte Kampfkraft, die wir aufbringen können, wenn wir keine Bomben werfen wollen. Wollen wir das?«

»Nein. Die Aufmerksamkeit, die wir derzeit erregen, ist bereits zu groß. Wir sind noch nicht bereit für eine allgemeine Enttarnung unserer Aktivitäten.« Ein kurzes Zögern. »Ich stelle den Vorschlag von Harris zur Abstimmung.« Irgendwo fand ein Abstimmungsverfahren statt.

»Gut. Harris, schauen Sie hoch!«

Er bewegte seinen Kopf und blickte in die Augen des Sprechers, eines Mannes mit den erwartbaren harten Gesichtszügen. »Sie haben eine Mehrheit, Harris. Es ist die letzte Chance. Wenn es scheitert, sind Sie ein toter Mann. Haben Sie das verstanden?«

»Sehr gut sogar.«

»Dann gehen Sie und treffen Sie Ihre Vorbereitungen.«

Harris kam auf die Füße und beeilte sich die Anweisung auszuführen. Er lief, als würde ihm der Teufel im Nacken sitzen, und wusste, dass er damit so weit nicht von der Wahrheit entfernt war.

Kapitel 26

Katt beendete seine Geschichte. Er hatte damit gerechnet, dass man ihn nur zur Hälfte ernst nahm. Doch er hatte sich nicht nehmen lassen beide Aspekte zu beleuchten, seine Arbeit als Aktienhändler auf der einen, seine neue Identität als Nachtmensch auf der anderen. Und sie hatten nicht gelacht. Keiner von ihnen. Es war erstaunlich, wie groß die Erleichterung war, die er deswegen empfand. Albern eigentlich. Wenn ihn jemand ernst nehmen würde, dann doch die Beschützer.

»Ihr Anzug und die Ausrüstung sind also geliefert worden?«, fragte Burscheid.

»Ich hoffe es. Wahrscheinlich warten sie in irgendeinem Depot auf Abholung.«

»Geben Sie mir eine Vollmacht und ich kümmere mich darum.«

Katt zögerte kurz, aber wirklich nicht lange. Es war ein hoffnungsvolles Zeichen für ihn. Burscheid wollte, dass er seine Ausrüstung bekam. Das war gut. Es hieß, sie gaben ihm vielleicht die Chance, etwas zu beweisen. Er wollte diese gerne nutzen.

»Wer sind diese Leute?«, fragte Sin Claire.

»Dass wir sie getrost eine Geheimorganisation nennen dürfen, steht wohl außer Zweifel«, erklärte Dr. Hand und strich sich über den Schädel. »Und ich bin beeindruckt von ihren technologischen Fähigkeiten. Es muss sie schon lange geben und sie handelt mit einer sehr langfristigen Perspektive. Ich kann auch nicht glauben«, sein Blick wanderte zu Himawari, die etwas erholt bei ihnen saß, »dass die Erschaffung unserer Sonnenblume ein Zufall gewesen ist. Es ist aus dem Ruder gelaufen, ja, aber ein Zufall war es nicht.«

Die Angesprochene reagierte nicht, weder zustimmend noch ablehnend. Katt nahm es ihr nicht übel. Er hasste es ebenfalls, wenn man über ihn sprach, als sei er nicht anwesend.

»Wir haben sie jedenfalls geärgert«, stellte Burscheid fest. »Und wo wir sitzen, wer wir sind, das ist nun kein Geheimnis mehr. Wir bekommen täglich Einladungen in Talkshows. Talkshows. Irgendeiner von uns wird so etwas mal machen müssen!«

»Ich nicht. Ich kann den Jauch nicht leiden«, murmelte Hand.

»Der macht doch gar nichts mehr«, belehrte ihn Cassiopeia und schüttelte entrüstet den Kopf. »Eher die Maischberger.«

»Die kann ich auch nicht leiden«, sagte der Superarzt und sah Burscheid an. »Sie sind doch unser Pressesprecher.«

»Ich bin nichts dergleichen. Wir müssen uns eine Kommunikationsstrategie überlegen, das können wir nicht mehr lange dem Zufall überlassen.« Burscheid machte eine betonte Pause. »Das hängt mit einem anderen Problem zusammen. Ich lege es jetzt mal auf den Tisch, ich erwarte keine Lösung. Aber eines ist mir ganz klar geworden nach den Ereignissen von eben – die Beschützer brauchen einen Anführer.« Er sah Sin Claire an. »Oder eine Anführerin, das ist mir gleich. Aber jemand muss das Sagen haben, gerade bei komplexen Einsätzen. Und dieser Jemand wäre dann auch die Person, die mal bei der Maischberger Platz nimmt. Das ist ... na, ich sag mal ... unausweichlich. Jemand muss legitimiert sein, für uns zu sprechen.«

Stille war die Antwort, die er bekam. Burscheid sah nicht so aus, als würde ihn dies wundern. Katt presste die Lippen aufeinander. Es war nicht an ihm, einen Kommentar abzugeben, aber was er bei seiner Befreiung beobachtet hatte, bestätigte die Forderung Burscheids. Das war ein ziemliches Chaos gewesen, unkoordiniert, leichtsinnig und damit riskant. Keiner hatte die Übersicht behalten und auf Bedrohungen reagiert. Jeder hatte gemacht, was er oder sie wollte. Dabei hatten sie Glück gehabt. Aber das konnte einen schnell verlassen, wie er aus eigener Erfahrung wusste.

Er sah sich um. Er war Machtspielchen gewohnt, hatte gelernt, wie er in den Körperhaltungen, in der Mimik und Gestik von Menschen zu lesen hatte. In unzähligen Meetings, in denen sehr von sich selbst überzeugte Platzhirsche aufeinandergetroffen waren, um ihre Kräfte zu messen. Er hatte mitgemacht, seine Selbstdarstellung verfeinert, geblufft, getarnt, getäuscht und dann aufgetrumpft, wenn er wusste, dass er die besten Karten in der Hand hielt. Er spürte die Anspannung, wie es in den Köpfen rotierte. Es waren hier alles Amateure. Sie hatten keine

Ahnung von Macht, die etwas ganz anderes war als Fähigkeit, Kraft oder Begabung. Macht ergab sich durch Unterwerfung anderer, offen oder subtil, ausgesprochen oder schweigend. Wer unterwarf sich hier wem?

Es gab so etwas wie eine Diskussion, und das noch in Gegenwart eines Fremden. Katt musste an sich halten ob dieses Ausmaßes an Unprofessionalität. Sie konnten doch gar nicht wissen, ob dieser das Gesagte nicht fröhlich weiter ausplaudern würde.

Nicht, dass er so bald dazu Gelegenheit bekäme. Er war derzeit verbrannt, würde sich nicht als Privatmann in der Öffentlichkeit blicken lassen können, solange diese ... Leute hinter ihm her waren. Das bedeutete für ihn, dass er untertauchen musste, irgendwo.

Er räusperte ich. Für einen Moment verstummte die Diskussion und man blickte ihn erwartungsvoll an, zumindest vermutete er das im Falle von Himawari, bei der man nur grob erkennen konnte, in welche Richtung sich ihr Kopf bewegte.

»Was wird aus mir? Ich brauche eine Zuflucht.«

Burscheid nickte. »Bis auf Weiteres bleiben Sie hier. Und vielleicht können wir Ihnen eine Heimat eigener Qualität anbieten. Was halten Sie davon, wenn wir die derzeit eher fruchtlose Diskussion hier abbrechen und uns ins Trainingszentrum begeben. Ich würde mich gerne von dem Teil Ihrer Geschichte überzeugen, der am fantastischsten geklungen hat.« Er hob abwehrend die Hände, ehe Katt etwas entgegnen konnte. »Ich sage nicht, dass ich Ihnen nicht glaube. Ich sage nur, dass ich etwas sehen muss, um Gewissheit zu haben. Vielleicht wollen uns Cassiopeia und Astra helfen? Mir scheint, dass die Fähigkeiten des Nachtmenschen sich am besten an jemandem testen lassen, der gut ausgebildet ist, aber im Grunde nicht über besondere Begabungen verfügt ...«

Burscheid bemerkte es sofort, immerhin.

»Abgesehen von hoher Intelligenz, einem trainierten Körper und einem charmanten Auftreten natürlich«, fügte er sofort hinzu und den Blicken der beiden Angesprochenen war zu entnehmen, dass er damit gerade noch so die Kurve gekriegt hatte.

Cassiopeia sah Katt an und lächelte. »Dann wollen wir mal!«

Er erhob sich und die Gruppe machte sich auf den Weg.

Was Burscheid als »Trainingszentrum« bezeichnet hatte, war eine unterirdische Sporthalle, die es in sich hatte. Katt kam aus dem Staunen nicht mehr heraus. Die verschiedenen Trainingsinstrumente, die installiert worden waren, konnten viele unangenehme Dinge tun – Schläge austeilen, Geschosse abfeuern und plötzliche Windstöße generieren, und das waren nur die allzu offensichtlichen Verwendungsmöglichkeiten. Die Halle war hoch genug, um darin zu fliegen, und man konnte durch Wand- und Bodenelemente, die sich heraus- und hochfahren ließen, richtige Parcours entstehen lassen, wobei der sadistischen Fantasie des Trainingsleiters keine Grenzen gesetzt waren. Es war daher auch Burscheid, der sich an das vollelektronische Steuerpult setzte, sich über die Lippen leckte und die Finger knacken ließ.

»Womit fangen wir denn mal an …«

»Ich darf darauf hinweisen, dass Herr Katt verletzt ist«, sagte Dr. Hand warnend. »Er wurde behandelt, aber ein Trauma dieser Natur existiert nicht nur auf körperlicher Ebene, sondern …«

»Katt war verletzt«, unterbrach dieser ihn. »Aber dem Nachtmenschen geht es prächtig.«

Hand verstummte und zuckte mit den Schultern. »Es ist Ihre Show.«

Und eine Show wurde es. Katt wollte sich beweisen, so sehr wie selten zuvor in seinem Leben. Und er legte sich ins Zeug wie nie zuvor. Cassiopeia und Astra waren würdige Gegnerinnen, ihre geschmeidigen Körper nicht nur schön anzusehen, sondern ernsthafte Waffen, die sie mit erstaunlicher Präzision und einem nicht unerheblichen Maße an Rücksichtslosigkeit einzusetzen bereit waren. Anfangs waren sie vielleicht noch ein wenig zurückhaltend, doch als Katt immer wieder signalisierte, dass sie alles geben sollten, ließen sie jede Selbstbeherrschung fallen.

Sie trainierten fast eine Stunde, das Szenario gewürzt durch angreifende Trainingsautomaten, die Burscheid mit einer fast kindlichen Begeisterung steuerte. Ihm war das Grinsen über die ganze Zeit nicht aus dem Gesicht verschwunden.

Am Ende landete Katt mit Cassiopeia auf dem Boden, ihre Körper im Nahkampf umklammert, als Burscheid das Signal zum Aufhören gab. Es war interessant, dass sie beide nicht sofort losließen, sondern für einen kurzen Moment ihre Leiber aneinandergepresst ließen, den Schweiß des anderen einatmeten und sich in die Augen schauten.

Verdammt, dachte Katt. Das war eine Frau nach seinem Geschmack.

Sie lösten sich voneinander, etwas zögerlich, und die bezeichnenden Blicke Astras und Burscheids sprachen Bände. Doch in den Gesichtern aller Beschützer lag Respekt. Er hatte nicht gelogen. Die beiden Krankenschwestern waren ihm niemals ernsthaft gefährlich geworden und die Automaten hatten ihn nie aus dem Gleichgewicht gebracht. Wie ein Derwisch war er durch die sich ständig anpassende Anlage gewirbelt, ohne große Zeichen der Ermüdung. Cassiopeia und Astra hingegen waren sichtlich am Ende ihrer Kräfte.

»Nachtmensch, ja?«, sagte Dr. Hand, als sie etwas später, geduscht und umgezogen, wieder zusammenkamen. »Sie wären eine würdige Ergänzung unserer Truppe, wenn ich das so frei heraus sagen darf.«

Katt sah sich um. Er erntete überall Kopfnicken. Es gab hier niemanden, der das in Zweifel zog. Katt empfand ein plötzliches Gefühl von Zugehörigkeit, eine Empfindung, die er schon seit langer Zeit nicht mehr für möglich gehalten hatte.

Er musste unwillkürlich lächeln.

Das fühlte sich nicht nur richtig an.

Das *war* richtig.

Kapitel 27

»Die Einheiten sind einsatzbereit«, sagte der Ingenieur, als Harris die Sektion betrat und sofort für eine eisige Atmosphäre sorgte. Sonst war ihm dies nie bewusst gewesen, das Verbreiten von Angst gehörte immer zu den Leitprinzipien seiner Führungstätigkeit und hatte sich durchweg bewährt. Aber jetzt, nach seiner eigenen Demütigung, fiel es ihm plötzlich auf: wie die Blicke der Anwesenden ihm folgten, wie spekuliert wurde, ob er sich jetzt diesem oder jenem Mitarbeiter zuwenden würde, das sanfte Zusammenzucken, wenn er sich im Raum orientierte und für einen Moment die Chance bestand, dass man das Opfer sein würde.

Harris war vor Kurzem das Opfer gewesen, am Rande der Auslöschung, ein allerletztes Mal vom Haken gelassen. Es war das erste Mal, dass es so weit gekommen war, und es hatte ihn tiefer erschüttert, als er sich selbst gegenüber zugeben wollte.

Er versuchte die übliche, leicht arrogante Selbstsicherheit an den Tag zu legen wie sonst, doch er war nicht mit dem Herzen dabei. Sein schauspielerisches Talent musste genügen, um darüber hinwegzuspielen.

Die drei Leviathane standen noch in den muldenförmigen Aussparungen an der Wand, dunkelblau schimmernd. Sie wurden bereits mit Energie versorgt, das war gut zu erkennen. Jeder der drei Kampfanzüge war gut zwei Meter hoch, nicht ganz so massiv wie der krude und veraltete Teslamann, dessen Fähigkeiten in diesem Moment zusammen mit denen der anderen Beschützer auf der Basis der gemachten Videoaufzeichnungen analysiert wurde. Eleganter, geschmeidiger und sicher tödlicher, das war zumindest Harris' Hoffnung. Die drei Piloten, wie man sie nannte, standen daneben und halfen dabei, die letzten Vorbereitungen zu treffen. Ihre Overalls wiesen zahlreiche Anschlüsse auf, die mit dem Anzug verbunden wurden, sobald sie in diesen einstiegen. Direkte Kraftübertragung aller wichtigen Muskelgruppen und sensorische Datenlinks zum Kopf. Die Fähigkeiten der drei Männer wurden vergrößert, verfeinert und mit großer Kraft, Beweglichkeit und Ausdauer kombiniert.

Harris legte eine flache Hand auf die Brustplatte eines Leviathans. Sie fühlte sich warm an, beinahe geschmeidig, das Material fugenlos. Es schluckte Radarstrahlen. Eine der zahlreichen hervorragenden Eigenschaften der Legierung, an der ihre Organisation – und die mit ihr verbundenen Firmen – viele Jahre intensiv geforscht hatte. Eine Anstrengung, die sich jetzt zum ersten Mal auszahlen sollte, zumindest hoffte Harris das.

Nein! Er schalt sich. Defätismus half nicht. Sie würden diesmal triumphieren. Die Bedrohung durch die Beschützer musste ausgeschaltet werden und der Preis musste in ihre Hände fallen.

Er drehte sich um und schaute auf den Sarg. Die lang gestreckte Kiste war natürlich mehr als das: Sie war gebaut worden, um jene einzufangen und hilflos zu arretieren, die sich nun Himawari nannte. Um sie ging es letztendlich. Brachte Harris diesen Preis heim, würde ihm Gnade zuteilwerden. Gelang es ihm nicht, war es besser, wenn er bei diesem Einsatz starb. Ein Grund mehr, warum er die Operation persönlich anführen würde, als Kommandant von einhundert ausgesuchten Kämpfern, den Besten der Besten … von jenen, die den letzten Angriff und die Befreiung Katts überlebt hatten.

»Wir müssten jetzt«, hörte er die respektvolle Stimme eines Technikers. Harris trat zur Seite. Es half in der Tat nicht, wenn er seinen eigenen Leuten im Wege stand. Er beobachtete, wie die Frontpartie der drei Anzüge geöffnet wurde und die Piloten sich davor platzierten. Sie trugen schmucklose Overalls und auf den kahl geschorenen Schädeln waren die Anschlüsse für die Gehirnsonde erkennbar. Die Piloten würden über ein direktes neuronales Feedback die Kontrolle über den Anzug übernehmen und seine überragende Kraft und Schnelligkeit allein der Geschwindigkeit ihrer Denkprozesse unterwerfen. Eine grandiose Erfindung, eine Nahkampftechnologie, der bis zum Auftauchen dieser Superhelden nichts und niemand etwas hatte entgegensetzen können.

Die Piloten machten alle einen Schritt zurück und begaben sich in die Umarmung ihrer Anzüge. Mit einem sanft schmatzenden Geräusch fuhren Zuleitungen in die Leiber der drei Männer, die dabei etwas zusammenzuckten. Es musste trotz aller Übung und Operationen immer noch ein unangenehmer Vorgang sein, wenn sich die Maschine mit dem Menschen verband. Erst wenn die Fusion vollständig war und die Männer das Machtpotenzial der Leviathane spüren konnten, so hatte man Harris erzählt, würde das Unwohlsein verschwinden. Sobald man die Piloten von den Anzügen löste, herrschte lange ein großes Bedauern vor. Die Psychologen warnten, dass die Verwendung der Leviathane wie ein Drogenrausch war und dass eine zu intensive und lang anhaltende Nutzung Entzugserscheinungen nach sich ziehen würde. In diesem Moment war Harris das herzlich egal.

Die Anzüge schlossen sich sanft. Das Material verband sich nahtlos miteinander. Ein Lichteffekt fuhr über die matte Oberfläche, signalisierte den Technikern den erreichten Verschlusszustand. Leitungen lösten sich aus den Anzügen und verschwanden wie Schlangen in der dahinter liegenden Wand, dann durchfuhr ein synchrones Zittern die drei Leviathane, als die neuronalen Feedbacks aktiviert und die drei Anzüge auf autonom geschaltet wurden. Wie ein Mann machten sie einen Schritt nach vorne, traten aus den Mulden.

»Bereitschaftsmeldungen!«, forderte einer der Techniker. Harris wurde Zeuge eines Tests, der die verschiedenen Funktionen durchlief, ohne deren zerstörerische Kraft zu entfalten. Die beiden Rakwerfer an den Unterarmen drehten die leeren Schusskammern mit einem zufriedenstellenden Summen. Auf jeder Schulter saß die miniaturisierte Schallkanone, ein schmaler Trichter, um jeweils zehn Grad nach rechts und links schwenkbar, aber ansonsten mit dem Körper zu zielen. Der konzentrierte Schallstoß konnte Betonwände pulverisieren, arbeitete aber weniger zerstörerisch auf weichere Oberflächen. Harris hoffte, dass man damit das Objekt lähmen und einsammeln konnte. Himawari zu töten gehörte nicht zu den Zielen des Einsatzes, das hatte er im Vorfeld unmissverständlich klargemacht. Sie musste leben. Misslang dies, waren die Konsequenzen für ihn fatal.

Harris sah an sich hinab. Er trug einen Standard-Kampfanzug, mit der üblichen Kevlarpanzerung und allerlei elektronischen Gadgets im Helm, der ihn mit der Truppe und den Anzügen in Kontakt halten würde. Die kurzläufige Waffe an seinem Gürtel war eine Maschinenpistole und er trug reichlich Ersatzmunition mit sich. Er hatte sich darüber hinaus entschlossen zehn Scharfschützen mitzunehmen, in der Hoffnung, bei

Kämpfen außerhalb der Beschützerbasis einen Glückstreffer landen zu können. Diese Helden konnten schließlich nicht alle unverwundbar sein.

Harris biss die Zähne aufeinander. Der Kampfanzug gab ihm ein falsches Gefühl von Sicherheit. Sosehr er auch auf die Vernichtung seiner Feinde aus war, seine eigene Sterblichkeit war ihm derzeit so bewusst wie noch nie. Er würde sich im Hintergrund halten, wie es ein guter General tat. Kein Grund, sich unnötig in die Schusslinie zu begeben. Erst wenn sich erweisen sollte, dass die Aktion ein Fehlschlag wurde, würde er den Tod suchen.

Harris atmete tief durch.

In gewisser Hinsicht erleichterte ihn dieser Entschluss. Damit waren seine Optionen klar benannt.

»Die Männer stehen bereit!«

Harris blinzelte und nickte. Diesmal waren nicht die drei Leviathane gemeint, die sich mit zunehmend sichereren Bewegungen auf drei Helikopter zubewegten. Sie würden drei Maschinen nehmen, um zu vermeiden, dass ein Absturz gleich alle ihre Trümpfe vernichtete. Dass die Beschützer angesichts des Angriffes den Schwanz einziehen und verschwinden würden, damit war nicht zu rechnen.

Die einhundert Männer in mattschwarzem Kampfanzug, angetan mit einem ebenso gefärbten Helm, standen in einer langen Reihe zur Inspektion. Sie sahen aus wie schwächere Versionen der Leviathane, und obgleich es sich um gut ausgebildete Spezialisten mit der besten Ausrüstung handelte, machte sich Harris keine Illusionen, was den Kampf gegen die Superhelden anging. Die Hauptlast würde auf den Schultern der drei Leviathane liegen; der Rest der Truppe durfte vornehmlich für Ablenkung sorgen und für viel Lärm.

Harris ließ sich einen Helm reichen. Er trug den gleichen Kampfanzug. Es war eine Weile her, seit er das letzte Mal so etwas angezogen hatte, und die Kevlarplatte drückte ein wenig. Aber er würde sich nicht beklagen.

»Keine Inspektion«, sagte er. »Ich gehe davon aus, dass jeder von ihnen perfekt vorbereitet ist.« Er sah sich um. »Sie wissen, worum es geht und was auf dem Spiel steht. Ich erwarte höchsten Einsatz. Aber wir bringen uns nur in Gefahr, wenn es unausweichlich ist. Wir lassen den drei Anzügen den Vortritt. Ich möchte außerdem, dass Sie auf die Aktivitäten der Drohnen achten. Die sind am ehesten entbehrlich.«

Er nickte den fünf Drohnenpiloten zu, die etwas abseits standen. Die insgesamt zehn Hubschrauber würden nicht nur das Team zum Hauptquartier der Beschützer bringen, sondern auch insgesamt einhundert Kampfdrohnen, kleine wütende Flugroboter mit einem drehbaren Geschütz, das winzige Flechettes verschoss. Sie mussten für Wirkungsfeuer recht nahe herankommen, dafür sollten die fünf Piloten sorgen, die jeweils zwanzig Einheiten kontrollierten. Die Roboter konnten halb automatisch fliegen und sich ihre Ziele selbst suchen, dadurch war diese Konstellation möglich. Wie so vieles, waren auch diese Geräte noch nicht im echten Kampf erprobt, aber die fünf Piloten wirkten ruhig und selbstsicher – also wollte Harris sich seine Nervosität auch nicht anmerken lassen.

Er wollte nichts mehr sagen. Es wäre zu Geschwätz geworden, man hätte es ihm angemerkt, und was sie alle jetzt nicht gebrauchen konnten, war ein Oberkommandierender, dem man eine Schwäche anmerkte.

Er gab den Befehl zum Abmarsch. Unterführer übernahmen das Kommando. Alles lief koordiniert und mit größter Disziplin ab. Die Helikopter füllten sich, die Rotoren begannen sich zu drehen. Das mittlerweile notdürftig reparierte Schutztor über ihnen würde sich öffnen und sie alle in die Nacht entlassen, und dann würde es nicht mehr lange dauern.

Harris ließ sich auf dem Platz des Kopiloten nieder. Von der Konsole aus würde er seine Truppen dirigieren, von hier aus würde er den Feldherrn spielen. Das war, bis auf Weiteres, seine Rolle. Er spürte die vertrauten Vibrationen der Maschine, das erwartungsvolle Zittern des Fluggeräts vor dem baldigen Start, den Ruck, mit dem sich die mächtige Plattform, angetrieben durch die Hydraulik, langsam nach oben zu schrauben begann.

Er wollte sich die feuchten Handflächen an der Hose abwischen und hielt gerade noch inne.

Er trug doch Handschuhe.

Harris presste die Lippen aufeinander und kämpfte den plötzlich in ihm aufsteigenden Fluchtimpuls nieder. Er sollte der professionellste aller Profis sein, der Kälteste der Kalten, der Fels in der Brandung. Stattdessen fühlte er sich wie ein Wackelpudding.

Reiß dich zusammen, hämmerte er sich in Gedanken ein. *Du wirst jetzt nicht weich werden.*

Der Hubschrauber wurde an die Oberfläche getragen, das Singen der Motoren verstärkte sich.

Der Pilot nickte ihm zu. »Wir haben Freigabe!«

»Worauf warten wir dann?«, gab Harris zurück, unwirscher als beabsichtigt.

Der Heli hob ab.

Harris lag der Magen in den Knien. Er würde siegen oder sterben, etwas anderes gab es für ihn nicht.

Er hasste es, wenn das passierte.

Kapitel 28

»Und, Doc?«

Katt hasste Mediziner. Die bloße Tatsache, dass sich Dr. Hand in seiner Arbeit als Arzt sehr umgänglich zeigte, hatte nicht dazu ausgereicht, diese grundsätzliche Ablehnung zu überwinden. Er wusste natürlich genau, woher dieser Hass kam: Ärzte erinnerten einen an die eigene Fehlbarkeit, an Sterblichkeit und Verwundbarkeit. Wenn man wie Katt über Jahre das Selbstbild des immer erfolgreichen, im Grunde unantastbaren Aufsteigers gepflegt hatte, war es dieser Berufsstand, der am ehesten in der Lage war, ihn auf den Boden der Tatsachen zurückzuführen und jede Selbstlüge auf den Prüfstand zu stellen. Dr. Hand war da keine Ausnahme. Er mochte mehr sein als ein Arzt und er hatte sicher sein eigenes Päckchen zu tragen, aber er war vor allem erst einmal Mediziner und war damit so etwas wie der Betriebsarzt der Beschützer.

»Nun, die Sache mit der Entführung und dem Schusswechsel haben Sie gut überstanden. Sie verfügen über eine beachtliche Konstitution. Natürlich hat mein bescheidener Einfluss ebenfalls dazu beigetragen.« Hand lächelte, wurde dann aber übergangslos wieder ernst. »Ich habe dann auch die Untersuchungen durchgeführt, um die Sie mich gebeten haben. Ihre elektronische Krankenakte habe ich mir auch angesehen. Eine böse Krankheit mit bösen Auswirkungen.«

Katt nickte nur.

»Und aus diesem Grund haben Sie ein irgendwo in Russland gepanschtes Heilmittel auf dem Schwarzmarkt erworben und ... reichlich eingenommen?«

Katt zuckte mit den Achseln. »Wenn man verzweifelt ist, tut man verzweifelte Dinge.«

»Das stimmt. Es war riskant. Es hat sie natürlich auch zu dem gemacht, was Sie jetzt sind, und ich will meinen, dass das etwas Positives ist. Und es scheint dauerhafter Natur zu sein ... außer ...«

»Außer?«

Hand seufzte und setzte sich vor Katt auf einen Hocker. »Sie haben mich ja nicht ohne Hintergedanken darum gebeten, mir Ihre Krankenakte einmal anzusehen. Sie kennen meine Fähigkeiten und sind ja selbst schon von ihnen geheilt worden. Sie wollen wissen, ob ich Sie heilen kann – von der Lichtempfindlichkeit, den Hautausschlägen und vor allem dem stetigen Fortschreiten der Erkrankung. Das ist es doch, oder?«

»Die Ärzte haben mir keine Hoffnungen gemacht. Ihr Therapieansatz ist ja ein anderer.«

Hand lächelte. »So kann man das sagen. Ich muss noch einige abschließende Analysen durchführen, aber ich kann Ihnen zwei Dinge sagen. Erstens: Natürlich kann ich Sie heilen, vollständig und dauerhaft, soweit es derlei in unserer sterblichen Existenz überhaupt gibt. Und zweitens: Sie werden sich ganz genau überlegen müssen, ob Sie das auch wollen.«

»Ich verstehe nicht«, sagte Katt, der von plötzlicher Hoffnung durchflutet ganz aufgeregt war.

»Die Laboruntersuchungen weisen darauf hin, dass die Nebenwirkungen dieses Zeugs, das Sie geschluckt haben, sich vor allem deswegen entfaltet haben, weil Sie diese Erkrankung haben. Oder anders ausgedrückt: Ohne wären Sie nicht zum Nachtmenschen geworden, zumindest nicht in dieser recht überzeugenden Art und Weise.«

»Ohne hätte ich das Mittel gar nicht eingenommen.«

»Auch das, ja.« Hand lächelte dünn. »Der Punkt ist: Wenn ich Sie heile, besteht eine sehr große Wahrscheinlichkeit, dass Sie die besonderen Fähigkeiten, die aus Ihnen mehr als nur einen besonders gut trainierten jungen Mann machen, verschwinden werden.« Er machte eine Pause, sah Katt forschend an. »Die Entscheidung ist daher: Wollen Sie geheilt werden oder wollen Sie der Nachtmensch bleiben? Beides zusammen wird nämlich nicht gehen, wie es für mich aussieht.«

Erst die Euphorie, jetzt die Ernüchterung, die wie eine Faust in seinem Magen landete. Er schaute sich die Pusteln auf seinem Handrücken an und nickte langsam, während sich das Räderwerk seiner Gedanken zu bewegen begann. Das war eine große Entscheidung. Wenn er nicht mehr der Nachtmensch sein würde, was dann? Wieder nur der smarte Trader, der viel Geld hatte, zu wenig schlief, zu viel feierte und irgendwann ausgebrannt sein würde? Oder war er darin nicht bereits gescheitert, hatte er davon nicht schon innerlich Abschied genommen?

Katt atmete tief ein. Das war nichts, was man mal eben schnell entschied, es bedurfte der genauen Abwägung. Was ein Fluch war, der ihn in die Verzweiflung getrieben hatte, verwandelte sich in einen Segen, eine neue Lebensalternative. Er war innerlich sehr zerrissen und man sah ihm das auch an, zumindest wenn man Hands Gesichtsausdruck betrachtete.

»Sie müssen darüber nachdenken.«

»Eilt es denn ... ich meine ...«

Der Arzt schüttelte den Kopf. »Es eilt nicht. Solange ich am Leben bin und über meine Fähigkeiten verfüge, kann ich Ihnen helfen.«

»Ich danke Ihnen.«

Hand erhob sich, legte Katt eine Hand auf die Schulter. »Ich beneide Sie nicht um diese Entscheidung. Manche von uns hatten keine Wahl, als sie mit dem gesegnet wurden – oder verflucht, je nach Sichtweise –, was sie außergewöhnlich machte. Sie haben diese Wahl nun. Man muss über Charakterstärke und Selbstbewusstsein verfügen, um die richtige zu treffen. Ganz ehrlich, wäre ich in Ihren Schuhen, ich wüsste nicht, wie ich mich entscheiden würde.«

Damit verließ er den Raum und ließ Katt mit seinen Gedanken allein. Allein. Das war es ja, was der Mann immer gehasst hatte. Die innere Leere, die sich dann bei ihm einstellte, hatte er durch seine ständigen Partys und Drogenexzesse zu füllen gesucht. Für eine Weile funktionierte es ja auch ganz gut, vor allem dann, wenn die Dröhnung gut war, die Frauen scharf, die Musik gut und alles einen Zustand euphorischer Perfektion erreichte, der jede Sorge und jeden Zweifel gar nicht erst zum Vorschein treten ließ. Auch seine Arbeit war eine stete Suche nach Aufregung, ja Erregung gewesen, eine andere Art von Kick, ein Machtgefühl, ein Nervenkitzel. Er war in seinem Leben permanent auf Drogen gewesen, kam Katt zu der bitteren Erkenntnis: denjenigen, die er seinem Körper zuführte, und solchen, die er selbst produzierte. Kam er runter, dann war er ... nichts.

Nicht da.

Unerheblich.

Katt starrte auf seine Handflächen, als ob sich in den feinen Verästelungen der darauf gezeichneten Linien tatsächlich ablesen ließ, wohin ihn sein Weg nun führen würde. Die Erkenntnis, die er aus dieser Betrachtung zog, war minimal.

Genau. Er würde weiterhin etwas gegen die Leere tun müssen. Sonst ergab sein Leben keinen Sinn. Ja, er stellte die Sinnfrage. Katt musste grinsen. Was machte all dies nur mit ihm? So kannte er sich doch gar nicht.

Wenn er also die Sinnfrage ernst nahm, so folgerte er, war die Antwort darauf, zumindest bis auf Weiteres, der Nachtmensch und die Beschützer.

Und so wollte er es halten.

Kapitel 29

Hideki saß auf der Werkbank und ließ die Beine baumeln. Um ihren Kopf schimmerte keine Aureole mehr. Der ältere Herr vor ihr, in einen Arbeitsoverall gekleidet, mit zahlreichen mechanischen und elektronischen Kleinteilen vor sich ausgebreitet, hatte sie nackt gesehen. Es gab nicht allzu viel, was sie vor ihm zu verbergen trachtete.

»Verstehen Sie das?«, fragte sie ihn und wies auf das Sammelsurium.

»Nicht alles«, gab dieser zu. »Die Fortschritte in der Technik sind wirklich beachtlich. Allein der Grad der Miniaturisierung – und diese ganzen Rechenmaschinen.«

»Computer.«

»Computer, ja. Was jetzt möglich ist … ich kann die Konsequenzen gar nicht absehen.«

»Denken Sie dran: Je mehr cooler Firlefanz im Teslamann verbaut ist, desto größer ist die Gefahr, dass etwas nicht funktioniert. Das sieht man schon an modernen Autos. Dort, wo es möglich ist, würde ich nach dem KISS-Prinzip vorgehen.«

»Das ist mir unbekannt.«

Hideki grinste. Natürlich kannte er das nicht. »Keep it simple, stupid.«

Englisch konnte Sternberg. Er erwiderte das Grinsen.

»Ein guter Grundsatz. Ich werde ihn beherzigen.« Er legte ein Werkzeug beiseite, das er bis eben in Händen gehalten hatte. »Wie geht es Ihnen, Fräulein Hideki? Die Erschöpfung gut überwunden?«

»Es geht mir gut«, sagte die Frau wahrheitsgemäß. »Und ja, die Energie ist wieder da. Ich muss lernen den Aufwand für meine Aktionen richtig einzuschätzen und zu ermessen, wozu ich in der Lage bin, ehe die Batterie sich entlädt.«

»Dann teilen wir die gleiche Herausforderung«, sagte der Ingenieur und wies auf den Teslamann, der unweit von ihnen an der Wand stand. »Die Batterien sind immer das Problem.«

»Was denken Sie? Was werden Sie verbessern können?«

Der Mann lächelte stolz. »Das grundlegende Design ist weiterhin sehr gut. Ich werde allerdings vieles miniaturisieren und ich werde deutlich bessere Batterien einbauen. Es gibt hier Materialien für den Panzer, an die ich nicht habe denken können zu meiner Zeit. Eines nennt sich Carbon. Es gibt noch andere. Verbundstoffe. Ich bin wirklich fasziniert von den Möglichkeiten. Der Teslamann II wird leichter, beweglicher und noch besser gepanzert, sein Energieverbrauch wird sinken, was es mir ermöglicht, die Spulen mit noch stärkerer Feuerkraft auszustatten. Ich denke auch über diverse Techniken nach, Energie nachzuladen.«

»Was ist mit anderen Waffen?«

Sternberg schüttelte den Kopf. »Haben Sie es nicht eben selbst gesagt? Keep it simple! Der Teslamann ist eine Waffe, die dafür konstruiert wurde, hoch aufgeladene Stromstöße gezielt abzufeuern. Das kann ich verbessern: Stärke, Kadenz, Dauer, Reichweite … hier bin ich dabei. Aber andere Waffen? Es klingt auf den ersten Blick verheißungsvoll, doch es wären erhebliche Umbauten nötig. Der Anzug würde schwerer werden, wieder mehr Energie verbrauchen – und zusätzliche Fehlerquellen haben, was ich gerne vermeiden möchte. Ich will, dass ich den Teslamann durch höchste Beanspruchungen steuern kann, ohne dass mir alle Nase lang etwas um die Ohren fliegt oder den Geist aufgibt. Zuverlässigkeit ist das Stichwort. Es ist das Allerwichtigste.«

Hideki konnte an der Argumentation des Mannes keinen Tadel finden. Und ihr war eine Idee gekommen.

»Ich könnte den Teslamann im Notfall aufladen«, sagte sie. »Ich kenne meine Fähigkeiten noch nicht, aber ich bin in der Lage, fast jede Art von Strahlung zu emittieren. Das ist Energie.« Sie sah ihn an. »Bauen Sie eine Himawari-Schnittstelle ein. Es könnte sich eines Tages als entscheidender Vorteil herausstellen.«

Sternberg fasste sich an den Kopf. »Dass ich nicht selbst darauf gekommen bin! Natürlich! Wobei wir Ihren eigenen Energiehaushalt dabei nicht außer Acht lassen dürfen. Es nützt uns nichts, wenn der Teslamann volle Batterien hat, Sie aber dafür in den Seilen hängen.«

»Ich muss noch herausfinden, wodurch sich meine Energie wieder auflädt. Dr. Hand meint, mir könnte eine spezielle Diät helfen. Er möchte da einige Experimente mit mir durchführen, von denen ich nicht sicher bin, ob sie mir gefallen.«

»Er scheint mir ein guter Mann zu sein. Niemand, vor dem man Angst haben muss.«

Hideki nickte, schaute an ihren Fußspitzen vorbei auf den Boden. »Ich brauche eine Weile, wenn es um neue Bekanntschaften geht. Ich bin froh, dass Sie hier sind, Dr. Sternberg. Ich ... mit Ihnen kann ich irgendwie immer noch am besten reden.«

Der alte Mann fühlte sich sichtlich geschmeichelt. Er erhob sich, legte der jungen Frau eine Hand auf die Schulter. »Jederzeit, meine Teuerste. Jederzeit. Sie erinnern mich an meine Tochter. Ich hoffe nur, Sie können das Väterliche ertragen, das ich unweigerlich und unausweichlich ausstrahle.«

»Ich konnte es bisher ganz gut, also sollte es auch in Zukunft klappen.« Hideki holte tief Luft. »Was meinen Sie zu der Sache, die Burscheid auf den Tisch gelegt hat?«

»Die Führungsfrage?«

»Exakt.«

»Ich kenne wie Sie niemanden gut genug, um mir eine Meinung bilden zu können«, sagte der Mann. »Ich vermute, es ist eine Charakterfrage, eine des Willens. Es gibt Menschen, die naturgemäß in Führungspositionen drängen, aber dafür nicht notwendigerweise gut geeignet sind, andere, die gute Anführer wären, es aber nicht wissen, oft gar nicht wissen wollen, und solche, die hinter ihrem dominanten Auftreten eine große Schwäche verbergen.«

»Ich will niemanden anführen«, sagte Hideki. »Ich mag mir über vieles im Unklaren sein, darüber aber ganz sicher nicht.«

»Ich bin ein Fremder in dieser Zeit. Ich würde viele Fehler machen. Und ich bin im Herzen kein Soldat, beileibe kein Offizier. Ich bin Ingenieur. Dr. Hand hat mich einen Bastler genannt.« Sternberg lächelte. »Ich finde das Wort gar nicht so unpassend.«

»Ob es eine Abstimmung geben wird?«, fragte Sternberg. »Um die Führung, meine ich?«

»Kann dieser Mann ... der all das hier finanziert ... kann er es nicht einfach festsetzen?« Hideki lächelte. »Ich meine, er zahlt mir ein Gehalt. Er ist irgendwie mein Chef.«

»Ich glaube nicht, dass es so funktioniert. Ich würde mal sagen, er kann sein Veto einlegen. Aber mehr würde er wahrscheinlich nicht tun.«

»Also stimmen wir vielleicht wirklich ab.« Hideki machte ein nachdenkliches Gesicht. Sie sagte für einen Moment nichts, dann sah sie aus, als wäre sie zu einer Erkenntnis gekommen. »Wissen Sie was? Ich glaube, ich würde für den Doktor stimmen.«

Sternberg nickte. »Ja, ich verstehe, was Sie meinen.«

Kapitel 30

»Ich bin ein Opfer der Umstände«, jammerte der hochgewachsene und dabei immer noch recht füllige Mann, der seine schwitzenden Hände auf die ledernen Armlehnen seines Sessels presste. »Der Umstände. Ich kann nicht alles so tun, wie ich will. Ich muss aufpassen. Hören Sie?«

»Ich höre Sie«, erwiderte die Stimme aus dem Telefonlautsprecher, flach, glatt und kalt. »Aber dies ist eine besondere Situation und diese bedarf besonderer Maßnahmen. Sie haben durch uns zahlreiche Vorteile erhalten, Herr Finanzminister. Darf ich an die großzügigen Spenden mit Schwarzgeld für Ihren Wahlkampf erinnern? Oder diese Sache mit der 16-Jährigen aus dem Lolita-Club in Bottrop? Das hätte übel für Sie ausgehen können.«

Griese wurde ein wenig blass, als die Stimme diese kleine Affäre ansprach. Er wusste nicht genau, was mit der Prostituierten geschehen war, und er wollte auch gar nicht nachfragen. Jedenfalls war sie kurz nach dem Vorfall verschwunden und das war auch gut so.

»Ich bin ja durchaus dankbar«, krächzte er. »Ich habe Ihnen ja auch immer alles geliefert, wonach Sie fragten. Geheime Finanzdaten. Protokolle von Besprechungen mit Wirtschaftsführern. Steuerakten. Sie haben angefordert, ich habe geliefert.«

»Deswegen sind Sie am Leben. Deswegen sind Sie Finanzminister, obgleich Sie ein Trottel sind. Deswegen leben Sie in einer Villa, von der keiner wissen darf, wie luxuriös sie ausgestattet ist. Deswegen sind Ihre drei Kinder trotz des Vorwurfs des bandenmäßigen Betrugs nicht in Haft. Und deswegen ist Ihre Frau die Oberbürgermeisterin von Dortmund – und wie ich anfügen darf, sie ist in diesem Job weitaus besser, als Sie es jemals sein würden.«

»Ja, ja. Gut.« Griese atmete tief ein. »Ein Geschäft auf Gegenseitigkeit. Zum beiderseitigen Nutzen. Aber was Sie jetzt von mir fordern ... ich habe diese Zugänge gar nicht. Ich bin kein Innenminister oder so was.

Wenn ich anfange in dieser Richtung aktiv zu werden, dann wird dies Aufmerksamkeit erregen – und vor allem Misstrauen. Großes Misstrauen. Meine Position wäre gefährdet. Und ich bin nicht mehr halb so nützlich für Sie, wenn Bettmann mich rauswirft. Er hat mich ja sowieso auf dem Kieker.«

»Kümmern Sie sich nicht um den Kanzler, der hat auch seine Leichen im Keller, wie wir dank der von Ihnen beigebrachten Steuerdaten mittlerweile wissen«, sagte die Stimme abfällig. »Aber jetzt benötigen wir Ihre Dienste, Griese, und überschätzen Sie bitte nicht Ihren Wert für uns. Leute wie Sie kaufen und verkaufen wir täglich und auf der ganzen Welt. Sie sind ein Instrument, auf dem wir spielen, doch wenn es nicht mehr gut gestimmt ist, ziehen wir entweder die Saiten nach oder kaufen ein neues. Was hätten Sie gerne?«

Griese war kein Mann der Metapher, er musste sich ja sogar bürokratische Tischvorlagen von geduldigen Referenten in einfacher Sprache erklären lassen. Sein Blick fiel sehnsuchtsvoll auf die verschlossene, rechte Schreibtischschublade. Dort hatte er sein Koks gelagert. Was wäre es schön, wenn er vor Fortsetzung dieses Gesprächs eine Linie ziehen könnte – es würde ihm das nötige Selbstbewusstsein geben, um seinen Standpunkt energischer zu vertreten. Aber das ging jetzt nicht. Und außerdem hatte er heute Morgen schon. Leider war die Wirkung mittlerweile verflogen.

Ach, es gab im Grunde auch nichts zu überlegen. Er hatte ja keine Wahl. Seit jenem regnerischen Abend vor der Eckkneipe in Dortmund-Wickede, wo er nach einem bierseligen Parteitreffen von einer gut aussehenden, jungen Frau angesprochen worden war, die ihm ein Angebot gemacht hatte, das niemand ablehnen konnte, der seine Karriere ernst nahm. Die ihn mit Geld versorgt hatte, mit Informationen über seine Konkurrenten, wie er diese geschickt einsetzen konnte, um sie alle zu überflügeln. Wie er an den richtigen Stellen die richtigen Wohltaten verteilen sollte, um jene zu Loyalität anzuhalten, die er durch Erpressung nicht auf seine Seite bringen konnte – es war erschreckend zu erfahren gewesen, wie viele furchtbar harmlose Menschen es doch gab, die keinen Dreck am Stecken hatten. Seit er die Münzen genommen und zum Judas geworden war, hatte er keine Wahl mehr gehabt. Nicht immer waren die Forderungen so klar und eindeutig an ihn gestellt worden wie heute. Er erinnerte sich, dass es Jahre in seiner Karriere gab, in denen er seine geheimnisvollen Gönner gar nicht zu Gesicht bekommen und damit fast vergessen hatte. Und doch hatte er gewusst, dass jederzeit eintreten konnte, was nun Wirklichkeit war. Er musste bezahlen. Und die Rechnung war hoch.

Sehr hoch.

Griese seufzte. Er sah an sich hinab. Der Speckwulst um seinen Bauch hing leicht über den eine Spur zu eng geschnürten Gürtel und er blickte auf die sorgfältig manikürten Hände. Er hatte es genossen, alles: jedes Privileg, die Furcht seiner Gegner, die hilflose Verachtung all jener, die mit ihm aufgestiegen waren und die ihn ertragen mussten, das Ansehen genauso wie die Ablehnung aller, die ihm gram waren. Jede Sekunde hatte er in sich aufgesogen wie das Koks, mit dem er seine Nase zerfraß. War es die Sache wert gewesen?

Musste es wohl sein. Denn jetzt war es zu Ende. Das würde er nicht überleben, daraus würde er sich nicht herauswinden können. Es wäre sein Ende. Und er würde nicht einmal reinen Tisch machen können. Man würde ihn anklagen und er würde schweigen, zum Schutz seiner Familie und seiner Katze. Ein würdeloses Ende, ein Dahindämmern in Vergessenheit.

»Gut«, sagte er heiser und nicht halb so männlich-entschlossen, wie er sich hatte äußern wollen. »Ich benötige etwas Zeit. Die Gelegenheit ergibt sich nicht von selbst.«

»48 Stunden«, sagte die Stimme.

»Das ist sehr knapp.«

»Das interessiert mich nicht. Wir benötigen diese Informationen. Alles, was Sie beschaffen können. Sie kennen den Preis des Scheiterns.«

Und es klickte in der Leitung. Keine weitere Diskussion. Es war alles gesagt.

Griese griff zum Telefonhörer. »Ja, Steffi, bitte machen Sie mir eine Verbindung zum Kanzler. Es ist recht dringend.«

Seine Vorzimmerdame bestätigte. Es dauerte nur wenige Augenblicke und die leicht verärgerte Stimme Bettmanns kam aus der Muschel. Das hatte nichts Besonderes zu bedeuten. Er klang immer leicht verärgert, wenn Griese mit ihm Kontakt aufnahm.

»Was gibt es? Ich habe gleich ein Telefonat mit dem russischen Präsidenten. Sie wissen doch, wie schwierig der ist.«

»Ja, Herr Bundeskanzler«, sagte Griese in einem uncharakteristisch unterwürfigen Tonfall. »Es geht um eine sehr wichtige Angelegenheit bezüglich der mittelfristigen Finanzplanung. Es gibt einige Unsicherheiten im Haushalt, die ich gerne erst mit Ihnen besprechen würde, ehe die Opposition davon Wind bekommt. Wir sollten Antworten auf die Fragen haben, die man uns stellen wird – nicht nur mir, Herr Bundeskanzler. Uns beiden.«

Griese hörte, wie Bettmann scharf einatmete.

»Nun gut«, kam die Erwiderung nach wenigen Augenblicken. »Ich kann Sie dazwischenschieben, nach dem Russen. Kommen Sie um 15:30 Uhr ins Bundeskanzleramt. Ich nehme an, wir sollten das unter vier Augen besprechen?«

»Das wäre für den Anfang ganz gut«, nahm Griese den Vorschlag begierig auf. Das lief besser als erwartet. »Danach können Sie ja entscheiden, wer noch Kenntnis von dem Vorgang erhalten sollte.«

»So machen wir es.« Bettmann legte auf. Unnötige Floskeln hatte er an seinen Finanzminister noch nie verschwendet.

Um 15:30 Uhr – oder zumindest kurz danach – würde die Karriere von Finanzminister Michael Griese enden. Wenn es schon so war, dann wollte er das mit Zuversicht und Energie einleiten.

Er öffnete die Schublade mit dem Koks. Dafür war noch Zeit.

Kapitel 31

»Dafür muss Zeit sein!«, befahl Harris und starrte auf den flimmernden Radarschirm vor ihnen. Sie hatten ihr Ziel erreicht, die tastenden Strahlen suchten nach Hinweisen, doch von hier war nur zu erkennen, dass die alten Militäranlagen von außen den gleichen Zustand des weitgehenden Verfalls zeigten, den sie erwartet hatten. Die Beschützer waren wie ihre Feinde: Sie zogen sich gerne in das Erdreich zurück. Lediglich das Hauptgebäude, in dem früher einmal ein Offiziersstab untergebracht war, schien renoviert worden zu sein. Doch auch dort regte sich rein gar nichts.

»Infrarot?«

Der Pilot schaltete um. Der Scanner zeigte die Temperaturabweichungen am Bodenterrain, und obgleich Harris nichts anderes erwartet hatte, wurde klar, dass sie auf diese Weise die genaue Position der Heldentruppe nicht ausmachen würden.

»Lidar!«

Wieder ein Umschalten, wieder eine andere grafische Aufbereitung des Zielgebiets. Strukturen unter der Oberfläche zeichneten sich ab, ohne dass genaue Details zu erkennen waren. Wer auch immer dafür bezahlte, dass die Beschützer ein angemessenes Hauptquartier hatten, sie waren mit dem Besten ausgerüstet worden, inklusive aller Technologie, um sich vor allzu neugierigen Beobachtern zu schützen.

Harris war nicht frustriert. Er hatte nicht damit gerechnet, dass es einfach werden würde.

»Wir landen wie besprochen«, sagte er dann. Seine Augen suchten den Himmel ab. Jederzeit konnten sich Sin Claire oder ihr Zielobjekt auf sie stürzen. Die Helikopter waren schwer bewaffnet. Harris wusste, dass die Japanerin, wenn sie nicht aufpasste, verwundbar war. Er kannte sie wahrscheinlich besser als sie sich selbst. Bei Sin Claire aber tappten sie noch im Dunkeln. Doch auch für sie mussten doch irgendwann physikalische Gesetze gelten. Wenn man genügend starke kinetische Energie auf ihren Körper einwirken ließ, dann vermochte sie möglicherweise zu überleben – aber sie musste trotzdem fortgeschleudert werden. Und viele Jäger waren auch in diesem Fall des Hasen Tod.

Harris erhob sich. Er verließ die Kanzel, hielt sich an Haltegurten fest und betrat den voluminösen Laderaum des Spezialhelis. Hier stand die metallene Kammer, eine Spezialanfertigung, die man leicht aus dem Hubschrauber lösen und abtransportieren konnte. Sie alleine stellte einen viel größeren Wert dar als alle Helikopter und alle Soldaten der Angriffsformation, sogar als die drei Leviathane, die sündhaft teuer gewesen waren. Die Kammer war der Ort, an dem das Zielobjekt gefangen werden musste. Die Kammer musste überleben, sie war zu bergen. Alles andere war zweitrangig und Harris wusste sehr wohl, dass er auch dazugehörte.

Zweitrangig.

Er legte eine Hand auf das Metall. Eine Speziallegierung, hergestellt in einem mehrjährigen Prozess und theoretisch in der Lage, die außergewöhnlichen Kräfte des Zielobjekts unter Kontrolle zu halten. Versehen mit Gerätschaften, die dann dafür sorgen würden, dass jene, die sich als Sonnenblume bezeichnete, nur noch blühen würde, wenn sie es ihr erlaubten.

Harris grinste grimmig. Sein Gesicht spiegelte sich auf der glatt polierten Oberfläche der Kammer, aber es wurde gleichzeitig ein wenig verzerrt. Damit wurde es zu einer guten Repräsentation seiner derzeitigen Gefühlslage. Alles passte zusammen.

Es ruckelte, als der Pilot die Landegeschwindigkeit mit Macht verlangsamte. Dann ein zweites Rucken und ein Nachfedern, als die mächtige Maschine sich unbehelligt auf den Boden gesetzt hatte. Harris klopfte ein letztes Mal gegen die Kammer. Jetzt ging es los.

Hektik brach aus – wohlorganisierte, sorgsam choreografierte und endlos oft geübte Hektik. Sicherheitsperimeter. Ausrüstung herausschaffen. Kontrolle etablieren. Harris hielt sich zurück, beobachtete nur. Seine Leute wussten, was sie taten. Er war der Befehlshaber, aber nichts war fataler, als die sichere Professionalität seiner Einheit durch angstvolles Mikromanagement zu gefährden. Das hier waren Routineaufgaben, die Basis ihres Vorstoßes.

»Blau 1 und Blau 2 dringen in das Gebäude vor«, hörte er die erwartete Meldung in seinem Helmlautsprecher. »Die Türen sind verschlossen und mit Fallgittern gesichert. Wir sprengen.«

Harris verließ den Helikopter. Er war auf einem Parkplatz gelandet. Vor ihm stand die Reihe der anderen Hubschrauber und das geschäftige Treiben hatte noch kein Ende gefunden. Waffen und Munition wurde ausgeladen und Harris sah, wie die drei Leviathane sich in Richtung des Hauptgebäudes bewegten.

»Ich glaube, sie wollen, dass wir zu ihnen kommen«, sagte einer der Offiziere. »Dort unten ist ihr Terrain und wir sind durch die Umgebung eingeschränkt.«

»Das sind sie auch. Es nützt einem nichts, wenn man fliegen kann und der ganze Platz dafür nur ein Gang ist.«

»Es ist eine nachvollziehbare taktische Entscheidung, wenn man darüber hinaus Verteidigungssysteme installiert hat«, gab der Mann zu bedenken und Harris konnte ihm nicht widersprechen.

Sie würden es ja gleich wissen.

Er schaltete sein HUD um und blickte nun auf die Übertragung aus einer der Helmkameras von Team Blau 1, das bereits im Gebäude operierte.

Die Übertragung war einwandfrei. Der Soldat, nur identifiziert durch seine Kennnummer, stand hinter einer Gangecke und jemand zählte. Dann gab es eine heftige Detonation, einen weißen Lichtblitz. Der Mann duckte sich unwillkürlich, obgleich die Kraft der Explosion an ihm vorbeiging. Dann sah er sich um, schaute auf eine gähnende, auseinandergerissene Öffnung, hinter der sich offenbar der Zugang zu einem Aufzug befand.

»Treppenhaus!«, hörte er eine Stimme. »Vorsicht am Liftschacht.«

Männer eilten nach vorne. Das Bild wackelte und schwankte. Dann der Versuch, den Lift zu rufen. Zu Harris' Erstaunen schien er zu funktionieren, jedenfalls zeigte sich ein blinkender, nach oben weisender Pfeil. Er wollte schon den Mund öffnen, um eine Anweisung zu geben, beherrschte sich dann. Der Offizier vor Ort hatte die Lage im Griff.

»Nicht in den Aufzug. Legt einige Handgranaten mit Bewegungszünder rein und schickt die Kabine wieder nach unten.« Eine böse Überraschung für jeden, der unten auf die vermeintlichen Passagiere warten würde.

Sie fanden das Treppenhaus. Auch eine potenzielle Falle. Harris verstand, was sein Offizier mit der »nachvollziehbaren taktischen Entscheidung« meinte. Einen Flaschenhals als Zugang mochte niemand. Und er würde sich auch nicht darauf einlassen. Jetzt traf er eine Entscheidung.

»Blau 1 und Blau 2, sichern Sie die Etage, aber dringen Sie nicht tiefer vor!«, sagte er auf der Kommandofrequenz und bekam sofort die Bestätigungen. Das war den Kämpfern nicht zu verübeln. Die Aussicht, die Treppe hinunterzueilen, musste wenig attraktiv sein.

»Sprengkommando, bringen Sie die Öffner an!«, war sein nächster Befehl. Erneut kamen die Bestätigungen. Männer setzten sich in Bewegung. Sie trugen das in das Gebäude, was Harris als »Öffner« bezeichnet hatte. Es waren große, bunkerbrechende Bomben, die breitflächig detonierten und die Anlage unter der Erde mit einer gewaltigen Kraftentfaltung offenlegen würden – hoffentlich mit so vielen Opfern unter den Beschützern, dass es sich alleine schon deswegen lohnte.

Die Männer wussten, was sie taten, und sie taten es schnell. Die Öffner waren Spezialkonstruktionen, die die Hauptenergie der Detonation in eine vorher definierte Richtung abstrahlen konnten. Man sollte sich nicht in unmittelbarer Nähe aufhalten, aber abgesehen davon war es das, was man nur als »chirurgische Waffe« bezeichnen konnte.

Es dauerte etwa zwanzig Minuten, während der sich die Beschützer nicht blicken ließen, dann waren die Bomben platziert. Es kamen die Bereitschaftsmeldungen, eine nach der anderen. Die beiden Blau-Teams zogen sich aus dem Gebäude zurück. Es würde dort in kürzester Zeit sehr ungemütlich werden.

»Irgendwas?«, fragte Harris und drehte sich um. Seine Kommunikationsoffiziere standen hinter ihm. Ihre Aufgabe war es, die wichtigen von den unwichtigen Meldungen zu sortieren. Seine Nachfrage war eigentlich unnötig. Die beiden Frauen waren absolut in der Lage zu entscheiden, was er unbedingt wissen musste und was nicht.

»Keine Spur von ihnen«, sagte eine kopfschüttelnd. Sie hatte natürlich begriffen, worauf die Frage ihres Vorgesetzten abgezielt hatte.

Harris presste die Lippen aufeinander. Die Ruhe gefiel ihm nicht. Warteten die Beschützer tatsächlich da unten auf ihn – oder waren sie ausgeflogen?

Hatten sie Angst?

Der Gedanke war ihm noch gar nicht gekommen. Hatten Menschen mit solch außergewöhnlichen Fähigkeiten Angst? Das hing sicher nicht zuletzt von ihrer persönlichen Reife und Disposition ab. Harris erinnerte sich daran, dass es sich als notwendig erweisen mochte, über Überlebende des anstehenden Kampfes Psychogramme anzufertigen. Das war möglicherweise wichtiger, als zu überlegen, welche Waffen sich gegen sie als besonders effektiv erweisen würden.

»Die Bomben sind platziert.«

Harris nickte. »Sind die Teams alle draußen?«

»Zwanzig Sekunden für den Sicherheitsabstand.«

Den Mindestabstand, wie Harris wusste. Zu viel Fürsorge kostete Zeit.

»Ich möchte ...«

Doch er kam nicht mehr dazu zu sagen, was er mochte. Denn plötzlich stand ein greller Lichtschein am Himmel und es waren nicht die Bomben, die diesen ausgelöst hatten, sondern eine schmale, weibliche Gestalt, in ihren Umrissen kaum auszumachen, deren blendender Schein alles zu durchdringen schien.

Dann zitterte die Erde. Und ein Rauschen hing in der Luft. Und ein Mann in einem schwarzen Kostüm fuhr wie ein Derwisch durch die Reihen seiner Männer.

Harris unterdrückte die Angst, suchte in sich nach aller Entschlossenheit.

Die Beschützer waren gekommen.

Und hier musste es enden.

Kapitel 32

Es war, als würde sie Licht kotzen.

Himawari spürte gleichermaßen die Befreiung wie auch die Schwäche, die mit der Eruption einherging. Der helle Lichtschein, in dessen Mittelpunkt sie stand, blendete. Er war so intensiv, dass er Schutzbrillen durchdrang, dass er alles und jeden in weiße Farbe tunkte. Sie sah, wie Soldaten schreiend ihre Augen bedeckten und auf die Knie fielen, wie andere an ihren Helmen hantierten, Schutzblenden herunterfuhren. Jene, die glücklich genug gewesen waren, in eine andere Richtung zu schauen, wagten nicht sich umzudrehen oder aufzublicken, aus Angst, dann doch noch Opfer des kaltweißen Photonenschauers zu werden.

Himawari schrie. Es war kein Schrei der Wut oder der Kampflust, es war ein Schrei der Ekstase. Sie spürte, wie die Energien durch ihren Körper fluteten, wie sie diese bündelte und abstrahlte, wie sie der Fokus war und sich aus dieser Flut gleichzeitig nährte und sie dirigierte. Einfach nur Licht, das war die einfachste Übung und sie hielt es am längsten durch. Und so hatten sie sich ihre Strategie gut überlegt.

Jene, die geblendet waren, und jene, die ihr Gesicht abwandten, verwandelten sich von Kämpfern in Opfer. Opfer für den Teslamann, der durch die Reihen der Gegner pflügte wie eine Urgewalt, zu ihrem Licht das seine hinzufügte und dessen Blitze in die Gerätschaften, Waffen, Helikopter fuhren, Überladungen auslöste, Verschmorungen, elektrische Brände, der Hitze verteilte und den beißenden Schmerz von Stromschlägen, und dessen kraftvoller mechanischer Körper Material unter seinen Füßen zerknirschte, sodass Verschalungen aufplatzten, als ob er auf Früchte treten würde. Opfer für den Nachtmenschen, der einem Derwisch gleich von Soldat zu Soldat sprang, mit übermenschlicher Präzision zuschlug, schwachen Abwehrbewegungen auswich, eine Spur gefallener und regloser Körper hinter sich herziehend. Opfer für Sin Claire, die in der Luft und auf dem Boden die Saat der Gewalt in die Menge der Uniformierten pflanzte, die Körper hochwirbelte, unbeirrbar und mit einer fast schon kalten, konzentrierten Lust an Reinigung und Erlösung. Opfer für Dr. Hand und seine beiden Helferinnen, die Schwäche und Siechtum verbreiteten, die Tritte und Schläge verteilten, einem Dreigestirn gleich, das sich mit chirurgischer Präzision durch die Formation arbeitete. Es war eine Eruption der Gewalt und Hideki war darüber so froh und begeistert, dass sie ihre Freude erneut herausschrie, und dadurch die Lust, die sie dabei empfand, sich noch einmal steigerte.

Dann traf sie der Schlag, trieb ihr die Luft aus den Lungen und ließ das gellende Blendwerk, mit dem sie den Himmel erfüllte, abrupt enden.

Sie taumelte, griff in die Luft, als gäbe es da Balken, an denen sie sich festhalten konnte.

Das Bild vor ihren Augen verschwamm, als sie ins Trudeln kam.

»Pass auf! Nimm dich zusammen!« Sin Claires Stimme klang beinahe vorwurfsvoll, aggressiv und sicher außer Atem. Doch es wirkte. Hidekis Blick klärte sich. Sie fing den Sturz ab, fokussierte ihre Energie, stieg wieder in die Luft, einen kraftvollen Lichtschweif hinter sich herziehend.

Wer oder was hatte sie getroffen?

Dann sah sie den Leviathan. Sie musste nicht lange raten, auf dem Brustkorb stand ein Schriftzug und eine Nummer: 3. Davon gab es drei Stück? Oder mehr?

Der Gegner hatte aufgerüstet. Und wer auch immer in dem Anzug steckte, der mit beachtlicher Geschwindigkeit über den Boden eilte, in großen Sätzen über Hindernisse sprang und dabei aus erhobenen Armen Miniraks abschoss, die ihr Ziel suchten und ihren Kurs auf beängstigende Weise anpassten ... er verstand sein Handwerk.

»Ich nehme die ›3‹«, sagte Himawari entschlossen.

»Ich habe auch einen ... Moment ... die ›2‹«, meldete Sin Claire sofort.

»Gebt mir ein Ziel«, knarrte Sternbergs Stimme. »Gebt mir ein Ziel!«

Hideki drehte sich, flog eine weit geschwungene Schleife, beobachtete das Schlachtfeld.

»Nordwest, dreihundert Meter. Das ist die ›1‹!«, rief sie dann aufgeregt.

»Ich verstehe. Ich sehe ihn.«

Dann meldete sich Nachtmensch, die Stimme außer Atem. »Es sind zu viele. Wir brauchen Unterstützung.«

»Lockt sie in die Reichweite der Türme, damit sind die normalen Truppen beschäftigt«, sagte nun Burscheid, der tief im Inneren im Bunker saß und versuchte den Überblick zu behalten. Bisher hatten sie die beiden Verteidigungstürme eingefahren gelassen. Sie wären gut sichtbare Ziele; sie zu früh zu enthüllen hätte sie dieser Waffe beraubt. Doch wenn genügend viele Soldaten in Kernschussweite waren, würde es sich lohnen, sie schnell und machtvoll einzusetzen.

»Hand, wir kneifen.«

Das war Nachtmensch und alle wussten, was er damit meinte. Die beiden Männer – gefolgt von Cassiopeia und Astra – schienen davonzurennen und auch die drei anderen Helden taten so, als würden sie sich zurückziehen – alle in Richtung der beiden immer noch verborgenen Türme. Ein Schussfeld, eine Killzone, auf der sie möglichst viele ihrer Gegner versammeln wollten. Hideki hatte Angst. Wenn es klappte, würde es ein Gemetzel geben und das wollte sie nicht.

Aber es gab möglicherweise keine Wahl.

»Ich lade Flechettes mit Betäubungsgift«, hörte sie Burscheid und eine plötzliche Erleichterung überkam sie. Es würde Tote geben, aber kein Massaker. Die Flechettes konnten schwere Verletzungen beim Einschlag auslösen, einen Schock etwa, der für viele das Ende bedeutete. Doch im Körper lösten sie sich auf und gaben ein starkes Schlafmittel frei.

Sie waren die Guten, erinnerte sie sich, als sie erneut Energie gab und einen Feuerschweif ausstieß, sich in die Höhe schnellte und einen Angriffsvektor für den dritten Leviathan abschätzte. Sie musste mehr Vertrauen haben, nicht nur in sich, sondern auch die anderen und in Burscheid. Sie waren die Guten. Sie töteten nicht aus Freude und sie vermieden es, wo sie nur konnten.

Ihr Ziel. Sie richtete ihre Energie auf das Ziel.

Und dieses wich nicht zurück. Ein Feuerstoß, gut gezielt, traf den Leviathan auf die Brust und für einen Moment schien der Kämpfer zu taumeln. Dann aber begann seine Rüstung zu schimmern, als nehme sie die Energie auf und transformiere sie. Der Mann richtete sich auf, hob die Arme in einer beinahe triumphierenden Geste, richtete sie auf Himawari, die gedankenschnell einen Schild um sich wob, und dann feuerte er.

Die Miniraks jaulten auf sie zu. Himawari schlug einen Haken, einen weiteren, ihr wurde schwindelig. Sie war keine ausgebildete Kampfpilotin, sie war eine Computermaus und das hier wurde etwas viel für sie. Dann erneut der Schlag, ein krachendes Geräusch, ein Knacken in den Ohren, der verschwommene Blick. Ein Treffer. Sie zog hoch, glitt durch die Luft steil nach oben, sah an sich hinab. Keine Verletzung. Eine Minirak allein tat ihr nichts.

Aber sie waren nicht allein.

Es waren zu viele. Nicht alle der Soldaten wurden von ihren Freunden beschäftigt. Mehr als genug richteten ihre Waffen gen Himmel und zielten gut. Himawari strengte sich an, fuhr durch die Lüfte wie eine Furie und ihr Schild ließ die Projektile wie Glühwürmchen aufflammen, ehe sie vergingen. Doch diesmal spürte sie die Warnzeichen, achtete auf die Signale ihres Körpers. Die Energie schwand, langsam, obgleich sie diese bewusst einsetzte, exakt kalkulierte, was sie welche Aktion kostete. Sie musste es zu einem Ende bringen oder sich zurückziehen, eines von beiden. Aber nur durch den Himmel rasen und sich zuballern lassen, das war keine Option.

So erreichte sie nichts.

Sie fokussierte auf den Leviathan. Sie brach das Licht vor ihren Augen, sodass es wie eine Linse wirkte, durch die sie Details heranzoomen konnte. Der Anzugträger sprang in ihr Gesichtsfeld. Die Konstruktion erschien makellos, ihr Pilot sicher darin eingebettet und nur sehr brachiale Gewalt vermochte …

Dann erinnerte sie sich ihres Gespräches mit Sternberg, vor diesem Einsatz. Ihre Überlegungen, rein theoretisch, wie sie mit ihrer Kraft in der Lage wäre, im Notfall die Akkus des Teslamannes aufzuladen, um seinen Einsatzradius und seine Einsatzdauer zu verlängern. Eine Idee, die zu verfolgen sie auf später verschoben hatten, einer von vielen Punkten auf einer sehr langen Liste an Verbesserungsvorschlägen.

Doch es ging vielleicht auch umgekehrt.

Hideki schloss die Augen. Ihre Wahrnehmung von Frequenzen, von Energie aller Art, hatte sich mit jedem Tag verstärkt. Sie hatte einen zusätzlichen Sinn entwickelt, der ihr die Welt in einem ganz anderen Licht erschienen ließ. In diesem Licht waren die Energiespeicher des Leviathans zwei kleine, gleißende Sonnen, deren hoch komprimierte Kraft sie beinahe blendete. Der stete Strom an Elektrizität, der über Mikroleitungen in alle relevanten Bereiche des Anzugs geleitet wurde, zog sich wie ein schimmerndes Netz über die humanoide Gestalt. Es war ein faszinierender Anblick, in dem man sich leicht verlieren konnte und dabei dann die Gefahr übersah.

Hideki übersah nichts. Sie identifizierte die winzigen Energieleitungen und die Abnehmer, die Zugänge für das Aufladen der hoch leistungsfähigen Batterien. Sie drang in deren Struktur ein, examinierte die Zellen, prägte sich alles ein – selbst wenn es ihnen nicht gelingen würde, einen Leviathan zu erbeuten, so wollte sie doch alles lernen, was Sternberg helfen mochte, sein energieverschlingendes Monster zu verbessern.

Dann wusste sie, was zu tun war. Es war höchste Zeit. Weitere Miniraks hatten sie gefunden und sie zuckte in der Luft hin und her, fühlte die sich anbahnende Schwäche. Sie hörte ein triumphierendes Geschrei und sah, wie Sin Claire einem Anzug auf dem Rücken saß und mit Kraft am Kopf riss. Ein Kräftemessen von Superkraft und Supermaschine, das für einen Moment in einer fragilen Balance blieb, wie von der Zeit eingefroren. Dann riss Sin Claire die Arme hoch, in ihren Händen, mit lose baumelnden Zuleitungen, den Helm, darunter das erschrockene, ja panische Gesicht eines Mannes, der unerwartet seines wertvollen Schutzes beraubt wurde.

Sin Claire hatte es im Griff, wortwörtlich.

Würde Himawari das Ihre tun?

Sie konzentrierte sich. Der Abstand war zu groß. Sie musste tiefer gehen und damit die Wahrscheinlichkeit von Wirkungstreffern der Gegner potenzieren. Aber von hier oben … sie zögerte nicht länger. Einen weiten Bogen schlagend, näherte sie sich mit hoher Geschwindigkeit. Schnelligkeit war ihr Verbündeter, aber auch ihr Feind. Sie hatte ein extrem kurzes Zeitfenster, einen Augenblick nur, und musste alles hineinlegen, genau kalkuliert.

Genaue Kalkulation. In Hideki erwachte die Technikerin, die Analytikerin, der scharfe, geschulte Verstand einer Frau, die Maß nehmen konnte. Es war gut, dass ihr diese Fähigkeiten zur Verfügung standen. Sie brauchte sie jetzt mehr denn je.

Herab stürzte sie, wie ein Lichtpfeil. Die Geschosse trafen auf ihren Leib, pulverisiert und aufgelöst, ehe sie wirken konnten, tanzende Lichtpunkte erzeugend, die sie mit einem Feuerwerk umgab. Soldaten senkten die Waffen, starrten ungläubig und ängstlich auf den schimmernden Derwisch, der auf sie zuraste, hörten die Befehle ihrer Vorgesetzten nicht, erfüllt von plötzlicher, kreatürlicher Angst. Hideki ignorierte sie. Sie waren nicht der Gegner, der ihr wirklich Sorgen machen musste.

Der Leviathan wich nicht. Er hob die Arme, die Abschussvorrichtungen der Raketenwerfer rotierten vor ihren Augen. Er konnte nicht verfehlen. Und ihr schwanden die Kräfte.

Jetzt.

Jetzt oder nie.

Sie löste die Energie aus, die sie in sich aufgesammelt hatte, und sie zielte genau. Dies war chirurgische Arbeit, kein wilder, breitflächiger Angriff.

Der Energiestoß traf in die Abnehmer, drang in die Speicher ein. Für eine Sekunde wurden die Kapazitoren überladen, ehe sie sich selbst abschalteten, und dort, wo die Zugänge eben noch existiert hatten, gab es jetzt nur noch dunkel vor sich hin schmorende Löcher. Der Leviathan taumelte, als der Pilot versuchte die Natur des Angriffs zu identifizieren, und er taumelte einmal mehr, als heftige, unkontrollierte Energiestöße durch das mächtige Exoskelett fuhren und es zum Erzittern brachten. Ein grausamer Schrei brach sich Bahn.

Hideki hielt inne, starrte auf das, was sie angerichtet hatte. Sie blickte unverwandt auf das schmorende Fleisch, das Brennen in dem Anzug, wie der Pilot bei lebendigem Leibe durch die Energieüberschläge im Inneren seines Leviathans verglühte, und das, ohne sich wehren oder aus der tödlichen Umklammerung befreien zu können.

Der Mann sackte zusammen, der Anzug fiel um, regungslos. Hideki hatte gewonnen. Es war eine kluge Taktik gewesen, direkt auf den Feind abgestimmt, logisch und nachvollziehbar.

Ihr war so schlecht. Eine plötzliche Schwäche erfüllte sie und es war nicht nur die Tatsache, dass sie viel Energie verbraucht hatte. Ihr grauste vor sich selbst, vor dem, wozu sie in der Lage war, was sie anstellen konnte und wie wenig sie die Konsequenzen ihres Tuns beachtete.

Hideki taumelte in der Luft, hielt sich mit Mühe in Bewegung.

»Himawari!«, rief Sternberg. »Was ist?«

»Ich …«, brachte die junge Frau hervor, ihre Stimme versagte. »Er ist tot. ›3‹ ist erledigt.«

»Zieh dich zurück!«, befahl Dr. Hand mit scharfer Stimme, aus der die Sorge zu hören war. »Du musst regenerieren. Geh zu Burscheid. Zurück in das Hauptquartier! Himawari! Hörst du mich? Du ziehst dich jetzt sofort zurück!«

Sie gehorchte ganz automatisch, dankbar, dass jemand ihr sagte, was jetzt zu tun war. Sie flog eine Schleife, ignorierte die Schüsse, die auf sie abgefeuert wurden, ungezielt oft und wenig schädlich. Sie drang in den Abflugschacht ein, ließ sich fallen, bis sie fast am Boden angekommen war, dann erlosch ihr Schimmer für einen Moment und sie stützte sich keuchend an die Wand. Auf der gespiegelten Metalloberfläche sah sie ihr erschöpftes Gesicht, die Haare wirr in der Stirn. Dann raffte sie sich auf, ließ die Aureole um ihren Kopf wieder entstehen, eine perfekte, makellose Projektion von Licht, die verbarg, wie es darunter aussah.

Burscheid. Er saß in der Steuerzentrale.

Dorthin würde sie gehen.

Himawari ging, normal, auf ihren Beinen, und es war ein beinahe wohltuendes Gefühl. Sie wusste jetzt auch, für wen sie stimmen würde, wenn es zu einer Entscheidung kommen sollte. Wenn es einen Anführer der Beschützer gab, dem sie ihr Vertrauen schenkte, dann war es Dr. Hand.

Sie lächelte fast, als sie sich zu Burscheid gesellte, der sie nickend begrüßte.

Ja, sie hatte schon immer eine Schwäche für die Götter in Weiß gehabt.

Kapitel 33

Griese sah den Gegenstand in seiner Hand überrascht an. Ein Bote hatte ihm das Ding überreicht und ihn kurz eingewiesen, und da er sich normalerweise mit technischen Dingen nicht so gut auskannte – er hatte sogar sehr unangenehme Erfahrungen mit der unsachgemäßen Handhabung eines Analdildos gemacht –, war er nicht sonderlich enthusiastisch gewesen. Doch der elektronische Dietrich, der nicht nur Kombinationsschlösser knackte, sondern sich durch einen wie flexibles Gummi aussehende Adapter jedem Schloss anzupassen schien, war in der Bedienbarkeit absolut einfach gewesen.

Das Gespräch mit dem Kanzler war ziemlich kurz und reichlich unangenehm gewesen. Kein Wunder, denn der Finanzminister hatte im Grunde gar nichts vorzutragen. Er hatte nur nach einem Vorwand gesucht, ins Kanzleramt gehen zu dürfen, und als Bettmann ihn mehr oder weniger hinausgeschmissen hatte, war die Krise bei Frankfurt losgegangen, mit Explosionen, Hubschraubern und Szenen wie in einem schlechten Superheldenfilm.

Einem Film, der leider Realität geworden war, wie sich Griese erinnern musste. Er hatte das Kanzleramt nicht verlassen, sondern war erst mal aufs Klo gegangen, sein bevorzugter Rückzugsort, wenn er einmal nicht weiterwusste und seine Ruhe haben wollte. Da überall große Hektik ausgebrochen war und allerlei hochgestellte Persönlichkeiten wie aufgeschreckte Hühner umherliefen, war auch nicht weiter aufgefallen, dass man dem Finanzminister auf den Gängen begegnete, als er sich wieder auf den Weg gemacht hatte.

Hier war er noch nie gewesen, im Kellergeschoss des Bundeskanzleramts. Tatsächlich wussten wohl sehr wenige von diesem Serverraum. Er war geheim, in keinem Plan verzeichnet und durch eine dicke Panzerung gegen alles Mögliche geschützt: Sprengstoffe, elekromagnetische Impulse – nur nicht gegen einen Finanzminister mit einem Superdietrich. Es klang absurd, aber so war es und beinahe empfand Griese so etwas wie Triumph.

Griese hatte wenig Ahnung von Computern. Er hatte von allem, was er in seinem Leben tat, herzlich wenig Ahnung. Die Tatsache, dass er nun vor dem Eingabeterminal stand und Kommandos eingab, hing sehr viel mit der Anleitung zusammen, die er mitbekommen hatte. Er musste sie nur abschreiben, eine Kunst, die er in Schule wie Universität gleichermaßen perfektioniert hatte. Seine Gedanken jedoch waren woanders: in seiner Wochenendvilla auf Mallorca, dem großen Swimmingpool, dem Zehnliterfass Massageöl und der süßen Anita, die das ganze Jahr nur auf seinen Sommerurlaub wartete. Dieses Jahr würde sie vergeblich seiner harren. Das tat etwas weh.

Er riss sich zusammen, soweit er dazu in der Lage war.

Das letzte Kommando. Für ihn weitgehend unverständliche Angaben auf dem Schirm. Das war auch egal. Er steckte jetzt den harmlos aussehenden USB-Stick in einen Zugang und der begann sofort hektisch zu flackern. Zehn Minuten, so hatte man ihm gesagt. Er musste zehn Minuten drinbleiben. Das war länger als mit Anita, trotz des ganzen Massageöls, und war daher eine Herausforderung.

»Was treiben Sie da, Griese?«

Der Minister erstarrte, dann drehte er sich langsam um. Die Stimme war ihm wohlbekannt, der ätzende Tonfall, immer angefüllt mit dem Mindestmaß an Verachtung, das Kanzler Bettmann für seinen Finanzminister übrig hatte und das niemals seine Haltung verließ, wenn er mit ihm zu tun hatte. Bettmann stand da, die Augenbrauen zusammengezogen. Das Terminal mit dem flackernden Stick wurde durch Grieses Körper verdeckt, der hoch und breit genug dafür war. Der Kanzler war nicht allein. Drei Uniformierte waren bei ihm, alle die Hände am Holster. Griese empfand das als Frechheit. Er war doch ein Minister!

»Ich ... wollte mich hier mal umsehen«, sagte er schwach und es war Bettmann anzusehen, dass er ihm das nicht eine Sekunde abkaufte.

»Sie haben hier unten nichts zu suchen. Nur der Verteidigungsminister und ich haben Zugang. Wie sind Sie überhaupt durch die Sicherheitsschleuse gekommen?«

»Ich habe ganz normal meine Karte benutzt«, erwiderte Griese wahrheitsgemäß. Die Tatsache, dass diese von seinen Auftraggebern unlängst mit einigen zusätzlichen Berechtigungen ausgerüstet wurde, verschwieg er wohlweislich.

»Geben Sie mir die Karte!«

Griese tat wie ihm geheißen. Bettmann starrte das Stück Plastik an, als könne er durch bloße Betrachtung herausfinden, was damit nicht in Ordnung war. Dann reichte er es an einen der Polizisten weiter.

»Das wird überprüft. Griese, Sie kommen mit mir. Ihr Verhalten gefällt mir nicht.«

Die zehn Minuten waren noch nicht um. Würde er sich fortbewegen, war die Wahrscheinlichkeit hoch, dass jemand den Stick sehen würde. Das wäre nicht gut, gar nicht gut. Er musste Zeit gewinnen.

»Wissen Sie was, Bettmann?«, sagte Griese laut. »Sie können mich mal am Arsch lecken!«

Der Kanzler zuckte unmerklich zusammen, dann lief sein Gesicht rot an. »Was ...«

»Sie sind so ein arroganter, selbstgefälliger Arsch, dass es mir echt zum Hals heraushängt, mit Ihnen an einem Tisch sitzen zu müssen. Sie wissen von nichts. Sie stolzieren herum wie ein Pfau. Sie lassen sich jeden Furz von Ihren Referenten hinterhertragen. Wenn Sie mit etwas Unvorhergesehenem konfrontiert werden, reagieren Sie völlig hilflos! Ich weiß nicht, warum Ihre Partei Sie überhaupt aufgestellt hat – haben Sie alle Delegierten gefickt oder was ist Ihr Geheimnis?«

Mit dem Begriff der Fassungslosigkeit ließ sich Bettmanns Reaktion nur schwer umschreiben. Die Mischung aus Gefühlen, die sich in seinem Gesicht und seiner Haltung abzeichnete, war in jedem Fall explosiv. Bettmann war ein Politikprofi, er wusste, wie man sich beherrschte, egal mit welchem Abschaum man konfrontiert wurde. Er hatte genug Bierzelte besucht, an Stehtischen ausgeharrt, auf Bänken gesessen, schales Bier und matschige Bratwürste zu sich genommen und mit guter Miene jeden Scheiß ertragen, den ihm Bürger auf Wahlkämpfen erzählten. 90 Prozent davon war hanebüchener Unsinn, der ein bezeichnendes Licht auf die Probleme im bundesdeutschen Bildungssystem warf.

Also hielt er sich wacker. Griese hatte damit gerechnet. Aber er gewann Zeit.

Und er hatte so etwas wirklich schon immer mal sagen wollen.

»Griese. Sie sind betrunken.«

»Ich bin völlig nüchtern.«

Bettmanns Gesichtsausdruck war anzusehen, dass er das bezweifelte. Er sog prüfend die Luft ein, fand aber natürlich keinen Alkohol vor. Griese war nicht so dumm gewesen sich Mut anzutrinken. Er war der Ansicht, dass die Situation so schlimm war, dass Alkohol sie auch nicht mehr verbessern würde.

Bettmann machte eine herrische Bewegung. »Nehmt ihn mit!«, sagte er barsch und die Uniformierten setzten sich entschlossen in Bewegung.

»Neeein! Neeein!«, jammerte Griese laut und hob anklagend die Hände gen Himmel. »Nein, tun Sie mir das nicht an! Ich habe alles gegeben für das Vaterland! Sie wissen gar nicht, was ich alles geopfert habe, mehr als jeder andere! Lassen Sie mir meine Würde! Herr Kanzler! Ich flehe Sie an! So können Sie doch nicht mit mir umgehen! Mein Vermächtnis! Mein politisches Erbe! Herr Kanzler, ich appelliere an Sie!«

Bettmann starrte Griese an. »Sie sind doch völlig bekloppt«, brachte er fassungslos hervor. »Jetzt ergreifen sie diesen Irren endlich!«

Die Uniformierten, die angesichts des plötzlichen Gejammers eben noch gezögert hatten, griffen nun entschlossen zu und zerrten den weiterhin lamentierenden Finanzminister fort. Es kam, wie es abzusehen gewesen war: Bettmanns Blick fiel auf den flackernden USB-Stick. Er machte einen schnellen Schritt nach vorne, griff zu und zog ihn ohne großes Federlesen aus dem Terminal. Das Flackern erlosch, aus dem Terminal kam ein klagender Warnton.

Griese schwieg. Die Zeit war zu kurz gewesen, um alle Daten zu übertragen. Er war gescheitert, daran bestand kein Zweifel. Sein Körper sackte kraftlos in sich zusammen, seine Stimme versagte ihm. Es war jetzt nicht mehr die Zeit, sinnlose Kämpfe anzuzetteln. Egal was passierte, er war erledigt.

Bettmann hielt ihm den USB-Stick vor die Nase. Seine Hand zitterte dabei ein wenig. »Was hat das zu bedeuten, Griese? Was soll das alles?«

Der Angesprochene schüttelte nur den Kopf. Natürlich, er würde irgendwann aussagen, Weichei, das er nun einmal war. Falls er dann noch am Leben war. Der Arm seiner Auftraggeber reichte weit, und ihre Mittel und Wege waren unerschöpflich. Vielleicht würde es so aussehen, als habe sich ein verzweifelter Politiker am Ende seines Lebens selbst gerichtet. Vielleicht würden sie sich nicht einmal die Mühe mehr machen, es so aussehen zu lassen. Dass sein Ende höchst unerfreulich sein würde, daran hatte Griese nicht den geringsten Zweifel.

Er fühlte die groben Hände an seinen Armen und ließ sich willenlos abführen, ohne noch einen letzten Blick auf Bettmann zu werfen. Das gute Leben hatte ein Ende. Anita, die Villa, die schönen Cabrios, seine Autogrammsammlung – alles war jetzt verloren und für die Katz. Bereits jetzt würden die Geier anfangen über seinen Resten zu kreisen, um sich zu nehmen, was zu holen war. Für Griese blieb nichts weiter als stumme Verzweiflung und ein ergebenes Warten auf sein Ende.

Er gab sich ganz und gar dem Selbstmitleid hin.

Darin war er gut.

Kapitel 34

Harris stolperte über die Reste des Leviathans, die vor ihm lagen, und starrte in die gebrochenen Augen des Piloten, die aus dem geborstenen Helm blicklos in den Himmel schauten. Seine Haut war verbannt, die Knochen drangen durch das geschwärzte Fleisch, und dass seine Augäpfel nicht verdampft waren, lag an der nunmehr verrutschten Spezialbrille, die er unter dem Helm getragen hatte. Es roch übel verbrannt; Harris unterdrückte ein Würgen.

Himawari war verschwunden. Sie hatte diesen Leviathan erlegt und war verschwunden, wahrscheinlich in die unterirdische Anlage geflüchtet, die zu knacken ihnen noch nicht gelungen war. Mühsam hatten sie die automatischen Geschütze überwunden, doch dann war passiert, womit die Beschützer wahrscheinlich kalkuliert hatten: Es war zu viel Zeit vergangen.

Viel zu viel. Die Polizei rückte an. Einsatzkommandos, sogar die Bundeswehr, soweit diese überhaupt einsatzfähig war. Gepanzerte Fahrzeuge strömten von allen Seiten auf den Ort der Auseinandersetzung zu und auch die Polizei hatte Hubschrauber. Es dröhnte in der Luft und die Meldungen seiner Leute waren von zunehmender Panik erfüllt.

Gescheitert. Er war gescheitert. Die Beschützer hatten ihm Paroli geboten und er hatte sie unterschätzt. Oder die Fähigkeiten seiner eigenen Leute überschätzt. In jedem Fall war das Ergebnis klar.

Nur Himawari hatte sie nicht enttäuscht. Aus ihr was das geworden, was sie immer erträumt hatten. Wenn sie nur damals die Kontrolle behalten hätten. Wenn sie nur Zugriff auf sie bekommen würden. Himawari … er konnte sich sogar mit dem Namen anfreunden. Es klang poetischer als Nemesis, viel friedlicher. Eine nette kleine Sonnenblume, Vorhut für viele weitere, die die neue Weltordnung zementieren und die Kontrolle über die Erde garantieren würden.

Dazu würde es möglicherweise nicht mehr kommen. Und wenn, dann mit großer Verzögerung. Man musste sich neue Strategien überlegen, die Wunden lecken, sich neu formieren.

Harris wusste, was das für ihn bedeutete. Mit etwas Glück, so viel Professionalität musste sein, bekam er ein Debriefing, um die Ursachen für sein Versagen schonungslos auf den Tisch zu legen. Es ging darum, künftige Fehler zu vermeiden. Aber dann hatte er seine Schuldigkeit getan. Er würde ersetzt werden – und bestraft.

Es war nicht der Tod, der Harris Angst machte. Es war die Bestrafung. Zu hoch war er in der Hierarchie aufgestiegen, um nicht als Exempel dienen zu müssen, eines, das die anderen erinnerte, was geschah, wenn man höchstes Missfallen auf sich zog.

Harris war kein Feigling, aber allein der Gedanke an die Prozedur, die ihn erwartete, ließ ihm abwechselnd heiß und kalt werden.

Er sah, wie seine Männer auf die Helikopter zurannten. Einige schleppten Verletzte mit sich. Natürlich, dachte Harris bitter und spürte die Galle in seiner Kehle. Die Beschützer hatten sofort die Angriffe eingestellt. Sie waren fair und gnadenvoll, keine Schlächter. Sie sahen, dass der Feind am Ende war, und traten nicht noch einmal nach. Doch er machte sich keine Illusionen. Es würde den einen oder anderen Bewusstlosen geben, den die Beschützer bergen würden – und nicht alle seine Leute waren so stark wie er, Harris, der wusste, was zu tun war.

Harris schaute noch einmal hinab auf das malträtierte Gesicht des Leviathans. Er spürte kein Mitleid, nur Bedauern über eine ausgezeichnete Ressource, deren Ersatz viel Geld und Aufwand kosten würde und weitere Entwicklungskosten, denn es war eindeutig, dass die Konstruktion Mängel hatte. Die galt es auszumerzen.

Das war aber nicht mehr seine Aufgabe.

Sein Werk war getan und es hatte schlecht geendet.

Er streckte sich, biss die Kiefer aufeinander. Er spürte das Knacken, als er mit Macht die widerstandsfähige Hülle der kleinen Kapsel in seinem Backenzahn zum Bersten brachte. Er spürte den Geschmack der bitteren Flüssigkeit, kämpfte für einen Moment den Drang nieder, sie sofort auszuspucken, und tat das Gegenteil: Er schluckte sie herunter, folgte dem Brennen die Kehle hinab, spürte die plötzliche Schwäche, die ihn sogleich ergriff, und taumelte zu Boden. Er lag noch einen Moment so da, seine Gliedmaßen zitterten. Sie hatten recht gehabt, dachte er, es tat nicht weh. Ein gnädiges Ende. Er begrüßte es ohne Neugierde und ohne Angst. Müde. Jetzt war er müde. Zeit, endlich mal richtig ...

»Hier ist er.«

»Verabreichen Sie das Gegenmittel.«

Harris fühlte sich herumgewälzt, dann spürte er etwas Kaltes an seinem Hals, einen Stich, hörte ein Zischen. Sein Blick klärte sich, die Müdigkeit verflog. Er starrte unwillig in das Gesicht eines seiner Stellvertreter, der ihn mit steinerner Miene ansah.

»Ich habe Befehle«, sagte er kalt, und doch lag da für einen Moment Mitleid in seinen Augen. »Ich kann das nicht zulassen. Wir nehmen ihn mit. Fesseln, und zwar gut.«

Der Mann zog Harris' Waffe aus dem Holster und steckte sie ein. Harris fühlte sich hochgehoben und abtransportiert, seine schwachen Bewegungen ohne jeden Effekt.

Er schloss die Augen. Angst kroch ihm den Hals hoch. Wie so viele, so hatte auch er seine Herren unterschätzt. Sie rechneten mit allem, unter anderem der Feigheit ihrer Gefolgsleute. Harris würde seiner gerechten Strafe nicht entgehen.

Er wurde in den Helikopter geführt, fest angeschnallt. Man war nicht unfreundlich oder grob, aber niemand sah ihm ins Gesicht. Alle wussten sie, was geschehen würde, und es war ihnen peinlich, dass sie nichts dagegen unternehmen konnten, ohne sich selbst zu gefährden.

Loyalität, dachte Harris, als der Hubschrauber abhob. Er hatte die falsche Art von Loyalität eingefordert, jene, die auf Angst und Einschüchterung basierte. Hätte er auch nur einen, einen einzigen echten Freund unter seinen Leuten gehabt, dann wäre er jetzt ein glücklicher, toter Mann.

Eine Erkenntnis, die zu spät kam.

Harris sah aus dem seitlichen Fenster. Das Schlachtfeld verschwand, die Maschine beschleunigte mit beachtlichen Werten. Er fühlte sich in den Sitz gedrückt, lauschte teilnahmslos den Meldungen, die in Wortfetzen an seine Ohren drangen. Sie hatten ihn aus dem Kommandonetz ausgeschlossen, aber er hatte ein ausgezeichnetes Gehör. Die Verluste waren erheblich, die Flucht nicht so organisiert, wie sie hätte sein sollen. Die Regierungseinheiten rückten näher. Das war alles gründlich schiefgelaufen.

Als er im Hauptquartier landete, war die gedrückte Stimmung überall zu bemerken. Die Disziplin wurde gewahrt, aber der Schleier der Niederlage hatte sich über alles gelegt und bedrückte die Frauen und Männer. Sie alle würden jedoch ungeschoren davonkommen. Es war Harris, der die Verantwortung trug, dem man eine letzte Chance gegeben hatte.

Und doch stellte er mit Verwunderung fest, dass er weder in die Ratskammer noch in einen der Verhörräume geführt wurde. Stattdessen betrat er kurz darauf, nach einer längeren Odyssee mit allerlei Aufzügen und verwinkelte Gänge entlang, ein Laboratorium, das er selten besucht hatte. Niemand konnte den genauen Überblick über alle Projekte behalten, die hier verfolgt wurden, und so hatte er sich immer auf das konzentriert, was ihm unmittelbare Hilfe versprach – wie etwa die Entwicklung des Leviathan-Anzugs. Drei Männer in weißen Kitteln, angetan mit völlig unpassend wirkenden Sonnenbrillen, starrten ihm entgegen. Er wurde auf einen metallenen Stuhl gefesselt. Harris schaute nach oben, sah die Öffnung einer Röhre, die aus der Decke ragte und in deren Inneren vage eine komplexe Apparatur zu erkennen war, aus der zahlreiche Nadeln ragten. Sein Herz krampfte sich zusammen. Er versuchte sich zu entsinnen, welches Vorhaben hier entwickelt worden war, aber es wollte ihm nicht einfallen. Er zog an seinen Fesseln, doch erwartungsgemäß hielten sie seinen Bemühungen mit Leichtigkeit stand.

Einer der Bekittelten trat vor ihn und schaute auf ihn herunter. Sein Gesicht wirkte hart und erbarmungslos, was Harris erst jetzt so richtig bemerkte. Seltsam, wie sich die Perspektive änderte, wenn man selbst das Opfer war.

»Was geschieht mit mir?«, stellte er die Frage, um die es hier ging. Er strengte sich sehr an seine Stimme fest klingen zu lassen, zumindest mit einem Anklang der Autorität, die er einst gehabt hatte. Vielleicht gelang ihm das. Vielleicht war der Wissenschaftler auch einfach froh, seinem Opfer erklären zu dürfen, was jetzt mit ihm passieren würde. Der Kittelträger jedenfalls zeigte nach oben, zur Röhre.

»Wir werden versuchen aus Ihnen noch etwas Nützliches zu machen. Der Rat hat die Anweisung gegeben, keine potenzielle Ressource zu verschwenden. Sie sind gut beieinander, Harris, ein kräftiger Mann und kerngesund. Ein ideales Versuchsobjekt und es bleibt damit sogar in der Familie.«

Ein dünnes Lächeln folgte. Mit dem Humor des Mannes konnte Harris erwartungsgemäß wenig anfangen. Er schaute unverwandt hoch in die Röhre, die, das war seine Erwartung, sich in Kürze auf ihn herabsenken würde.

»Etwas Nützliches?«, brachte Harris mit Mühe hervor. Er wusste, was Experimente hier normalerweise bedeuteten. Er wusste, wie viele Menschen hier litten, um den Zielen ihrer Herren zu dienen, und keinesfalls alle freiwillig. Hideki hatte auch niemand gefragt. Ihn zu fragen kam hier niemandem mehr in den Sinn. Er war ein beseeltes Stück Fleisch, das nun zu etwas werden sollte, das »nützlich« war, und man würde dabei entweder scheitern – was sein Ende bedeutete – oder erfolgreich sein, was sein Leid nur verlängern würde.

Der Kittelträger lächelte. »Sie haben leider nicht mehr die notwendige Geheimhaltungsstufe, um mehr zu erfahren.« Er runzelte die Stirn. »Bei rechtem Licht betrachtet dürften Sie sich nicht einmal in diesem Labor aufhalten. Aber das Problem lösen wir gleich.«

Er trat einen Schritt zurück und blickte nach rechts. Irgendjemand schaltete irgendwas und die Röhre erwachte zum Leben. Ein Licht ging an und illuminierte das Innenleben des Geräts, und was Harris bisher nur im Halbdunkeln erahnt hatte, enthüllte sich nun in großer Genauigkeit. Die zahlreichen Nadeln und die unverkennbaren chirurgischen Messer und Knochensägen sagten alles aus, was Harris wissen musste. Er versteifte sich in seinen Fesseln, der Angstschweiß trat ihm auf die Stirn.

»Die gute Nachricht ist: Aufgrund Ihrer Verdienste in der Vergangenheit wurde beschlossen, Ihnen die Gnade einer Narkose zu gewähren«, sagte der Wissenschaftler, als sich die Röhre langsam auf Harris zu senken begann. »Die schlechte Nachricht ist: Die Anästhesie beißt sich ganz übel mit einigen der Medikamente, die wir Ihnen jetzt verabreichen werden. Wir müssen also darauf leider verzichten.« Harris sah das Lächeln des Mannes verschwinden, als er sagte: »Es tut mir wirklich leid.«

Dann war der Mann nicht mehr zu sehen. Die Röhre hatte sich vollständig herabgesenkt und berührte mit einem leisen, metallischen Laut den Boden.

Etwas berührte Harris. Dann brach etwas in ihm und spülte die letzten Reste der Selbstbeherrschung weg, an die er sich bis eben noch geklammert hatte.

Er begann zu schreien.
Er hörte für Stunden nicht mehr damit auf.

Kapitel 35

Burscheid saß am Kopfende des großen Konferenztisches, obgleich er da eigentlich nicht hingehörte. Bis sich die Beschützer aber endgültig organisiert hatten, musste jemand zumindest so etwas wie eine Gesprächsführung organisieren und das tat bis auf Weiteres eben er. Der Kaffee aus dem Automaten schmeckte schal, obgleich es einer der guten, holländischen Automaten war. Er hatte schlicht schon zu viel davon getrunken, es bekam ihm nicht mehr. Das säuerliche Gefühl im Magen kannte er, das Brennen in den Augen, den langsam anschwellenden Kopfschmerz. Eigentlich musste er schlafen, doch die Ereignisse und das Koffein hatten ihn so aufgeputscht, dass an Ruhe nicht zu denken war. Auch die anderen Beschützer waren nicht bereit sich zurückzuziehen. Sie waren aufgeregt, sie waren ratlos und das war eine schwierige Kombination.

Der Einzige, der sich verabschiedet hatte, war Berghoff. Er hatte sie nach dem Rückzug ihrer Gegner kurz besucht, die Schäden inspiziert, ein paar Worte mit dem Einsatzleiter der Polizei gewechselt, die immer noch das Areal überirdisch sicherte. Es hieß, dass Berghoff einen Termin beim Innenminister haben würde, vielleicht sogar beim Kanzler selbst. Burscheid bezweifelte Letzteres. Wie er den Nachrichten hatte entnehmen dürfen, gab es gerade eine Kabinettsumbildung, nachdem der Finanzminister überraschend aufgrund »privater Gründe« hatte zurücktreten müssen. Burscheid interessierte sich nur am Rande für Politik, da war ihm im Zweifel sogar das nächste Level bei *Pokemon Go* wichtiger. Aber dem doofen Griese gönnte er die »privaten Gründe« von Herzen, so viel Meinung hatte er sich in den vergangenen Jahren dann doch gebildet.

»Wir haben gut gekämpft«, sagte Dr. Hand gerade und beendete damit seine zusammenfassende Sicht der Dinge. »Wir können noch besser, aber wir waren gut. Effektiv. Wir haben kooperiert. Burscheid, die koordinative Tätigkeit war sehr hilfreich.«

»Hier, am Hauptquartier«, erwiderte dieser. »Aber was ist, wenn wir mal weit wegmüssen und die Lage zu gefährlich für unseren Helikopter ist, trotz aller Schutzmaßnahmen? Es wäre falsch, wenn man sich darauf verließe, dass ich immer zur Stelle bin, wenn es losgeht.«

Hand nickte ihm zu. Sein Blick wanderte zu Sternberg, der bisher nichts gesagt hatte. »Ich hätte nicht gedacht, dass sich eine so alte Maschine so wacker schlägt«, meinte der Arzt.

»Warten Sie, bis ich sie aufgerüstet habe«, sagte der ältere Mann nicht ohne Stolz. »Es war eine Grenzsituation und am Ende waren die Batterien leer und die Hydraulik beschädigt. Noch zwanzig Minuten mehr und der Teslamann wäre ein großer, stählerner Sarg geworden. Ich muss zahlreiche Modernisierungen vornehmen, und wie mir scheint, ist dafür nicht viel Zeit.«

»Unsere Feinde schlafen nicht«, sagte der Nachtmensch düster. »Und wir haben viel zu viele davon. Wir brauchen einen Plan, müssen agieren und nicht immer nur reagieren.« Er schaute Burscheid an. »Wir benötigen auch viel mehr Informationen.«

»Berghoff trifft den Innenminister. Es ist möglich, dass man einen Austausch relevanter Daten berät.«

»Was sagt der Bundesdatenschutzbeauftragte dazu?«, fragte Nachtmensch sarkastisch.

»Gar nichts, außer, er verwandelt sich in Captain Datenschutz«, erwiderte Hand lächelnd.

Von hier ab wurde die Konversation albern. Burscheid lehnte sich zurück, ohne dem Geplänkel weiter große Aufmerksamkeit zu schenken. Es war eine gute Methode, um die angesammelte Anspannung abzubauen – Burscheid selbst bevorzugte normalerweise dafür Sex, aber außer seiner rechten Hand gab es derzeit keine Möglichkeit.

Der gemeinsame Einsatz hatte geholfen, er sah so etwas Ähnliches wie ein echtes Team in der Ferne, eine Möglichkeit, die sich erst durch die konkrete Tat richtig ausgeformt hatte. Und trotz aller Freude über die erfolgreiche Verteidigung des Hauptquartiers, schien sich die Erkenntnis noch nicht durchgesetzt zu haben, dass sie nur eine Schlacht in einem noch sehr lange andauernden Krieg gewonnen hatten.

Doch das war noch lange nicht das Ende. Und sie wussten zu wenig. Sie wussten zu wenig über jene, die den Prätorianer geschickt hatten, und jene, die für die jüngsten Ereignisse verantwortlich waren. Gehörten diese beiden Mächte zusammen? Wussten sie voneinander? Kooperierten sie oder lagen sie in einem perversen Wettbewerb? Kooperation, das wusste Burscheid, war die schlimmste Alternative. Der Prätorianer und seine Herren ... da war etwas Übernatürliches gewesen, wenngleich Burscheid der Glaube an Magie beinahe körperlichen Stress verursachte. Dennoch. Und die Gegner in den schwarzen Uniformen – Hightech, die weit über das hinausging, was den Behörden zur Verfügung stand ... und möglicherweise auch den Beschützern.

Wenn sich beide Lager vereinten, um ein gemeinsames Ärgernis auszuschalten, dann war es um die Beschützer geschehen. Diese Erkenntnis wuchs in Burscheid, machte ihn unruhiger, als es der Kaffee tun konnte, und ließ ihn die Freude am amüsanten Geplänkel der Helden vergessen. Irgendwann bemerkten auch die anderen seinen Gesichtsausdruck. Sie verstummten und sahen ihn fragend an.

»Wir müssen vorbereitet sein«, sagte Burscheid. »Das war erst der Anfang. Etwas ist im Gange und wir wissen viel zu wenig darüber. Ich habe Angst, dass unsere vereinte Kraft, unsere Ressourcen nicht ausreichen werden, um dem zu widerstehen, selbst wenn uns die Regierung inoffiziell unterstützt. Wir sind nur ... wir.«

Burscheid sah in die Runde. Es tat ihm leid, dass er der Spielverderber sein musste, und für einen Moment wollte er dem Impuls folgen, einfach aufzustehen und zu gehen, ehe er die Stimmung völlig verdarb. Doch er sah an den Gesichtern – soweit er sie erkennen konnte –, dass es dafür schon zu spät war. Und er sah, dass er nicht der Einzige war, der wusste, was noch vor ihnen stand, oder zumindest ahnte, dass es sehr schwierig werden würde.

»Wir haben eine Pause«, sagte Dr. Hand schließlich. »Wir trainieren. Wir reparieren. Wir verbessern. Wir reden mit jenen, die uns wohlgesinnt sind. Wir suchen Verbündete und wir lernen. Wir erforschen alles, was wir über unsere Gegner wissen. Und wir fragen jene, die mit uns sind, was ihnen bekannt ist.« Er blickte Burscheid an, lächelte dabei aufmunternd. »Wir sind nicht allein, Herr Burscheid. Wir alle haben mitbekommen, dass es überall auf der Welt neue Helden gibt. Es geschieht etwas und wir sind Teil einer großen Entwicklung. Diese ist voller Gefahren, aber auch voller Versprechen. Und wenn wir etwas nicht wissen oder nicht können oder uns nicht sicher sind, dann fragen wir jene, die sind wie wir. Nicht alle werden uns helfen können, nicht einmal alle werden uns helfen wollen. Aber ich bin sehr, sehr zuversichtlich, dass wir nicht allein sein werden, wenn die Gefahren größer werden und die Aufgaben uns runterzudrücken scheinen.«

Burscheid nickte langsam. Ja. Hand hatte recht. Er war müde, kaum Schlaf, zu viel Kaffee. Er war nicht in der richtigen Stimmung, sah die Realität nur durch einen negativen Schleier, war den eigenen Ängsten und Zweifeln in seinem mentalen Zustand nahezu hilflos ausgeliefert. Hand bewahrte den richtigen Blick auf die Dinge.

Der ehemalige Polizist erhob sich. »Ich danke Ihnen, Doktor. Ich bin erschöpft. Ich werde jetzt schlafen, falls ich das schaffe. Ich bin völlig aufgekratzt und übermüdet, kann nicht mehr klar denken.«

Hand erhob sich und berührte Burscheid an der Schulter. Er runzelte die Stirn. »Burscheid, Sie betreiben massiven Raubbau an Ihren Kräften.«

»Es ist eine harte Zeit.«

»Umso mehr müssen Sie auf sich achten. Wir brauchen Sie.« Hand sah ihm in die Augen. »Sie haben eine Superkraft, ohne die wir alle nicht agieren können, Burscheid: Intelligenz, Erfahrung, analytisches Denken; Strategie und Taktik sind Ihnen nicht fremd. Wir brauchen Sie.«

»Es tut mir leid«, sagte Burscheid tonlos. »Ich versuche jetzt …«

»Cassiopeia«, sagte Hand und die Frau stellte sich neben ihm, nahm Körperkontakt zu dem Arzt auf.

Dann wurde Kevin Burscheid plötzlich sehr, sehr müde.

Als er sanft in die Arme von Dr. Hand sank, holte er röchelnd Luft. Er war bereits tief eingeschlafen.

Hand sah Nachtmensch auffordernd an. »Wir sind ein Team. Sie tragen ihn ins Bett.«

TOM ZOLA
WELTEN
KRIEG
DIE RÜCKKEHR
ATLANTIS